講談社文庫

ミッドナイト・ジャーナル

本城雅人

講談社

主な登場人物

■中央新聞

関口豪太郎《せきぐちごうたろう》　さいたま支局　県警キャップ
藤瀬祐里《ふじせゆり》　本社　社会部記者
松本博史《まつもとひろふみ》　本社　整理部員
須賀《すが》　さいたま支局　デスク
木原《きはら》　さいたま支局　県警担当
岡田昇太《おかだしょうた》　さいたま支局　県警担当
外山義柾《とやまよしまさ》　社会部長
柳澤《やなぎさわ》　政治部長
和手《わて》　本社　警視庁担当キャップ
辻本《つじもと》　本社　警視庁担当サブキャップ
二階堂實《にかいどうみのる》　本社　警察庁担当

■東都新聞

巻《まき》　本社　社会部記者
吉江《よしえ》　本社　社会部記者

■警察庁

漆原《うるしばら》　刑事局捜査一課長
沖田《おきた》　刑事局刑事企画課長

■埼玉県警

山上光顕《やまがみみつあき》　管理官

■立川署

坂洋文《さかひろふみ》　生活安全課長

清川愛梨《きよかわあいり》　七年前の連続女児誘拐事件の被害者
中島聖哉《なかじませいや》　七年前の連続女児誘拐殺害事件の犯人

ミッドナイト・ジャーナル

——七年前

そろそろ現れてもいい時間だ。

三階の個室便所で、松本博史《まつもとひろふみ》は扉の外に耳を澄ませていた。聞こえてくるのは窓を打つ朝の雨音だけだった。左腕の時計を見る。七時四十七分。

タイル床を叩く足音がした。音は次第に大きくなってくる。少し前に来たのはだらしのないサンダルの音だったが、今度は革靴の硬い音だ。

規則正しく響いていた足音が、扉の向こうで止まった。確信は持てなかったが、制服姿の男が、背筋をぴんと伸ばして小用《しょうよう》を足している姿が想像できた。

——よし、行こう。

水洗の音がして、再び足音が聞こえたところで、博史は便器の水を流し、個室の扉を開けた。

手洗い場には藤沢《ふじさわ》西署副署長・高井《たかい》の後ろ姿があった。

高井は毎朝、七時五十分に署長室に報告に向かう。その前に署長室のある三階の便所に立ち寄る。

博史は高井の隣に立ち、蛇口を捻《ひね》った。鏡越しの視線を感じ、ゆっくり顔を上げる。

博史が入社して横浜《よこはま》支局に配属になった時、高井は鶴見《つるみ》署の刑事課長だった。緊張感は新人記者だった三年前と変わらない。

「また下の便所がいっぱいだったのか」

「ええ、まぁ」

博史は下腹《したはら》を押さえる振りをした。三日前、同じ時間に並んだ時は「ここは記者の出入りは禁止だ」と注意された。言い訳はしたが、その時はなにも質問をしなかった。ネタ元のルーティンを知ったら、いざという時のために一発空振りしとけ――先輩の関口豪太郎《せきぐちごうたろう》からそう教えられてきた。

「朝から伊勢原《いせはら》方面が慌ただしいみたいですね」

水流に消されない程度に声を絞って尋《たず》ねた。

高井は蛇口を締めた。ポケットから白いハンカチを出し、無言のまま両手を丁寧に拭《ふ》く。

「中島《なかじま》のアジトが見つかったのではないですか」

鏡の中の仏頂面《ぶっちょうづら》を見ながら尋ねた。返事はなかった。

「丹沢《たんざわ》周辺で中島聖哉《せいや》らしき男の目撃談が出たそうじゃないですか。それで昨夜、中島が完落ちし、アジトを自供した。捜査本部は今朝から一斉捜索に入った？　うちはきょうの夕刊で書きます。違ったら否定してください。今なら止められます」

高井は鏡の中の博史を一瞥《いちべつ》しただけで、声を発することなく背を向けた。

ダメか……。

諦《あきら》めかけた時、低い声がした。

「勝手にしろ」

何度か聞いたことのある言葉だった。

「ユンボは出てますか？」

「それを書くのもあんたらの勝手だ」

便所を出た高井は署長室の方向に歩いていった。

博史は手も拭かずに階段を駆け下り、署から出ると携帯電話を取り出した。関口豪太郎はすぐに出た。

「関さん、副署長に当てました。藤瀬《ふじせ》さんの情報で当たりです。アジト、目撃談、完落ち、一斉捜索、ユンボ……違ったら否定してくれと言いましたが、勝手にしろ、でした。あの副署長が勝手にしろと言った時は当たりです」

息を切らしながら一気に捲《まく》し立てた。ショベルカーが出動しているのなら、そこに遺体が埋まっている可能性が高い。

〈よくやった松本。おまえは捜査本部に向かえ。他紙に悟られるなよ〉

丹沢周辺の目撃談は、昨夜の刑事への夜回りで一つ先輩の藤瀬祐里《ゆり》が摑《つか》んだものだった。その後、仕切りの関口が、捜査本部が朝から動き出すらしいと聞いてきた。それがアジトの発見によるものなのか断定ができず、博史が藤沢西署に裏取りに来た。

入社八年目の関口豪太郎、五年目の藤瀬祐里、そして四年目の博史、この三人が中央《ちゅうおう》新聞社会部の警視庁捜査一課担当だ。三ヵ月前から東京、神奈川で起きた連続女児誘拐殺害事件を追っていた三人は、四日前に二十二歳のフリーター、中島聖哉の逮捕をスクープした。行方不明になった女児は三人。そのうち伊勢原と八王子《はちおうじ》の小学六年生は遺体で発見されたが、藤沢の小学五年生、清川愛梨《きよかわあいり》はまだ行方が摑めていない。女児たちは中島のアジトに連れ込まれたはずだ。アジトまでうちが抜けば、今回の事件は中央新聞の圧勝だ。

「関さんが二人組だと書いたもう一人もアジトに潜《ひそ》んでいるかもしれませんね」

〈だといいけどな〉

「原稿はどうしますか?」

〈俺が書く〉

「藤瀬さんはどうしてるんですか」

〈カメラマンとともに羽田《はねだ》に待機させている。すぐにヘリで丹沢に飛ばす〉

さすが関口だ。アジト捜索だけでなく、そこに身を隠している共犯者がいた場合、逮捕現場もスクープするつもりだ。

「関さん。あとはよろしくお願いします」

興奮を抑え切れないまま、博史は電話を切った。


車の中で夕刊の記事を書き終えた関口豪太郎は、ノートパソコンを鞄《かばん》に入れ、強い雨の中コートを頭から被《かぶ》って本社ビルに入った。

編集局がある三階まで階段を駆け上がる。中は緊迫していた。

「お疲れ、関口」

先輩記者が声をかけてくるが、豪太郎は返事もせずに、濡れたコートを脱ぎながら当番デスク席に向かった。赤ペンを握って夕刊最終版のゲラを読んでいた外山義柾《とやまよしまさ》が横目で見た。

「藤瀬からの連絡は？」

「まだです」

「マツパクはどうした？」

「藤沢から伊勢原の合同捜査本部に行かせました。この後、丹沢に向かわせます」

机の上に一面のゲラが見えた。

中島のアジト発見
丹沢山中の廃屋捜索

「見出し、この大きさですか」

「これでも前の版よりデカくしたんだ。文句言うな」

外山は顔も見ずに言ってきた。豪太郎は「分かりましたよ」と手を伸ばしてゲラを摑む。紙にはコピーしたての熱が残っていた。赤ペンを取り、記事の中身を追いかけようとしたところ、脇の見出しに目が止まった。

不明女児、遺体発見か

「デスク、なんですか、この遺体発見か、って」

そんな語句は、豪太郎はひと言も書いていない。

「中島がアジトを吐いたんだろ？　警察がショベルカーまで出してるなら、遺体がそこにあるってことじゃないか」

「中島は逮捕直後に、共犯者がいることを仄《ほの》めかしたんですよ」

「そんなの、おまえが二人組と書いたのを知って、適当なことを言っただけだろ」

警察の見解も同じだった。中央新聞が余計なことを書くから、被疑者が言い逃れをしていると。

事実、一件目の誘拐現場であった伊勢原で、中島らしき男が一人であたりをうろついていたという目撃証言があった。中島は一度仄めかした後は一転して単独での犯行だったと供述し始めている。

「おまえだって原稿に〈供述に基づき不明の女児の捜索を続ける〉って書いてきたじゃないか。供述に基づくってことは、死んでるってことだろ」

取材をかけた警察官たちの見解も死亡で一致していた。

娘が生きていることを信じて待つ家族のことを慮《おもんぱか》ると、生死に関する記述は避けたかった。だが容疑者が逮捕された今、世間の関心は清川愛梨の安否に集まっており、まったく触れないわけにはいかない。仕方なく〈供述に基づき〉と遠回しな表現を使った。

「二人の少女は暴行されてすぐ殺されたんだ。逮捕から四日も経ってるのに、三人目だけが生きてたらその方が驚きだよ」

外山がそう言ったところで、豪太郎の携帯が鳴った。電話に出る。

〈関さん!〉

プロペラが回る爆音の下から藤瀬祐里の声が聞こえた。

「どうだ、そっちは?」

豪太郎は携帯を耳に強く当てて尋ねた。

〈目の前に山小屋のような建物を発見しました。捜査員がいるのが確認できます〉

「ついにアジトを見つけたか!」周りの連中にも聞こえるように豪太郎は大声で言った。

外山が立ち上がり「おい、発見したぞ!」と編集局中の社員に伝え、豪太郎の携帯に耳を近づけてくる。

「小屋の中はどうだ。中に誰か居そうか?」

〈わかりません。双眼鏡で見てるんですけど、雨で視界が悪くて……〉

「ユンボはどうだ」

〈トラックに積まれたままですが、小型のが一台来てます。あっ、捜査員が中に入っていきました〉

中に入っていく……捜査員に緊迫した様子がなかったとしたら、小屋には誰もいなかったということだ。アジトは当たったが、二人組ではなかったか。

〈鑑識も入っていきます〉

遺体があったのか。そう思った直後、藤瀬の声が大きくなった。

〈子供が捜査員に抱きかかえられて出てきました。清川愛梨ちゃんです。捜査員の首に両手を回しています！〉

「生きてるのか」

〈生きてますよ！　愛梨ちゃんは無事救出されました！〉

「なんだと、生きてるだと？」

隣から外山が声をあげた。さらに外山は体の向きを変え、整理部に叫んだ。

「おい、大変だ。遺体発見は消しだ。女児は生きてた。今すぐ輪転機《りんてんき》を止めろ！」

「もう遅いです。トラック行っちゃってますよ」

整理部員の悲痛な声が編集局に虚《むな》しく響いた。

1

車を止めてエンジンを切ると、強く出ていたエアコンの風も止まった。

関口豪太郎は後ろの座席に置いていたスーツの上着を羽織った。東武野田線《とうぶのだ》の大宮《おおみや》公園駅から五キロほど離れた農地、時間は午前十時を回ったところだ。

外に出た瞬間、セミの声が耳に入る。上着に腕を通す。暑さと湿気のせいで、すぐにシャツが肌に張り付いた。きのうから盆に入ったが、しばらく猛暑日は続くらしい。熱中症に注意してほしいと、車の中で聴いていたNACK5でも喚起《かんき》していた。

畑の向こうにある古い民家の前で、腕章をつけた記者たちが横並びで立っている。各社の若手記者の中でも、ひと際《きわ》細身で背が高い記者が豪太郎に近づいてきた。

「キャップ、お疲れさまです」

事件と聞いて飛び出してきたのだろう。天然パーマの髪の毛が普段にもまして乱れていた。

「岡田《おかだ》、どうだ、状況は」

「はい。今朝八時、この家の玄関で知らない女性が死んでいると、隣に住んでいる家主《やぬし》の妻六十五歳が通報しました。家には、この春まで家主の母親が住んでいたそうですが、三月に亡くなり空き家になっていました。家主の妻が週に一度清掃していて、今朝がその日だったそうです。警察が調べたところ、遺体の女性は大宮区内に住む三十七歳の主婦だと判明しました。死後、八時間くらい。死亡推定時刻は深夜一時前後とのことです」

岡田は取材メモを見ながら説明した。

この段階で豪太郎のような県警キャップが現場に出ることはないが、今朝は一年生記者の仕事ぶりを見に来た。

「遺体の状況は」

「着衣に激しい乱れはないですが、下着を穿《は》いてなかったそうです。裸足でした」

「靴は？」

「今のところ発見されてません」

「それは誰の話だ」

「大宮東署の副署長です。さっき電話を入れました」

「鑑識には聞かなかったのか。来てただろ」

「はい、でも来て三十分ほどで引き揚げました。殺害現場はここではないと考えたのでは」

岡田は常日頃から会見内容や目の前で起きたことを遺漏《いろう》なくメモしている。抜けている面もあるが、仕事は至って真面目だ。だが豪太郎には不満だった。

「空き家の間取りはどうなっている」

「間取りと言いますと」

「家の中はどういう作りなんだ。玄関一つにしても土間はどれくらいで、どのあたりから板の間になるのかとか、いろいろあるだろうよ」

「僕が来た時にはもう規制線が張られていたんです」

額《ひたい》に米粒ほどの汗をのせて、岡田は答える。

「おまえ、勘違いしてねえか。記者には絶対に入ってはいけない場所なんてねえんだよ」

黄色いテープの近くに毎朝《まいちょう》の若手記者が立っていたが、豪太郎が「悪いな」と言うと、彼は慌てて道を開けた。テープを手で軽く持ち上げて潜《くぐ》る。岡田は恐々《こわごわ》後ろをついてきた。玄関扉の間近まで来て、豪太郎は顎《あご》をしゃくった。

「その新聞受けから覗《のぞ》けば玄関と廊下がどうなっているのかくらいは見えるんじゃないのか」

岡田は「はぁ」と返事をし、警察官がいないか確認しながら扉まで近づき、長軀《ちょうく》を屈《かが》めた。

「おい、指紋つけるとサツ官に叱られるぞ」

「あっ、はい」

慌ててハンカチを使って新聞受けを押す。

「中の怖い刑事にでも睨《にら》まれたか？」

「いえ、誰もいません」

「雰囲気だけでも目に焼き付けておけよ。記事を書く時、現場を見てるのと見てないのとでは全然違うからな。じゃあ、次いくぞ」

「行くってどこにですか？」

「主婦の雁首《がんくび》だよ。ガイシャの写真がなきゃ記事にもなんねえだろうよ」

被害者の自宅は現場から車で十五分ほど走った住宅地にあった。細い路地の奥に立つ二階建ての木造住宅だ。岡田の話では被害者はここで夫と、高三の長男、高二の長女と四人で暮らしていた。

到着すると東都《とうと》新聞の若手が通路から出てきた。彼もまた今年入ってきた新人記者だ。豪太郎に頭を下げ、岡田には渋い顔で首を左右に振った。おそらく写真が貰えなかったのだろう。

「岡田、取ってこいよ」

豪太郎は通路の途中で足を止めて、言った。

「東都の新人は凡退した。東都に勝つ絶好のチャンスだ」

「はい」

岡田はインターホンを押し、「中央新聞の岡田昇太《しょうた》です」と名乗った。さらに「このたびはお悔《く》やみ申し上げます」と述べてから、写真をいただけないかと丁寧に頼んだ。応答はなかった。

岡田は今度はインターホンでなく、玄関の扉を叩いて言った。中から「うるさい」という声がした。女の声だから長女だろう。

「ご家族が大変悲しまれているのは分かっています。ですが新聞にお母様のお写真を出すことで、目撃者が出てくれるかもしれません。どうかご協力お願いします」

まだ返事はなかった。

「こんな酷《むご》い事件を起こした被疑者を一刻も早く捕まえることが、我々新聞社の使命でもあります。どうか、よろしくお願いします」

思いのほか熱弁を振《ふる》うんだなと、豪太郎は感心しながら聞いていた。

そこで二階の窓が開く音がした。金髪の若い男が見え、青いバケツが出てきた。

「岡田、危ない、避《よ》けろ!」

豪太郎が叫んだが、遅かった。

二階の窓から金髪の長男と長女が顔を出し、バケツの水を岡田にぶちまけていた。

「うるせえって言ってんだろ。でけえ声で恥さらしなこと言ってねえで、とっとと失せろ!」


「少し酷《ひど》すぎるんじゃないですかね」

午後十時、県版の出稿を終えた豪太郎がソファーでテレビを見ていると、県警担当の二番手である木原《きはら》が近寄ってきた。木原は豪太郎より三つ下の三十四歳。去年、東北の地方紙から途中入社で中央新聞に移ってきて、豪太郎が来るまでは、このさいたま支局で県警キャップをやっていた。

「なんのことだよ」

豪太郎はテレビ画面に目を向けたまま答えた。報道番組のスポーツコーナーだ。開幕から好調のレッズを分析し、評論家が出てきて明日の埼玉スタジアムで行なわれる八位のサンフレッチェ戦でどう戦えば勝てるかを予想している。

「バケツで水をかけたことですよ」

「俺がかけたんじゃねえ。被害者の息子がやったんだ」

「関口さんは、最初から主婦は情事中に突然死したと分かってたんでしょ。死体の処理に困った不倫相手の男が、隣の空き家に置いただけだと」

「そこまでは分かんねえよ。だけど鑑識が三十分で引き揚げたっていうから、殺しじゃないとは感じたけどな」

午後になって、県警の広報から発表された。

亡くなった主婦は、三十五歳になる家主の息子と不倫関係にあった。車中での最中に主婦が心臓発作で死亡し、動揺した息子は空き家になっていた隣の祖母宅に遺体を隠した。

岡田に水をかけた子供たちも、夜な夜な出かけていく母親に男がいたことは知っており、岡田が熱く懇願した時には、警察からすべての事情を聞かされていたのだろう。

「玄関なのに靴もなく、裸足で下着は穿いてない。考えられるのはカーセックスくらいだ」

「だったら岡田にそう教えてやれば良かったじゃないですか」

「教えられて知ったことなんて身につかねえよ。現場に来てた鑑識にしつこくぶつけてればそれくらいは分かったのに、あいつの情報ときたら副署長の電話取材と目の前のスケッチだけだった」

「関口さんはBBで来てるんですから、もう少し下の人間にも気を回してくださいよ。うちはただでさえ新人が少ないんですから、万が一、岡田にやめられたらえらいことですよ」

「人が少ないからこそ他紙より早く一人前に育てなきゃいけないんだろ。新人を鍛えるのに肩書きは関係ねえよ」

通常県警キャップは、入社して三〜五年の本社に上がったことのない若手か、木原のような他紙からの移籍組が務める。豪太郎のような一度本社勤務をしてから再び支局に出るビッグブラザー、〈BB〉と呼ばれる中堅記者は、キャップを務めず、離れた立場から教育係を任せられる。だがさいたま支局に着任した豪太郎は、二週間様子を見たのち、自分に県警キャップをやらせてほしいと支局長に申し出た。

「関口さんって、自分が早く本社に戻りたいから、わざと僕らに恥をかかせるようなことをするんでしょ。七年も支局回りをさせられてるからって、それはないんじゃないですか」

木原の言葉に、離れた席からサッカー番組を見ていたデスクの須賀《すが》が「おい、木原」と注意した。だが豪太郎は「構いませんよ。僕が本社に戻りたいのは事実ですから」と言った。

豪太郎が認めたことに、木原は「なんだ。やっぱりそうなんですね」と調子づいた。

「だけど、木原、俺がおまえをキャップから降ろしたのは、それだけが理由じゃない。おまえはジャーナルじゃねえからだ」

「なんすか、それ」木原が半笑いをした。

「俺が着任した直後、キャップだったおまえは、殺しの容疑者が捕まったことで特オチしたよな」

東都、毎朝、さきたま日報には逮捕された事実が書かれていたのに、中央にはなかった。

「それなら翌日にやり返したじゃないですか」

「ああ、〈被疑者は事前にロープを用意し、計画的犯行だった〉とな。あんなのは取材じゃなくて、頭で捏《こ》ねたって言うんだよ。前の日に自分だけ特オチした記者なら、あの程度でやり返したなんて思わない。自分がなぜ気付かなかったのか。なにを見落としたのか、取材したことを一つ一つ引《ひ》っぺがして検証して、もっとでかいネタを書こうとするもんだ。おまえみたいな記者がキャップじゃ、この支局からいい記者は育たないと俺は思ったんだよ」

なにも反論できなくなったのか、木原は不貞腐《ふてくさ》れた顔で「ちょっと出てきます」と須賀に言い、支局を出た。夜回りにいくふりをしたが、おそらく家に帰ったのだろう。

テレビを見ていた須賀に「余計なことを言ってすみません」と謝った。

「いいや、木原も少しは応《こた》えたんじゃないか」須賀は画面を見たまま笑みを浮かべた。

「関口が来なけりゃ、あいつは支局の仕事なんてこの程度でいいと、舐《な》めたまま本社に上がってただろうからな」

須賀は地方採用で、記者生活のほとんどを支局で過ごしている。サッカーが好きで「野球と違ってサッカーはどこの支局に行っても応援するチームがあるから、俺みたいな地方回りの記者にはピッタリなんだよ」と話すが、本音は、故郷清水《しみず》のファンだ。週末になるとエスパルス戦の結果を気にしている。

「しかし俺たちが新人の頃は、スクープを抜くことに疑問を持つやつなんていなかったけどな。今の若い連中は『他紙より早く書いてなんの意味があるんですか』と平気で言ってくる」

須賀が苦笑いを浮かべた。

「早く書くのは当たり前ですよ。競争しなくていいなら新聞は何紙もいらないわけですから」

「だけど今はネットが一番早いこともあるだろ。事故現場の近くにいる一般市民のSNS

を俺たちが後追いすることだってある」

「ネットの情報が間違っていても、書き込んだ奴は責任を取らないじゃないですか。僕らは誤報を打てば謝罪をさせられますし、責任も取らされます。この僕がそのいい例ですよ」

七年前の誤報後、豪太郎は金沢《かなざわ》支局に異動になった。金沢と前橋《まえばし》の支局に三年ずつ勤め、そろそろ東京に戻れるだろうと思っていた今年六月、出た辞令はさいたまだった。あの件に関わった人間は豪太郎以外も処分された。当番デスクだった外山は、次期部長と言われていたにもかかわらず次長職を外され、六年間編集委員でいた。社会部長は子会社の役員に、警視庁キャップは山形《やまがた》の支局長となり、すでに退社している。

新聞が生きている人間を死んだと報じることは重い。医者から容態は回復傾向にあると言われた患者がその後亡くなれば、遺族は悲しむが、いずれ諦めはつく。しかし一度亡くなったと診断された後に、やはり生きていたと訂正されたら、家族はその瞬間こそ喜んでも、すぐにどうしてそんなにいい加減な情報を伝えたのかと激怒するだろう。この世から消えたと書かれた本人、そして家族に、長く辛い痛みを与えたはずだ。

スポーツコーナーがエンディングを迎えた。評論家が「明日は1―0でレッズが勝ちます」と言って、CMに入った。

豪太郎は夜回りに行こうと、椅子にかけておいた上着を取った。

「須賀デスクもレッズが勝つと思っていますか？」

「勝ちは堅いさ。ホームだし、サンフレッチェはボランチがケガしてる上にサイドバックも出場停止だからな。これまではあまり点を取らずに勝ってきたけど、俺なら明日は3―0とか3―1とか、もっと点が入って勝つと予想するよ」

「須賀デスクがそこまで言い切ってくれるなら、安心ですね」

「これから行く取材先がレッズのサポーターなんだろ？」

「バレてましたか」

今晩夜回りをかける地検検事は、熱狂的なレッズファンである。事件については、聞いてもつれないが、サッカーになると会話が続く。

「サッカーに興味がなかったおまえが、急に俺に予想を聞いて出かけるようになったんだからな。だけどそんなにサッカー好きな相手なら、レッズが勝った後に行った方が機嫌よく喋ってくれるんじゃないのか」

「それじゃ意味がないんですよ」豪太郎は言った。「試合前日に僕が行く。行くと翌日、大好きなレッズが勝つ。逆に僕が来ないと負ける。今は僕の顔を見るたびに迷惑そうな顔をしますけど、そのうち『中央の関口が来ないとレッズが負ける』と、僕が来るのを心待ちにしてくれるはずです」

「なるほど。ゲン担ぎの材料にされようっていう魂胆だな」

「今年はレッズが好調なのと、須賀デスクの予想が的確なおかげで、僕が取材に行った翌日の試合は五連勝中です。逆に行かなかった二回は負けと引き分けでした」

「俺もこれからは『いい記者になりたかったら地元のサッカーチームに興味を持て』と若手に言うよ。そうすりゃ、俺のサッカー知識も少しは役に立つ」

須賀は上機嫌になった。

「では行ってきます」

今度こそ出ていこうとしたが、胸ポケットの携帯が鳴った。岡田からだった。

「どうした」

〈今、当直長から連絡があったんですけど、女児の連れ去り未遂が発生したようです〉

「どこでだ」

〈吉川《よしかわ》署の管内です〉

埼玉県東部、東武伊勢崎線が通るベッドタウンだ。

豪太郎は鞄を置き、メモを引っ張り出した。

県版はもう間に合わないが、本社に連絡すれば、社会面に雑感記事として載せてくれるだろう。

岡田が説明を続けた。午後七時頃、場所は駅からバス圏にあたる北葛飾郡松伏町《きたかつしかぐんまつぶしまち》。人気《ひとけ》のない通りを歩いていた小学五年生の女児の横に突然車が停まり、男が道を尋ねてきた。

男は運転席から降りて女児に近づき、腕を摑もうとした。女の子は咄嗟《とっさ》に避けて、持っていた防犯ブザーを鳴らした。周りには人はいなかったが、男は慌てて車に戻って逃げた。女の子が自宅に戻ってから家族が通報したが、女の子に怪我はなく、病院にも行っていない……豪太郎はそれらを箇条書きで書き留めた。

「女児は他になにか言ってないのか」

〈黒っぽい普通の車だったと話しています。ですがナンバーや車種は分かっていません〉

「連れ去りで間違いないんだな」

〈警察はそう見ています。男は左手にタオルを持っていたそうですから〉

タオルを使って顔か口を塞《ふさ》ごうとした？　この手の拉致《らち》事件では珍しくない。

〈営利目的ではないようです〉

「どうしてそこまで言えるんだ」

〈ここだけの話と言われましたが、女の子のお父さん、失業中なんだそうです〉

そこまで明かしたということは、警察は性的暴行目的の可能性が高いと考えて、付近に住む性犯罪の前科者などを捜査しているのだろう。小学高学年くらいになると営利よりも暴行目的の方が可能性は高くなる。

〈でも不思議なのは、犯人はもう一人いたみたいなんですよ〉

「二人組ということか？」

〈女の子がそう証言したそうです〉

性的暴行、二人組……真っ先に頭に浮かんだのが七年前の記事だった。中島によく似た男が運転する車の助手席に、もう一人男が乗っていたという通行人の目撃談から、豪太郎は犯人は二人組だと書いた。だが他に二人組の目撃談はなく、警察からも否定された。

「で、もう一人はどこにいたんだ」

〈女の子が言うにはずっと助手席にいたそうです。でも連れ去るつもりならその男も手伝おうとするはずですから、警察は明日もう一度、本当に二人見たのかと女の子から聞くつもりです〉

車内に残っていた？　いつしか豪太郎のボールペンを持つ手は止まってしまった。

2

午前七時、泊まり明けの朝は、鏡を見るのも嫌だ。

更衣室の洗面台で顔を洗い終えた藤瀬祐里は、鏡に顔を近づけた。やはりくまはできていた。寝不足になると二重瞼《ふたえまぶた》と同じ大きさだけ、涙袋が黒ずむ。このくまのせいで、学生時代、テスト前はよく寝ていても、友達から「徹夜したでしょ？」と言われ、いい点を取らなきゃとプレッシャーになった。

なんとかファンデーションを塗り重ねてくまは隠したが、今度は髪の分け目がいつもより目立つ気がした。ブラシを取り出し髪を浮かせようとするが、昨日からシャンプーしていない髪は、一向に立ち上がらない。

どうせくまが出るのなら仮眠など取らずに、シャワーを浴びるべきだったか。

現場から朝五時半に戻ってきた祐里は、一分でも多く眠ることを優先してしまった。

「おはよう、祐里」

先輩の鈴木《すずき》佐枝子《さえこ》が入ってきた。

「おはようございます」

「昨日は大変だったわね」

昨夜、佐枝子は泊まり番のキャップだった。そして入社十二年目、記者としては中堅の部類に入る祐里は〈一番機〉だった。社会部の記者は三番機、二番機、一番機と呼ばれる順番で事件現場に飛ぶ。入社した頃は意味が分からなかったが、戦時中の海軍の飛行戦隊に喩《たと》えられていると言われて納得した。新聞社では今でも軍隊用語が数多く使われている。

昨夜は、十一時にお台場《だいば》で車三台の玉突き事故が発生して三番機が出て、その三十分後に葛飾区で火事があり二番機が出た。さらに午前一時頃、大田《おおた》区の工場から異臭がすると通報があり、祐里が現場に向かった。

「祐里が出た後、サリンじゃないかってネットで噂になってたわよ。まさか研究員が薬品をこぼしただけとはね」

「警察にそう言えば良かったのに、適当なことを言って隠そうとしたから、警察も怒り出して。いろんな噂が流れたせいで、住人まで起きてきて現場は大騒ぎですよ。そもそもサリンは無臭なのに。まったく人騒がせな話です」

隣の佐枝子も化粧を始めた。六歳上なのに、きょうも佐枝子の肌にはハリがあるし、髪にも十分艶《つや》がある。短時間でも熟睡し、シャワーを浴び、ドライヤーで乾かしたのだろう。

二十代の頃は何もしなくとも気にもならなかった肌や髪は、三十代になると手入れを一日怠《おこた》っただけで潤いがなくなる。去年、もう三十三歳かとため息をついていたが、来月には三十四歳になる。とくにこの一年は、仕事でも私生活でもなにも変わらないまま、ただ時間だけが過ぎていった。

化粧を終え、佐枝子と一緒に編集局に入る。泊まり番の男性記者たちはすでに出てきていて、皆各紙の朝刊を読んでいた。祐里も各紙の束を取り席についた。できるだけ端のインクがついていない部分を摘《つま》んでページをめくる。隣の佐枝子は、爪の先を使ってめくっていた。きれいに洗った手で紙面を触るのが嫌なのだ。いくら主婦向けに家庭面を充実させたところで、新聞は女性に優しくないといつも思う。

「ねえ祐里、例の広告代理店の男、どうなったの?」

早くも読むのをやめた佐枝子が話しかけてきた。

「別になにもないですよ」

毎朝新聞に掲載された原発再稼働の連載を読んでいた祐里は、紙面に目を向けたまま答える。

「隠さないでよ。付き合ってるんじゃないの」

「コンサートの後、一回、映画観に行っただけです」

一ヵ月前、大学時代の友人と飲んでいる時に、二人組から一緒に飲みませんかと声をかけられた。まさかこの歳になってナンパされるとは思いもしなかった。二人ともなかなかのイケメンで、広告業界では上位に名を連ねる会社の社員だ。ただし五歳下と六歳下だった。

次の日、六歳下からコンサートに誘われた。知らない若手バンドだったが、好きなタイプの音楽だったし、その後に彼が予約していたレストランもセンスが良くて、出てきた料理のすべてが美味しかった。もしかしたら恋に発展するかもしれないと期待したし、その日のうちに次に会う約束もした。

二度目は映画に行った。その後のバーで彼から「今まで年上としか付き合ったことがない」と言われた祐里は、「どうして年上ばかりなの」と聞いた。彼は当然のように言った。

「僕、しっかりしてる女性が好きなんですよね。基本、甘えたいんで」

その瞬間、ときめきが消えてしまった。

私生活のことは社内では話さないようにしてきたが、佐枝子には最初にデートした頃から話している。それは佐枝子の夫が祐里と同期の三十四歳で、祐里と年下の彼と同じ六歳差だったからだ。

「次のデートの予定は？」

「もうないんじゃないですか。ちょっと私には若すぎます」

先週から二回続けて誘いを断っている。なのに彼は「ではまた次回で」とめげることなく誘ってくる。

「なに言ってんのよ。それだけスペックのいい男、たかが六つ下ってだけで切ってたら、二度といい男に巡り合えないわよ。男なんて何歳になっても子供みたいなもんなんだから」

確かに大学時代から八年付き合っていた二つ上の彼は、三十歳になって「銀行は俺がやりたい仕事ではなかった」と退職してオーストラリアに留学しそれっきりだ。その次に付き合ったITの男は三十七歳だったが、会話が途切れると、すぐにスマホを弄《いじ》っていた。

「でも佐枝子さんは気にならなかったんですか？」

「気になるって、なにが？」

「い、いえ、例えば向こうの家族に初めて紹介された時とか……」

「ああ、歳のこと？　うちはお義母《かあ》さんも七歳上だから」

そう聞いて、佐枝子の話は参考にならないと分かった。

岐阜《ぎふ》で学習塾を営んでいる祐里の両親は「やりたい仕事に就けたんだから後悔することなくやりなさい」と結婚をせっついてくることはない。だが最近は、この仕事を続けるなら結婚しなくてはいけないなと感じ始めている。

新聞社は三十代までは男女関係なく働かされるが、四十を過ぎてデスク、部長、局長と出世していくのは圧倒的に男の方だ。その一方で、女性に与えられるポストもある。社会部で言うなら環境省、厚労省、文科省、少子化担当、子育て支援といった分野だが、独身の女記者が厳しく質問したところで、相手が子育て経験のある女性官僚だったりすると、あなたに言ってもという顔をされ、返答も適当に端折《はしょ》られてしまう。

「もしかして今日デートだったりして？」佐枝子が流し目で見る。

「相変わらず鋭いですね。でも泊まり明けなので断りました」

「どうしてよ」

「だってこんな格好ですし」

自分の服を見ながら答えた。泊まりの日は着替えも持ってきているが、どこに行けと命じられてもいいように楽な服装にしている。今朝は紺のカットソーにカーキのパンツで、靴は昨日から履いているヒールのないパンプスだ。ロッカーに替えの靴を置いているが、今あるのは前回の泊まり明けに台風直撃の天気予報が外れたせいで履いて帰るタイミングを逸した長靴だけだ。

「そんなの一度、家に帰って着替えてから行けばいいだけ。あんたん家《ち》、御茶《おちゃ》ノ水《みず》でしょ？　タクシー乗ったらすぐじゃない。いいわよね、会社の近くに住むと便利で」

「全然便利じゃないですよ。買い物するにもコンビニしかないし、なのに家賃は高いんですから。私も佐枝子さんみたいに自由《じゆう》が丘《おか》に引っ越そうかな」

「なに言ってるの。あんたには御茶ノ水がお似合いよ」

「それって、どんな女ですか」

言ったものの、自分でも世間の女性からズレているとの自覚はある。御茶ノ水の前は門《もん》前仲町《ぜんなかちょう》で、その前は高田馬場《たかだのばば》だった。夜中に会社に駆けつけられるかどうかで住む場所を選んでしまう。エステくらいは行ったことがあるが、ネイルサロンもエクステも岩盤浴も、祐里には未開の地だ。洒落《しゃれ》たレストランで女子会をした回数より、同僚の男性記者とおでん屋に行った数の方が圧倒的に多い。

佐枝子からの質問をかわしていると、午前八時になり、続々と夕刊の部隊が出社してきた。

紙面レイアウトを担当する整理部員がモニターの前に座り、各部署が出稿した記事をチエックしている。それでも締め切りまでは十分な時間があるため、まだのんびりしている。

祐里はラルフローレンのポロシャツを着た男性社員に向かって、「マッパク」と声をかけた。広告マンには及ばないが、爽《さわ》やかな外見で女性警察官からも人気があった。

松本博史は後ろを向いて「ああ」と返事をした。

一緒に警視庁を担当していた頃は、礼儀正しい後輩だった。だが今は顔を合わせても挨拶すらしてこない。

「ねえ、マッパクが昔通ってた一課の刑事、今でも連絡取ってる？」

祐里は整理部席まで近づいた。

「どうしたんですか、急に」

「実は、昨日の晩に豪太郎から電話がかかってきて。今朝の二社面に出てるけど、埼玉で女の子が連れ去られそうになった事件があったのよ」

マッパクの席にあった中央新聞の社会面を開く。〈埼玉で連れ去り未遂〉と見出しが打たれている雑感にマッパクの目も移った。

「車の外に出てきたのは一人なんだけど、女の子が助手席にもう一人いたって言ってるらしいの。二人組の連れ去りなんてあまり聞かないから、警視庁がなにか言ってないか確認してほしいって豪太郎に頼まれたのよ」

「それってあの事件との関連性を言ってるんですよね。だったらなにも言うわけないじゃないですか。あの事件は単独犯で確定して、去年死刑が執行されたんですよ」

「そうなんだけど、でもほら、あの時も二人組って書いたのはうちだし、あの一件のせいで私たちは書いた記事の検証もできなかったわけだし」

あの一件とオブラートに包んで言った。〈供述に基づき〉と書いたのは豪太郎で、〈遺体発見か〉と見出しをつけたのは会社であるが、家族の元に最初に謝罪に行かされたのは祐里とマツパクだ。謝っても家族の怒りは収まらず、父親はマツパクの胸ぐらを摑んで「あんたに娘が死んだと書かれた我々家族の気持ちが分かるか」と激しく責めた。

「だとしても、どうしてあの人は、藤瀬さんに頼んでくるんですか。警視庁に聞いてほしいなら、うちの警視庁担当に頼めばいいじゃないですか」

「うちの警視庁担当が、豪太郎の言うことを聞くわけないじゃない」

誤報の責任を取らされて地方支局に異動した豪太郎のことを、いい気味だと笑っている人間は社内にたくさんいた。

捜査一課担当に残った祐里とマツパクも、事件後半年で交代させられた。

国交省や厚労省で一人担当をやり、今は遊軍にいる祐里はまだ良かった。

宮内庁や司法クラブという複数班に入れられたマツパクはそうはいかなかった。当時から豪太郎のまな弟子のように見られていたせいで、どこにいってもねちねちといびられたようだ。それでノイローゼ気味になった彼は、去年、自分から希望を出して整理部に異動した。

マツパクが呆《あき》れる気持ちもよく分かる。祐里だって、昨夜、豪太郎から電話がかかってきた時は、今頃になって何を言っているのかと思った。二人組だからというだけで、なぜ結びつけるのかと……。それでもあの事件のことだと言われると、聞き流せなかった。

あの日、強風と横殴りの雨が降る悪天候の中を、ヘリコプターは揺れながら飛んでいた。パイロットの「警察車両発見」という声を聞き、祐里は身を乗り出し、双眼鏡で窓の外を見た。

すぐに捜査員が小屋の前に立っているのが見えた。双眼鏡を目に当てたまま、衛星電話を摑んで豪太郎に電話をかけた。

最初はよく見えなかったが、しばらく双眼鏡を動かさずにいると少しずつ靄《もや》が晴れて、出動服を着た鑑識も中に入っていくのが見えた。プロペラ音に消されないように大声で様子を伝えた。

捜査員が女児を抱いて出てきた時は、電話を握り締めて絶叫した。少女の顔から感情は消えていた。だが細い腕を捜査員の首に巻きつけ、絶対に離すまいという強い意思を感じた。あの時目にした光景だけは、生涯忘れないだろう。

祐里はもう一度マツパクの目を見たが、見返してもこなかった。

「そうだね。マッパクに聞くのは筋違いだったね」

社会部同士でも不用意にネタ元を明かしたりしないのに、今は整理部にいるマッパクに昔のネタ元を聞くことじたいマナー違反だ。

「ごめんね。これから忙しくなるのに、邪魔して」

「いえ、別に」

頭を下げたが素っ気なかった。祐里が体の向きを変えようとしたところで、マッパクは紙面に触りかけたかに見えた。だが振り返った時には、背を向けていた。

仕方がない。今晩、知り合いの捜査員の自宅に夜回りにいって聞いてみるか。もっとも二人組の連れ去り未遂では、警視庁が古い資料を確認するどころか、埼玉県警が情報提供を求めることすらないと思うが。

机に戻ると広告マンからメールの着信があった。

〈藤瀬さん、夜遅くなってもいいので会えませんか〉

なぜか苗字《みようじ》で呼ばれていることが気にかかった。

〈いつも断ってばかりでごめんなさい。私の仕事だと予定がつかなくて、誘ってもらってもドタキャンしてしまうから、違う人を誘ってあげてください。本当にごめんなさい〉

さっと書き終えて、一度だけ読み返し、送信ボタンを押した。迷いはないつもりだった。

だが、送ったメールが向こうの携帯に届いたと感じた途端、もしかしたら自分は間違った方向に人生を突っ走っているのではないか、と思えてしまった。

3

午後五時になると同時に、松本博史は編集局を出た。託児所に預けている二歳になる娘の茜《あかね》を迎えにいかなくてはならない。駅のホームについて、昨夜ミステリー小説の上巻を読み終えたことを思い出した。途中で本屋に寄って下巻を買いたいところだが、長い間託児所にいる二歳の娘を待たせたくない。

諦め半分でキオスクの本棚を覗くと、下巻があった。思わず握り拳《こぶし》を作る。きょうはいい日だ。

最寄り駅に到着すると、託児所に向かって走った。茜は広い教室の真ん中で、保育士と二人だけで遊んでいた。両手を広げて抱き上げる。父親の顔を見て安心したのか、茜は保育士に手を振った途端、腕の中で眠ってしまった。

三年前に大学時代から付き合っていた真帆《まほ》と結婚し、翌年茜が生まれた。真帆は一年間休職したが、去年の夏から出版社に復職した。月刊女性誌の編集者なので、締め切り前の一週間は帰宅が深夜になるが、出産前は週刊誌だったから、これでも楽になった方だ。

真帆は結婚前から子供が生まれても仕事を続けることを希望していた。茜が生まれた頃は博史はまだ社会部の記者だったから、育休が明ければ、月の三分の一くらいは夜間託児所に預けなくてはいけないなと話していた。それが真帆の復帰とほぼ同時期に博史が整理部に異動したことで、娘に夜まで寂しい思いをさせなくて済んだ。

整理部の勤務時間は朝刊シフトだと夕方四時から深夜二時までだが、夕刊シフトに入れば午後五時には帰れる。整理部長に頼み、妻が忙しくなる期間は、夕刊シフトに入れてもらっている。

家に着くと茜は目を覚ました。ご飯を炊いている間お絵描き帳で遊んでいた茜は、炊飯器の音が鳴ると、「できた！」と両手をあげた。ベビーチェアに座らせて、真帆が出がけに作ってくれたミートボールと粉《こ》ふき芋、人参《にんじん》、トウモロコシ、ご飯を、お子様プレートの上に色ごとに盛りつけた。

「どうぞ」と言うと、茜は「まーす」と言ってフォークを上握りで持ち、きれいに分けたおかずをぐちゃぐちゃに混ぜた。

朝から夕刊の降版《こうはん》時間ぎりぎりまで記事の行数を数えレイアウトを直していたせいで、眼の奥が重い。すこし瞼を閉じると、茜の食器の音だけが聞こえた。目を開けるとおかずは前かけやテーブルに半分くらいこぼれてしまっていたが、一人で皿を空にした茜はとても満足そうだった。

茜の小さな額には、一センチほどの縫《ぬ》い跡がある。

去年の今頃、博史と真帆が別室にいた時にソファーの上から転落して、ガラステーブルで切ってしまったのだ。

血が止まることなく流れて、博史も真帆も慌てた。医者からは、この程度の傷ならいずれ消えると言われたが、女の子だけに本当に消えてくれるか気がかりだ。真帆も相当落ち込んでいて、翌週からだった復職を一週間延ばした。

茜には可哀想な思いをさせたが、まだ自分の顔を気にしない年齢だったのが救いだった。もう少し大きくなってからだと、引っ込み思案な子供になっていたかもしれない。

食事が終わるとお風呂に入れる。髪を乾かしてパジャマに着替えさせた。茜は「プップー」と言ってプーさんの絵本を持ってきた。妻の真帆はせっかちで、最後の方になると読み飛ばす。そういう時の茜は、ちゃんと気付いて怒るらしい。

博史は書かれている一文字ずつをはっきりと読み、ページをめくる時には時間をあける。絵本はページが変わる瞬間に、子供の想像力が掻《か》き立てられるのだ。何度も読んでいるから茜だって次が分かっているはずなのに、毎回、息を呑んで待ち、笑ったり驚いたりするのが博史には嬉しい。

絵本を読み終えたところで茜の瞼が落ちた。子供の寝顔は天使に見える。それは大人を信頼して、安心しきっているからなのだろう。

家事を終えると、博史はミステリー小説の下巻を鞄から取り出した。冷蔵庫から缶ビールを取り、ダイニングテーブルに移動して一息つく。

警視庁担当だった頃は、いつも睡眠不足だった。当時の一課担はスクープを連発していたが、博史は、他紙に抜かれる夢ばかり見ていた。

支局から本社に戻ってきた同期の中で、自分だけが警視庁担当を告げられた時は嬉しかったが、捜査一、三課担当の〈一課担〉と聞いて不安でいっぱいになった。なにせ一課担の仕切りである関口豪太郎は、後輩に厳しいことで知られており、前任の三番機は豪太郎のあまりにめちゃくちゃな指令に三ヵ月で会社をやめていたからだ。

警戒しながら警視庁に挨拶に行った。出てきた豪太郎は、噂とはまるで違って穏やかで、爽やかにさえ見えた。そしていきなり博史の肩に手を置いてこう言ってきたのだ。

「松本君、たしか、きみは社内報に『大統領の陰謀』を観て新聞記者を志《こころざ》したと書いてたよな」

ワシントンポスト紙のボブ・ウッドワードとカール・バーンスタインがニクソン大統領時代に起きた〈ウォーターゲート事件〉の真相を暴く、実話を基にした映画だ。博史は高校時代にDVDを観て、記者に憧れた。権力者の不正をペンだけで暴く様が最高に格好よく、男の一生の仕事にふさわしいと思えた。だから社内報の新入社員紹介欄で志望動機に書いたのだが、それは三年も前のことだった。

「はい」

「それは俺と同じ動機だ」笑顔でそう言った豪太郎はさらにこう聞いてきた。「ところできみはレッドフォード派か、ダスティン・ホフマン派か」

「どちらかと言えばレッドフォードですかね」見た目がいいのはロバート・レッドフォードだったし、ディープスロートという謎のネタ元と接触するのもレッドフォード演じるボブ・ウッドワードの方だった。

豪太郎からは「きみは甘いな」と言われた。

「あの映画はダスティン・ホフマンが電話で『この記事が危険かどうか、これから十数えるから危険なら切ってくれ』と頼むシーンが肝《きも》なんだぞ。『ワン、ツー、スリー、フォー……』と数えて、テンと言っても相手が電話を切らなかった時、俺は全身に鳥肌が立ったよ」

豪太郎に言われてそのシーンが甦《よみがえ》ってきた。そうやって記者は裏を取るのかと感動したのも思い出した。

豪太郎が歓迎してくれたのはそこまでだった。すぐに署内に挨拶回りに行かされ、「名前を覚えてもらえ」と胸に大きな名札をつけさせられた。支局帰りの記者は他紙にもいたが、そんな格好をしているのは博史だけだった。他紙からは「高校野球の練習着みたいだな」と笑われたが、二週間もしないうちに、新入りの中で博史だけが各部の幹部から名前を覚えられた。

豪太郎には一度だけ一緒に夜回りに連れていかれたことがある。杉並《すぎなみ》警察署の署長官舎だった。

「この前、毎朝新聞の記者と囲碁で勝負したのですが、完敗して酒を奢《おご》るハメになって……。雪辱《せつじょく》したいので、署長、一局揉《も》んでいただけませんか」

豪太郎は出てきた署長にそう言うと、上がっていいとも言われないうちに、靴を脱ぎ出した。

夜の十一時を過ぎていた。署長は仕方がないといった顔で、豪太郎と博史を居間に招いてくれた。

囲碁は豪太郎が家に上げてもらう口実だとすぐ分かった。素人《しろうと》でも分かるほど豪太郎は下手で、署長の相手にならなかったからだ。

それでも「もう一局お願いします」と頼み、碁石を片付け、また打ってはすぐ負けた。負けっぷりが気持ちいいからなのか、署長の渋い顔が途中から朗《ほが》らかな顔に変わっていた。

黙って見学していた博史は、奥さんが出してくれた饅頭《まんじゆう》を食べ、お茶を飲んだ。トイレを借りて帰ってくると、今度は豪太郎がトイレに行った。

「ありがとうございます。おかげで毎朝の記者に雪辱できそうです」

そう言って玄関に向かう。すっかり上機嫌になった署長は外まで見送ってくれた。車で来ているからと酒を断っていたにもかかわらず、豪太郎は「松本、おまえが運転してくれ」と鍵を渡してきた。

往路は運転したのに、なぜ帰りは運転しないのか不思議に思ったが、車を発進させ、見送った署長の姿が見えなくなると、理由が分かった。豪太郎の掌《てのひら》にボールペンで小さな文字が書き込まれていたからだ。

博史がトイレに行っている隙に、豪太郎は杉並の資産家老女が殺された事件で、明日重要参考人として引っ張った五十二歳の甥《おい》に逮捕状を取るというネタを聞き出していた。その後トイレで掌に書き込まれた文字は、ハンドルを握ると汗で消えてしまう。

それ以来、博史は豪太郎の背中を追いかけ、取材スタイルを真似た。そのうち、いくつかのスクープを取れるようになった。特ダネを取った翌日、他紙の記者たちが羨望《せんぼう》と嫉妬《しっと》の目で自分を見るのが快感だった。一つくらい抜いても東都や毎朝の記者は動じないが、二つ、三つ続けて抜くと、明らかに自分たちが見張られていると感じた。

だが豪太郎は他紙が警戒している時に限って、サロンの応接セットに足を上げて居眠りをしていた。そして記者クラブから人が引けた夜になると、「松本、俺たちの時間だ」と、夜回りの指示を出し、翌日またスクープを抜いた。毎日睡眠不足で辛かったが、それでも結果が出ることが楽しく、事件記者が自分の天職ではないかと思ったことすらある。

だが七年前の誤報で、博史の考えは変わった。

遺体発見か。

一度、娘は死んだと報じられた家族の怒りは、誤報を認めて訂正したところで、鎮《しず》まるわけもなかった。

——あんたたち、どうしてよく調べもせず、うちの娘が死んだなんて書いたんだ。あんたに娘が死んだと書かれた我々家族の気持ちが分かるか。

その時は胸倉を摑まれて怒鳴られたことより、父親の目に涙が浮かんでいたことが応えた。

中央新聞が誤報を打ったことで、ただでさえ救出され注目が集まった被害者少女のことを、メディアや新聞はまたさらに書き立てた。この手の事件では生存した被害者に配慮し、監禁されている間になにをされたかまで触れないものだが、中央新聞が死んだと書いたことでたがが外れたように、各メディアから少女が陵《りょう》辱《じょく》されていたと想像がつく内容の記事が出るようになった。博史は憤りを覚えたが、そもそも中央新聞が残虐な事件をスキャンダルにしてしまったのだと思うと、自分に怒りをぶつけることしかできなかった。

救出された一ヵ月後には女児の祖母が亡くなった。以前から心臓の調子が悪く入退院を繰り返していたが、週刊誌には、中央新聞が書いた記事のショックで命を縮めたと書かれた。母親も精神疾患をわずらい、入退院を繰り返したようだ。その事実も博史の心をいっそう澱《よど》ませた。

見出しをつけたのは会社だが、つけさせたのは豪太郎であり、博史でもある。藤沢西署の高井副署長にアジトの件をぶつけた時、どうして遺体があるかまで確認しなかったのか……。ショベルカーを出したのだから、高井も女児が生きているとは思っていなかったのかもしれない。それでも「遺体」という言葉を口にしていれば、慎重な高井からは止められた可能性がある。

そもそも博史は、アジトというだけでどうして記事を急いだのか、自分でも説明がつかなくなっていた。すでに容疑者逮捕はスクープしていたのだ。容疑者に隠れ家があろうが、まだ見つかっていない女児がいたことを考えれば、もっと慎重に取材を進めるべきだった。

それ以来、博史は百パーセントの確信が持てていないことを記事にするのをやめた。宮内庁や司法クラブの先輩たちは、豪太郎がいなくなったせいで博史がやる気をなくしたと思い込んでいたようだが、まったく違う。二度と書くことで人を悲しませたくない、人の人生を狂わせたくない、そう思ったから上司に報告するのも時間がかかるようになり、他紙に先に書かれたり、調べたりしている間に発表になることが多くなっただけだ。今の時代、どこよりも速く報じることに意味はあるのか。新聞は通信社とも契約していて、大きな事件が発生すると、通信社が鐘を鳴らして速報をアナウンスする。そういうときは編集局は騒然とするが、携帯で検索すると、すでに一般市民から現場の写真が投稿されていたりする。

速報への興味を失った途端、博史は記者を続けることの意義まで考えるようになった。

去年の六月、誤報の責任から長らく編集委員をさせられていた外山が社会部長に昇進した際、博史は外山に面談を申し出て、整理部への異動を希望した。

外山からは思いのほかあっさりと「いい経験になるかもしれないな」と了解された。話を終え、会議室を去ろうとした時、外山から「まだ関口と連絡を取ってるのか」と聞かれた。

たまに電話がかかってきたりはしていたが、外山と豪太郎が不仲であることは知っていたので、まったく連絡していないと答えた。

その際に言われた言葉が印象的だった。

「それがいい。おまえは豪太郎を信奉していたようだが、あいつは後輩のことなんかなんとも思ってなかったからな。おまえが取って来たネタを、これは松本のネタだと言ったこともなかった」

言われた時はとくに気にもしなかったが、時間が経つに連れて、外山の言葉を考えるようになった。確かに豪太郎はなんでも自分でやろうとしていた。上司への気遣いなど無きに等しく、藤瀬や自分に対して、思いやりのようなものを見せたこともあまりなかった。豪太郎が目指していたのは中央新聞が特ダネを抜くこと、自分がスクープすることだけだ。七年前のアジトの件にしても、最初に丹沢周辺で容疑者の目撃談があると聞いてきたのは藤瀬だったのに、記事は豪太郎が書いた。

玄関ドアを解錠する音がした。

「ただいま」

博史は、リビングに入ってきた真帆の顔を見て「お帰り。おつかれさま」と言った。時計を見ると零時を過ぎている。今週は締め切りだと話していた真帆は、さすがに疲れ切った顔をしていた。

「茜は？　って、もう寝てるわよね」

いつもと同じ冗談を言った。真っ先に茜の名前を出すのは、娘に寂しい思いをさせていると申し訳なく思うからなのだろう。

「ママのミートボールを美味しいって言って食べてたよ。満腹になったみたいで、すぐに眠った」

「博くん、洗い物もしてくれたんだ。ありがとね」片付いた流し台を見ながら笑顔を広げた。

「洗濯物も畳《たた》んでおいた。もしかしたらしまう場所が違ってるかもしれないけど」

「それくらい私がやるからいいのに」

正直、妻の下着まで畳むのは気がひける。

「明後日で校了だから、そうしたら博くんも飲みに行ってね」

真帆は、自分が仕事に戻ったことが原因で、博史が整理部に異動願いを出したと思っているようだ。育児のために、同僚との付き合いもすべて断っていると。

「大丈夫だよ。俺は茜と過ごす方が今は楽しいから。真帆の方こそ打ち上げがあるだろ？」

「打ち上げっていうか、飲みたい人間が口実を作って集まってるだけだから」

「そういうのこそ、行っておいた方がいいよ。飲み会って、いない人の悪口で盛り上がるから」

「そうなの。今度来た副編がやたらと人の噂話をするのが好きで……」仕事帰りでテンションが上がっている時の真帆のお喋りはなかなか止まらない。博史が相槌《あいづち》を打って聞いていると、真帆から「あ、博くんの携帯、光ってるよ」と言われた。

「本当だ」テーブルの上に置いた携帯電話に手を伸ばす。

「別にマナーモードにしなくてもいいのに」

「茜が起きちゃうからな」そう答えたが、社会部時代は夜中でも平気で鳴らしていた。

携帯を手に取ると画面に〈不在着信　藤瀬祐里〉と表示されていた。

時間は十一時五十五分だから十分ほど前だ。

どうせまた今朝の話をしようとしているのだろう。藤瀬は優しい先輩だったが、仕事はしつこい。だが藤瀬を恨むのは筋違いだと思った。藤瀬にしても、豪太郎に催促されて仕方なく電話をかけてきているのだろう。

「いいの? かけ直さなくて」真帆が気を遣って席を立とうとした。仕事の話は家族であっても聞かない方がいいと、マスコミで働く彼女なりに配慮してくれる。

「大丈夫。明日会社で話すから」

博史は携帯を置いた。

藤瀬に言われた埼玉の連れ去り未遂事件の記事は、彼女が自分の席に戻ったのを確認してから、目を通した。

埼玉で連れ去り未遂

埼玉県北葛飾郡松伏町の路上で14日、友人宅から帰宅途中の同町立小学校5年生の女児が若い男に腕を引っ張られ、連れ去られそうになっていたことが、吉川署の調べで分かった。

同署によると、女児は午後7時ごろ、後ろから車で来た男から道を尋ねられた。車から出てきた男に腕を摑まれたことで、女児が防犯ブザーを鳴らした。男は車に戻って逃走した。男は左手にタオルのようなものを持っていた。

男は20代ぐらいで、太めの体格。黒っぽい野球帽を被り、白いポロシャツ、車は黒系だった。

女児は、助手席にもう1人乗っていたようだと話している。同署では連れ去り事件の可能性が高いとして捜査している。


もう一人乗っていたようだとは、豪太郎が書いた記事にしては曖昧な内容だった。だが警察が女児への聞き取りを配慮した可能性がある。幼児や児童が被害者の場合、捜査員も被害者が落ち着くのを待つ。

豪太郎はいまだに七年前の連続女児誘拐殺害事件が二人組の仕業だったと信じているのだろうか。

博史も記事が出た時は豪太郎の取材だから間違いないと思ったたし、その後も知り合いの刑事から、「俺はまんざら間違いじゃないと思っていた」と言われた時には、もしかすると当たっていたんじゃないかと疑いを持った。だがその日は中島の裁判が始まった日であったたし、博史も宮内庁担当に替わっていたため調べることはできなかった。その後、裁判で新たな事実が出ることもなく被告に死刑判決が出た。その時には余計なことを上司に伝えなくて良かったと安堵《あんど》した。

「また電話だよ」

机の上で携帯電話の画面が点灯したことに真帆が気付いた。また藤瀬だ。

「はい、松本ですけど」辟易《へきえき》した思いが声に混じってしまった。

〈マツパク、ごめんね、夜分に〉

「別に構わないですけど、なんですか」

〈ねえ、私が自分で当たるから、例の刑事の自宅教えてくれない〉

「またその件ですか。それなら直接、関さんから警視庁担当に伝えて調べてもらうべきだと言ったじゃないですか」

博史の声が聞こえていないのか、藤瀬は早口になり、さらに大声になった。

〈また埼玉で女の子が誘拐されそうになったの。今度は小学六年生よ〉

誘拐と聞いても、頭の中は意外と冷静だった。

「されそうになったってことは、女の子は無事なんですよね」

〈なんとか自力で逃げたの。でも今度は間違いなく二人組だったのを見たって……〉

また二人組だ。

〈もしもし……マツパク、聞こえてる?〉

「……聞こえてますよ」

〈もし番号教えるのがまずいなら、マツパクが聞いてくれない？〉

「どうして僕がやらなくてはいけないんですか。僕はもう社会部じゃないんですよ」

〈また少女なの。分かってる？　あの時、私たちが悲しんだ事件がまた起きるかもしれないのよ〉

藤瀬は興奮していた。だが博史は「そんなの分かってますよ」としか言えなかった。博史の返した言葉にさぞかしがっかりしたのだろう。しばしの沈黙の後、彼女が冷めているのが伝わってきた。

〈そうよね。マツパクは社会部とは関係ないんだものね〉

「すみません。お力になれなくて」

〈ごめんね。こちらこそ、夜遅く。赤ちゃん寝てる時間なのに〉

最後はいつもの優しい先輩に戻り、電話を切った。

通話が切れた携帯電話を博史はテーブルに置いた。

顔を上げると、真帆と目が合った。てっきり居間から出たと思ったが、彼女は動いていなかった。たいしたことじゃない……そう言おうとしたが、真帆の方が先に視線を逸らした。

4

午前十一時の段階で、すでに気温は三十五度を超えているのではないか。

豪太郎はハンカチで首筋の汗を拭きながら、埼玉県北東部、久喜《くき》市の田園地帯を歩いていた。隣を歩く岡田は首にタオルを巻いている。アスファルトは熱した鉄板のようで、すり減った靴底を炙《あぶ》ってくる。

この先の舗装されていない道で、二日前の八月十五日の夜八時頃、近くの祖父母宅から一人で自宅に帰ろうとしていた小学六年生の女児が、二人組の男に連れ去られそうになった。二度目の連れ去り未遂事件だ。

今回も、車から出てきた男が左手にタオルのような布を握っていたという。少女は前日に松伏町で起きた事件を地元テレビのニュースを見て覚えていた。だから男に道を聞かれただけで、危険を察して逃げ出したらしい。

今回の女児は、間違いなく助手席にもう一人男がいたと証言した。

助手席の男のことは分からないが、運転席から出てきた男は二十代くらいでサングラスをかけて、前髪は眉毛あたりの長さ、身長一六〇センチから一七〇センチくらい……松伏の被害女児は太っていたと証言したが、今回は普通体型だったという。恐怖に怯《おび》えた女児の証言なので、曖昧になるのは仕方がない。一目散《いちもくさん》に逃げたため、車の種類や特徴も覚えていなかった。

彼女がどれだけの恐怖を覚えたか、周りの環境を見ればよく分かった。付近は民家が点々とあるだけで街灯の数も少ない。手前に大きな寺があったが、この先は田んぼが続くらしい。灯りがついていそうな建物といえば、途中にコンビニのような酒屋が一軒あっただけだ。日が暮れるのが遅い夏とはいえ、夜八時では闇の中を歩いているように感じるのではないか。

今回は腕を引っ張られたわけではないことから、警察は現時点では連れ去り目的だとは発表していない。しかし道を聞くためだけに、暑い中、車外まで出てくることはないだろう。

発生翌日となった昨日は、現場には岡田と木原を行かせた。

今朝、毎朝新聞と地元のさきたま日報に記事が出た。いずれも、今回の事件当夜に、不審な灰色のホンダ車が目撃されたという記事だった。

その記事を自宅で目にした豪太郎は、すぐさま木原に電話をしたが、木原は現場でそんな目撃証言は聞かなかったと言った。そこでこの日は木原に県警を任せ、豪太郎は現場に出た。

「あの家です」目の前の瓦屋根の家を岡田が指さした。

「岡田、タオル」

顎で注意をすると、岡田は慌てて首に巻いたタオルをショルダーバッグに押し込んだ。

扉のない門柱を入り、インターホンを押す。母親らしき女性が出てきた。豪太郎が事情を話すと、少し困惑した顔で「今、お客さんが来ているので少し待ってもらえますか」と言った。玄関を見ると黒の餃子靴が二つ並べてあった。

「それなら外で待たせてもらいます」

扉を閉め、裏側の庭に向かった。木の陰に入る。

五分もしないうちに「それではお邪魔しました」と男性の声がして、玄関の扉が開いた。来客は二人だった。四十代くらいの痩《や》せた男と体格のいい二十代後半くらいの男で、若い方が茶色の鞄を持っていた。刑事だ。

岡田もそう思ったようだ。話を聞こうと前に歩き出そうとしたが、豪太郎は「いいよ」とワイシャツの裾を引っ張った。

声を出したことで二人が豪太郎たちに気付いた。

年嵩《としかさ》の痩せた刑事に向かって豪太郎は黙礼した。刑事は一瞥しただけで、門の外に出ていった。

「岡田、あのベテランの刑事、名前を調べておけ」

「は、はい」

中に入ると母親が息子の部屋に案内してくれた。大学生と聞いていたが、童顔で高校生くらいに見えた。態度も幼く、豪太郎と岡田が社名と氏名を名乗っても、嫌そうな顔をしたまままともに返事もしなかった。

「さきほどの刑事さんにも聞かれたと思いますが、あなたが事件のあった二日前の夜に灰色の車を見たんですよね」

「見たよ」

「二人組だというのは確認されたんですよね」

「助手席にも乗ってたからね。だけど中は見えなかったから、どんな顔をしてたかは分かんなかったけど」

「車の種類は？　さっきの刑事さんから写真を見せられて、車種を確認させられたんじゃないですか」

「見せられたけど分かんなかった。ホンダのマークがついてたのは覚えてるけど、俺、免許ねえし、車あんまし詳しくねえし」

「おかしな動きをしていたのは事実なんですね」

「猛スピードでぶっ飛ばしてたからね」

「時間は？」

「帰ってしばらくしてから時計見たら八時十五分だったんで、八時は過ぎてたと思うけど」

「八時過ぎということは、女の子に逃げられた後、急いで逃げようとしていたんじゃないですか」隣から岡田が言った。

「そのことは刑事さんはなんて?」豪太郎が尋ねるが、彼は「なにも聞いてこなかったよ」と言った。

「ホンダの車種は分かりませんか。名前が分からないのなら、セダンとかワゴンとかハッチバックとか」

「普通の車だったよ」

「ハイブリッドでした? プリウスなら後ろの形が特徴的だから分かるでしょう」

「だからホンダだって」

「それならフィットとか」

「詳しくないって言ってんじゃん。名前言われても分かんないよ」

「ということは軽自動車の可能性もあるってことですね、ホンダって軽自動車ありましたっけ」

「あるけど軽ではなかったよ」

「いずれにしても間違いなく不審車には見えたんですね」大学生のよく動く瞳を見つめて言った。

「そう」

その後、岡田がいくつか質問した。大学生はぞんざいな言い方であったが、答えてはいた。豪太郎は「ありがとう。悪かったね」と軽く頭を下げて部屋を出た。

母親にも礼を言い、表に出た。

「キャップ。もう少し詳しく聞いても良かったんじゃないですか」岡田が言ってきた。

「無駄だよ。あの大学生は嘘をついている。目撃したと言ったら友達が興味を示し、そこに記者まで飛びついてきた。だけど刑事まで来るとは思ってなくて、嘘をついたのがバレないよう、ごまかすのに必死だった」

「どうして嘘だと言い切れるんですか」

「猛スピードでぶっ飛ばしていたのを不審に思うなら、もう少し運転手の顔に興味を持ってもいいだろう」

「興味は持ったけど、スピードが速過ぎて見えなかったんじゃないですか」

「それなら余計に車を見ようとする」

「詳しくないから見ても分からなかったんですよ」

「それは嘘だ。彼はおそらくハッチバックも知ってたし、プリウスがトヨタ車だというのも知っていた」

「それくらいは普通知ってますよ。ＣＭでもやってるし」

「ホンダに軽自動車があることも知っていた」

「それもCMでやってます」

岡田は納得しないようだったが、豪太郎は自分の勘に自信を持っていた。

「それよりあのベテランの刑事の家見《ヤサ》つけたら、『刑事さんが目で合図してくれたおかげで、ガセネタに振り回されなくてすみました。ありがとうございます』と言って打ち解けろ」

「はぁ」

岡田は不安な顔で返事をした。刑事とそんな会話を交わすことより、名前も分からない刑事の家をどうやって探すのか、そっちのことで頭がいっぱいなのだろう。

「俺はこれから久喜署に顔を出す。おまえは……」

「僕はこのあたりを一軒一軒聞いて回ります」

先に岡田が答えたが「それは無駄だ。もう他紙が掃除し終わってる」と言った。同じ全国紙でも、東都や毎朝とは現場にかけられる記者の数が違っている。ローラー作戦になれば、記者の数が半分以下の中央では勝ち目がない。

「おまえは寺に行け」

「寺には昨日行って、住職に聞きましたが、不審者は見なかったと言われましたよ」

「住職じゃない。参拝者だ。あの寺、裏に結構大きな墓地があったろ? 事件が起きたのはお盆中だった。お参りに来た人がいるはずだ。来た人に電話して、不審な人間や車を見ていないか尋ねろ」

「どうやって来た人を調べるんですか」

「墓参りと言ったらなんだよ」

岡田は考え込んでから携帯電話で調べ始めた。

「馬鹿、そんなんで調べてどうすんだよ、自分の頭で考えろ」

「考えろと言われましても」

「おまえが墓参りするとしたら、なにを持ってくよ」

「お線香ですか」

「線香なんて消えてなくなるだろうが」

「もしかして花ですか？」

「そうだ、花だよ。まだ活きのいい花が供えてあったら、ここ数日に墓参りにきた証拠だ。家名を控えて、住職に連絡先を尋ねろ」

「そこまで教えてくれますかね」

「それを聞くのがおまえの仕事だろうよ。俺たちは、一歩間違えば少女が誘拐された事件を追いかけてんだ。証拠や証言を記事にすることで、被疑者逮捕に繋《つな》がるし、住人も安心して生活できる。大宮の主婦の遺体事件でおまえが家族に言ったみたいに、これが僕たちの使命なんですと、熱く訴えれば、住職だって教えてくれるさ」

水を浴びた屈辱を思い出したのか、岡田が渋い顔をした。

「頼んだぞ。今回はガセネタで良かったが、ぼやっとしていたら、本物の特オチを食らうからな」

軽く背中を叩いて豪太郎は先を歩き出した。

〈昨夜、七年前の合同捜査本部に加わった刑事に当たりました。刑事は埼玉の事件に興味は持っていましたけど、うちが七年前に書いた複数犯説の話を出したら、今頃なに言ってんだと一蹴されてしまいました〉

今朝、藤瀬祐里から報告が入った。

「普通はそう言うだろうな」

豪太郎も昨夜、埼玉県警の刑事に話を聞いた。その刑事も「本気で攫《さら》う気なら二人出てきて無理矢理連れ去るんじゃないか」と大事には捉えていなかった。

刑事宅からの帰り道、本社に援軍を出してもらえないか頼んだ。当番デスクは電話中で、サブデスクは離席していたため、社会部長の外山が出た。

外山もまた、豪太郎の主張をまともに聞いてくれなかった。

「部長、被疑者は二人組なんですよ。これだけでも調べてみる価値はあります」

外山も七年前の事件の当事者だ。そう持ち出せば興味を示してくれると思ったのだが、まるで違った。

〈おまえはようやく世間から忘れられた我が社の失態を、自分から蒸し返そうというのか〉

「僕は忘れられたとは思っていませんよ」

〈だとしたら、おまえが二人組と書いたことは誤報ではないと思っているのか〉

「そういうわけではないですけど……」

そこで一瞬、口籠《くちごも》ってしまった。それでも自分に言い聞かせるように「可能性がある限りは取材すべきです。それが我々の仕事ですから」と言った。

〈仕事なら今はその事件の取材をすることだろう。なんでも過去に結びつけることはない〉

「無理に結びつけているわけではありません。二人組の連れ去りが珍しいから言っているんです。成人女性を狙った暴行なら、複数犯もありますが、幼い少女狙いの犯行は大概一人です」

〈今回はそうかもしれんが、七年前におまえが書いた二人組の記事は警察に否定された〉

「否定されただけで再取材はかけていません。だから、万が一あの時の共犯者が今回の事件を起こしていたとしたら、それは僕たちメディアの責任になります」

〈なに馬鹿なこと言ってんだ。捜査したのは警察だし、否定したのも警察だ。仮にそんなことがあったとしてもメディアの責任ではない、警察の責任だ〉

「いいえ、僕らの責任です」

その後も堂々巡りになったが、豪太郎が「せめて人だけでも埼玉に出してください」と粘ると、〈あくまでも今回の捜査のためだぞ〉と念を押され、ようやく認めてくれた。

久喜署まで四十分ほど車を運転して戻ると、中央新聞の社旗をつけた黒塗りのハイヤーが停まっていた。

タクシーは使うな、電車で行けと経費削減を言われるが、いまだに本社はハイヤーを乗り回しているようだ。豪太郎も捜査一課担の仕切り時代は、取材先まですべてハイヤーを使い、深夜二時三時に自宅に送ってもらって、朝の五時には迎えに来てもらうなど使い詰めだった。夜回りから朝駆けまでの時間が短い時は、そのままハイヤーで仮眠を取った。当時は一刻を争う事件を追いかけているのだから、金を使うのは当然だと思っていた。

自分の車を駐車場に停め、ハイヤーに近づいて行くと後ろ扉が開いた。

体格のいい男の姿に驚いた。警視庁のサブキャップである辻本《つじもと》だったからだ。

豪太郎より二期上で、豪太郎が金沢支局に異動になったことで、急遽《きゅうきょ》一課担の仕切りを任されたのがこの辻本だった。

「ツジさん、どうも」豪太郎から頭を下げた。

「おお、久しぶりだな関口」

それほど親しい間ではなかったが、彼も司法クラブや遊軍でいくつかの特ダネを取った優秀な記者だ。連携して取材したこともある。

「僕が金沢に異動して以来ですから、七年振りですね。まさかツジさんに来ていただけるとは思いもしませんでしたよ」

「俺も急に部長から行ってくれと言われて驚いたよ」

最後は仕方なく了解した外山だけに、空いている若手を送られるものだと思っていた。

「おまえが部長に直接援軍を要請したくらいだから、他紙が来てるのかと急いで来たんだけど、東都も毎朝もいないな」

辻本は駐車場を見渡しながら言った。駐《と》まっているハイヤーは中央の社旗をつけた一台だけだ。

「すみません。うちにちょっと人が足りないもので応援を頼んだんです。部長にもそう伝えたつもりだったんですが」

「それならいいが」

「では、現場を見られますか」

「そうしたいところだが、きょう一日しかいられないし、それはいいわ」

「だけどせっかく来られたのですから、現場を見ておいた方がいいんじゃないですか」

「目撃談はもうおまえたちが取ってるんだろ。まさか東京から俺が来て、雑感を送るわけにはいかないしな」

辻本は来たからにはなにか原稿を送るつもりらしい。その気持ちはありがたいが、現場を見ずに記事は書けない。取材するにしても現場を把握していなければ、質問もぶつけられないではないか。

「ツジさん、やっぱり見てきてくださいよ。連続事件ですし」

「連続といっても、未遂だろ」

「未遂でも、少女が逃げていなければ大事件になっていたんですよ」

今度は辻本が表情を変えた。もっとも細い目が吊り上がったのは一瞬だけで、表情を戻して豪太郎に向かって手を出した。

「それより関口、住居帳《ヤサちょう》出してくれ。今晩、俺も夜回りを手伝うから」

「残念ながら、ヤサ帳はないんですよ」

「おいおい、さいたまはヤサ帳も取れずに仕事してるのかよ。おまえ、さいたまへ来て二ヵ月だろ。警視庁を経験したBBなら手に入れているもんじゃないのか」

豪太郎が怠けているかのような言い方だったが、二ヵ月で取れれば上等なくらいだ。一年かかっても取れないキャップだっている。

木原は一年やったが取れなかった。豪太郎は一ヵ月で入手したが、コピーをくれた相手からは「あんただから渡すんだぞ」と念を押されたので、木原や岡田にも見せていない。

「今は個人情報保護の時代ですからそういうものは渡してくれないんです」嘘をついた。

「その代わり、話してくれる夜回り先は自分の力で確保しろと、各記者には教育していますから」

「ならその人間を教えてくれ。ただし、ちゃんと話してくれる相手にしてくれな」

「ツジさんはいつからそんな記者になったんですか」気がついたらそんな言葉が出ていた。

「そんなってなんだよ」

「支局に来て、いきなりヤサ帳出せって命じる記者ですよ」

「おまえだって警視庁の頃は同じことを言っただろうが」

「確かに僕も、地方の記者に頼んだことはあります。でも、ないと言われたら刑事宅を一軒ずつ回り、自力でネタ元を開拓しました。少なくとも話してくれる人間を教えろなんてプライドのないことは言いませんでした」

「しょうがないだろ。俺は明日警視庁での仕事があるし、一日で帰らなきゃならないんだから」

「それでもやれないことはないでしょう」

言うと辻本は再び細い目を吊り上げた。丸みのある頬が次第に紅潮していく。なにも言わず威圧してくるが、豪太郎もその目を見返しながら言った。

「分かりました。それでは刑事部長か鑑識課長の自宅を教えます。その二人なら公表しているのも同然ですから、教えられます。ただし二人ともろくなことは喋りませんけどね」

刑事部長は無視、鑑識課長は人はいいので会話には乗ってくるが、慎重な性格なので当たり障《さわ》りのないことしか言わない。だから各社とも新人か手伝いの記者くらいしか出さない。

「関口、おまえは俺を東京から呼んでおいて、そんな仕事をしろと言うのか」

「別に僕がツジさんを呼んでほしいと言ったわけではないですよ。応援に人を出してくださいと言っただけです」

「社会部に要請するってことは誰が来ても同じことだ。おまえ、若い記者が来てたら小僧仕事させてこき使おうと思ってたんじゃないだろうな」

「記者の仕事に小僧仕事なんてありません。むしろそういう喋らない人間への取材で、記者の資質は問われるんじゃないですか。まさか先輩は囲み取材で納得する記者ではないでしょうし」

「おまえ、俺に喧嘩を売ってんのか。そこまで言うなら、こっちは金輪際《こんりんざい》協力しねえぞ」

「しないならそれで構いません」

売り言葉に買い言葉となってしまった。

しばらく睨みを利かせていた辻本は、ぷいと横を向き、ハイヤーに戻った。

彼を乗せた車は、すぐに豪太郎の視界から消えた。

5

久喜市で二件目の連れ去り未遂事件が起きてから三日後の八月十八日、祐里が久喜駅からタクシーで久喜警察署に向かうと、記者たちが入り口付近に立っていた。

タクシーに待ってもらって、外に出ると童顔の記者が近づいてきた。

「髪の毛が爆発しているからすぐわかる」と豪太郎が話していたから、彼がさいたま支局の岡田昇太記者なのだろう。極端な天然パーマだが、背丈があるのでよく似合っている。

岡田は半袖のワイシャツにきちんとネクタイをしめ、第一ボタンまで留めていた。肩からはちきれそうなほど膨《ふく》らんだバッグを斜めがけしている。

「藤瀬さんですね。どうもお疲れさまです。私、さいたま支局の岡田昇太と申します」

直立不動の姿勢からお辞《じ》儀《ぎ》をして丁寧に挨拶した。六歳下の広告マンも若いなと感じたが、さらに若く見える。新人記者だとしたら二十二、三歳。祐里とは一回り近く違うのだから当然か。

「あと一時間ほどで副署長がレクをしてくれることになっています。その後、もしかしたら署長も話してくれるかもしれません。ここの署長、結構気さくな人なので」

はきはきと説明してくれたが、そのレクチャーに出たところであまり意味はないだろう。気さくな警察幹部ほど腹の中では別のことを考えていて、本音は言わない。

「それだったら顔見知りの岡田君が出た方がいいわね」

「藤瀬さんはどうされますか」

「私は現場を見てくるわ」豪太郎からそうしてくれと電話で指示された。

「場所は分かりますか。案内しますけど」

「大丈夫、住所を控えてきたから」

「分かりました。それとこれが久喜署の刑事課長の住所です。大宮駅から少しいったところにある官舎に住んでいます」

彼は小声になって小さなメモを渡してきた。どうしてそこまで気を回したのか祐里にはすぐにピンと来た。

「昨日、大変だったんじゃないの？」

彼は返事をしようとしかけたが、黙ってしまった。祐里が豪太郎の下で仕事をしていたことを聞いていて、気遣ったのだろう。

「大丈夫よ。私は豪太郎には世話になったけど、同じくらい迷惑も被《こうむ》ったから。豪太郎ほどデリカシーのない記者はこれまで出会ったこともないし、名前は豪快の豪太郎だけど、私たちは陰で傲慢《ごうまん》の傲太郎、強引の強太郎って呼んでいたくらいだから」

「豪太郎って、藤瀬さん、キャップに向かってそんな呼び方をしているんですか」

目を丸くして聞いてきた。

「まさか。本人の前では『関さん』ってさん付けしてるわよ。でもあまりに腹が立った時は、豪太郎とかあんたとか言っちゃうけど」

あれは一課担の頃、二週間以上連続出勤していた時だった。深夜の一時半になって、

「藤瀬、おまえ、明日の休み返上して、きょう休め」と言われた。

彼氏や友達と約束を入れていたわけではなかったが、それにしたって日付が変わってから「きょう休め」はない。しかも豪太郎ときたら「休みが一日早くなったんだ。もっと喜べよ」と言ってきたのだ。

休日というのはその日だけを味わうものではない。その日になにをしようか計画を練り、その楽しみが近づいてくるから仕事も頑張れるのだ。さらに豪太郎に「どうせおまえは家で寝てるだけだろ」と言われ、祐里はとうとう切れてしまった。

「豪太郎、あんたなんかに休みのことまで指図されたくないわよ」

日頃の鬱憤《うつぷん》も含めて思い切り言い返してやった。さすがの豪太郎もその時は気まずそうな顔をし、しばらくしゅんとしていた。

「藤瀬さん、関口キャップって昔からあんな感じだったんですか」

「あんな感じってどういうこと？」

「勝手に動き回るっていうか、どこ取材しているのか誰も分からないというか……」

「そうね。どうせ、きょうもどこにいるか分かんないんでしょ？」

「はい、行方不明です」

新人記者に行方不明と言われてしまうことが豪太郎らしい。

「昨日はどうだったの？　辻本さんはカンカンに怒ってたけど」

祐里の方から豪太郎が辻本と衝突した話を切り出した。辻本は社に戻ってからも怒りが収まらず、「あんな男の依頼は二度と受けませんからね」とデスクに宣言していた。

「夜に本社から抗議の電話があって、うちの支局長もデスクの須賀さんも謝りっぱなしでした」

二人とも豪太郎のような厄介者を押し付けられて、さぞかし迷惑しているのではないか。さいたまの支局長は会ったことはないが、デスクの須賀とは、浅間山《あさまやま》の噴火で長野《ながの》取材に行った時に世話になった。二、三日のはずの出張が一週間近くに長引いたのだが、最終日にデスクだった須賀は「うちは若い記者ばかりなんで、藤瀬さんがいてくれて助かったよ」と食事に連れていってくれた。

しかし、上二人は平謝りしたというのに、当の豪太郎は反省の色もなく、社会部のデスクに電話をしてきて「外山部長と約束したので、若い記者でいいから違う人間を出してください」と新しい助っ人を要求してきた。

その電話後、四人いるデスクの一人に祐里は呼ばれ「藤瀬、悪いけどさいたまに行ってくれないか」と頼まれた。「おまえくらいしかあいつを操れる者はいないんだよ」と片手拝みまでされて。

「岡田君は今、豪太郎からなにをやらされてるの」

岡田が抱えている仕事が多ければ手伝おうと聞いてみた。

「昨日は墓参りに来た人全員に当たらされました。現場の近くに寺があるんです」

「全員って、どうやって？」

「墓の花を見て、まだ枯れてない花があったら、墓参りに来た可能性があるって」

「お盆だったから、それって結構な数なんじゃないの」

「墓は二百くらいあるんですけど、花が供えてあるのは三十くらいでした。今はお盆に来る人も減ったみたいですね」

「それでも三十基すべての持ち主を調べたんでしょ？　電話番号まで分かったの」

「最初は住職に拒否されましたが、事情を話して頼み込んだら、渋々教えてくれました」

この子、なかなかやるじゃない、と感心した。今の時代、個人情報だと言われると大抵の記者は諦めてしまう。そこで食い下がれないようでは、取材は先に進めない。

「で、成果はどうだった？」

「全然ダメですね。電話をかけまくりましたが、不審車や二人組の目撃談はゼロでした」

撫で肩の線がさらに落ちた。

「取材なんてそんなものよ。無駄なことをやって、その可能性を消していくことで、いつか真相に辿《たど》り着くんだから」

「さっきも半分諦めながら遊んでいた子供に聞いて回ってたら、最近、このあたりで首が切られた猫の死体を見つけたと聞きました」

「そのことは豪太郎には？」

「伝えましたが、それだけで紙面を埋めようと思ってないだろうなと叱られました」

豪太郎が言いそうな言葉だ。猫を殺すような残虐な人間がいるからといって、容疑者に結びつけるのは早計だ。

「岡田君も苦労してるのね」

「同期でも一番不幸だと言われています。なにせ、関口さんが県警キャップになってしばらくの間『おまえは泊まり取材ができてない』と二日にいっぺん泊まりをやらされましたからね。二日に一度っていうことは、今晩泊まりか、今朝泊まり明けかのどっちかですよ。泊まり明けでも普通に夜回りもさせられましたし」

豪太郎ならそうさせるだろう。記者の仕事は記事を書くのと同じくらい、取材相手の家で個別に話を聞くことが大事だと思っている。それに関しては祐里も異存はない。

「帰ってきませんでしたと言っても、必ずピンポン押したんだろうな、って聞かれまずし」

「取材先のインターホンを押せってことでしょ？」

「はい、夜遅くとも必ず押してドアを開けさせろ、と。居ないって言われたのに玄関に靴があったら、翌日、『昨日はよくお休みになられたようですね』と嫌みを言えって。キャップは、そういう生意気な記者の方が顔を覚えてもらえるって言うんですけど、そんなこと新人の僕は言えませんよ」

夜中に家族が過ごす官舎に行きインターホンを押すのは祐里も最初のうちは苦手だった。パジャマを着た奥さんが出てきて、迷惑がられたり、逆にメイクを落とした顔で「もう休んでおりまして」と恐縮されたりしたこともある。そう言われるのを避けて、警察官が帰ってくる時間より少し早めに行くようにしたこともあるが、そういう時に限って、相手はなかなか帰ってこない。

「それでも岡田君はこうして頑張ってるんだから、たいしたものじゃない？」励ますつもりで言った。

「そうですか。でもこのままだと、そのうち心が折れてしまいそうです」頼りない答えが返ってくる。

「岡田君もなりたくてこの仕事に就いたんでしょ」

聞くと、岡田は少し考え込んでしまった。

「マスコミ志望じゃなかったの?」

「そうですけど、それはマスコミなら自分がやった仕事がはっきり結果として見えるんじゃないかと思っただけで、メーカーや銀行に入った自分の姿が想像できなかったということもあります。でも友達からは、今時新聞社なんてよく行くなって呆れられましたけど」

「それは私も言われたけどね」

祐里が高校生の頃は、就職ランキングの上位に必ず新聞社があったが、大学生になると、世の中にはすでにインターネットが普及していて、新聞で情報を得るのは古いように思われていた。実際、就活中は新聞を購読していた友達も、就職が決まるとかさばるからといってやめていた。祐里は今も中央新聞を取っているが、読むのはほとんど会社に置いてあるものだし、毎月一度の古紙の回収日は、マンションの三階からエントランスまで新聞の束を運ぶのが嫌になる。

「藤瀬さんは当然、マスコミ志望だったんですよね」

「もちろん。私は新聞しか受けなかったから」

「なぜ新聞だったんですか。同じマスコミでもテレビとかの方が給料も待遇もいいじゃないですか」

「テレビは考えなかったな。ああいう派手な世界は私には向いてないし、記者をやるなら新聞しか思いつかなかったわね」

「じゃあ、どうして記者になりたいと思ったんですか」

そう言われて今度は祐里の方が考えてしまった。マスコミで働きたいとは思っていたが、それがいつから記者に限定されてしまったのかは自分でも定かでない。

理屈づければいくらでも出てきそうだったが、「ほら、人間って、なんでも自分が最初に知ったら楽しいじゃない」と思いついたことを口にした。

「学生の頃でも、テストでどこが出るとか、先生の噂とか、誰と誰が付き合っているとか、そういったことを最初に知ると、みんな聞きにくるし、人にも話したくなるでしょ」

「えっ、そんな理由なんですか？」

祐里は噂話をする子供ではなかったが、それでも勉強でも読書でも、新しいことを調べたり、本を読んだりして、自分が知らない世界を知ることは好きだった。

「噂話を流すのはいいことではないけど、それが読者が喜ぶ明るいニュースだったり、悲しむ暗い事件だったりすると、自分も世の中の役に立ってる気がするじゃない。そういうニュースを知るには、やっぱり現場に行って、自分の目で見て確かめるしかないわけだし、これだけネットニュースが盛んになっても、一報を聞いて最初に現場に飛ぶのは新聞記者なんだから」

「まぁ現場に行くという意味では、僕らが一番かもしれませんけどね」

「早く行って、早く書く。そういうことの積み重ねが、いつか世間をあっと驚かせるスクープに繋がるわけだし、岡田君だっていつかはそうしたいという思いはあるわけでしょ」

「そりゃそういう記事が書けたらいいなとは思います」

どこまで納得したかは分からないが、岡田は頷《うなず》いた。青臭いことを言ったかなとも思ったが、それでも実際に口にしたことで、学生の頃に抱いた志のようなものを思い出してきた。

「それなら関口キャップが言うジャーナルって言葉も、早く現場に着いてスクープをモノにしろって意味ですかね」

岡田が再び真剣な目を向けてきた。

ジャーナル……耳を押さえたくなるほどの豪太郎の大声とともに、懐かしさが呼び戻された。

「豪太郎って、今もその言葉使ってるの」

「使ってますよ。この前も先輩の木原さんが叱られた時、ジャーナルじゃないからだ、と言われたそうです」

ジャーナルじゃない、は豪太郎ができない記者を批判する時の常套句だ。祐里も取材がうまくいかずに弱音を吐いた時、「ジャーナルってのはそういうもんじゃねえだろ」と叱られた。

「でもどうしてジャーナルなんですかね」

「どうしてって？」

「ジャーナルって辞書で引くと、新聞、雑誌の定期刊行物って意味ですよね。取材者と言いたいのならジャーナリストですし、精神の意味で言うならジャーナリズムじゃないんですか」

そんなことを豪太郎に尋ねたこともなければ、疑問を覚えたこともなかった。岡田が言うように、正確に使うなら「おまえはジャーナリストじゃない」か「おまえにはジャーナリズムがない」のどっちかだ。

だが考えたところで分かりそうもない。豪太郎とは警視庁担当で二年一緒だったが、やることも言うことも無茶苦茶過ぎて、半分も理解できていない気がする。

「ジャーナルについては今度、豪太郎に聞いておくわ。私は現場を見てから、刑事課長さんのところに行くから。副署長のレクや署長の話でなにか興味深い点があったら、電話してくれる」

「分かりました。終わったら必ず連絡を入れます」

話したことで迷いも消えたのか、岡田は清々しい笑みを顔いっぱいに広げた。

6

「おい、一社のトップと肩、逆じゃねえのか」

夜の十時過ぎに会社に戻ってきた外山義柾は、降版を終えた早版《はやばん》の社会面をひと目見て、デスクに注文をつけた。

「僕もそう思ったんですが、きょうの編集長の柳澤《やなぎさわ》さんが、夫殺しの方がインパクトが強いって言い張るもんで」

当番デスクの塚田《つかだ》が困惑した顔で答えた。頭のネタは四日前に神戸で起きた四十代主婦による夫殺しだった。ワイドショーでも取り上げられている注目の事件だ。今朝の紙面で、中央新聞をはじめとしたほとんどの社が妻の逮捕事実のみを書いたが、東都新聞は、主婦に出会い系サイトで知り合った不倫相手がいて、容疑者として事情聴取されていると報じた。

第一社会面のトップは〈不倫男性を取り調べ〉だった東都の今朝の見出しを、〈不倫男性を逮捕へ〉に変えただけだ。

肩と呼ぶ紙面の左側に載せている記事は、大手証券会社の社員と彼の出身大学の投資サークルの学生によるインサイダー取引の摘発、大学生が不法な手段で二億円もの大金を稼いだ事件だ。昨夜のうちに警視庁キャップから連絡があったもので、中央新聞の独自ネタだった。

おそらくこの日の編集長を務める政治部長の柳澤が、「この手の事件、前にもあったんじゃないか」と難癖《なんくせ》をつけたのだろう。外山が編集長だった一週間前、政治部デスクの意向に反して社会部ネタを一面のトップに置いた仕返しだ。

中央新聞では、三人いる編集局次長と社会部長、政治部長の五人が順番でその日の編集長を務める。柳澤とは同期で、ずっとライバルと呼ばれてきた。いずれ二人とも局次長になると言われている。だが二人が並び立つのもそこまでだ。局次長の椅子は三つあるが、その上の編集局長の椅子は一つしかない。

「おい、塚田、おまえ、もう一度編集長席行って頼んでこいよ。これじゃ警視庁担当はやる気をなくすぞ」

「それは分かってますが……」

「こんな後追いを頭でいって、明日、東都や毎朝に、主婦には他にも男がいたなんて出てみろ。恥の上塗りになる」

これが東京管轄なら記者に直接電話をかけて怒鳴りつけられるが、大阪本社の管轄なので頭越しに叱るわけにもいかない。

塚田は、それなら部長が言ってください、と目で訴えてきたが、外山が動かないと見ると、立ち上がって編集長席に向かった。

この夜は各社社会部長による懇親会があったため、外山は酒を飲んでいた。社会部長がしゃしゃり出て酒臭い息で文句を言えば、それこそ、今度は外山が編集長の時に柳澤が出てきて収拾がつかなくなる。

デスク時代、酔っぱらって帰ってきた部長が紙面に難癖をつけるのを見るたびに、あんな部長にはなりたくないと思っていた。だが今は気持ちも分からなくはなかった。

新聞記者は紙面をとってなんぼだ。他紙もよその部署もひれ伏すインパクトのある記事でライバルを圧倒する。紙面という陣地の奪い合いが、ひいてはポストの取り合いへと繋がっていく。

この日の懇親会で、毎朝新聞の社会部長から「内示が出て、子会社に移ることになった」と挨拶された。「これからは好きな釣りがいくらでもできる」と笑っていたが、それが彼の本心でないのは伝わってきた。

彼は毎朝新聞社会部のエースだった。夜のニュース番組のコメンテーターをやっていた時代もある。当然、局長から取締役へと進む階段が見えていたのだろう。なのに部長止まりで、あっけなく出世競争から脱落した。

会社を引っ張ってきた社会部のエースが突然脱線させられるのは、なにも毎朝に限ったことではない。東都、東西《とうざい》、そしてこの中央でも、社長はずっと政治部出身者が続いている。

政治部は軍隊でいうところの制服組であるのに対し、社会部の記者は戦場で戦う兵士だ。最前線にいるのだから当然危険がつきまとう。

政治部にもスクープはあるが、政治家がそれぞれにとって都合のいい情報をリークしてくるものが多い。一方、社会部記者にとってのスクープは、書かれることを望まれていないネタばかりだ。

警察や検察の動きをくまなく観察し、怪しい動きがあると探りを入れる。最初はあやふやな情報を、裏取りを重ねて書ける段階まで事実を積み重ねていく。だが百パーセントの確信を得て記事を書くことは稀《まれ》だ。不安を隠しながら記事を書き、翌朝の他紙の反応を見て、サツ官の顔色を窺い、そして公式に発表されてようやく、特ダネを抜いたとの実感が味わえる。

長い記者生活でいくつもの特オチという弾を食らい、身も心も消耗《しょうもう》する。誤報で自爆する記者もいる。次長職を外された外山も一時はその危機に瀕した。六年のブランクを経て社会部長として戻ってきたことを、他紙の部長は「奇跡の生還」と揶揄《やゆ》しているらしい。だが外山自身は奇跡と思っていない。自分が一度とはいえラインから外されたことの方が奇跡、あれは事故だったようなものだ。

懇親会が終わると、外山は警視庁サブキャップの辻本をホテルのラウンジに呼び出し、顔を見るなり、文句を言った。

「おまえ、俺がなんのためにおまえを埼玉に行かせたと思ってんだ」

辻本は昨日、ハイヤーで埼玉まで行きながら、関口と喧嘩をして帰ってきたのだ。

「すみません。あの男ときたら、ヤサ帳は出せないというし、挙げ句、ろくに喋らない刑事部長か鑑識課長の自宅を教えましょうって偉そうに言うものですから、つい頭に来てしまって……」

「関口がそう言ってきたところでおまえなら言い返せると思って、俺はおまえにしたんだぞ。関口は支局のBBだ。こっちの命令に従えと怒鳴りつければ良かったんだよ」

支局記者は地方版を埋めるために働いている。だが東京から援軍が来たからには、今度は本版に載せるために仕事をする。当然、主導権を握るのは本社から来た記者だ。しかしあの男にはそれが通用しない。

「だいたい遠くまで車使って行って、何もせずに帰ってくるなんて、俺はそのことじたいが信じられんよ」

さすがに早まったという悔いはあるようで、辻本はもう一度「すみません」と謝った。

「それでおまえはなんて言ったんだ」

「こっちは金輪際、協力しないと言いました。ヤツは構いませんと言ってましたが」

「甘いな」

「そうですよね」

「違うよ、おまえのことだ」

「えっ」辻本は黙ってしまった。

「それがあいつの思うつぼなんだよ。おまえが協力しないと言ったせいで、あいつは埼玉の連れ去り犯が都内で捕まろうが、おまえらに確認しないで記事を送ってくるぞ」

関口がなにを送ってこようが、デスクが警視庁担当に確認すればいいだけの話だ。しかしそれができるのは、時間に余裕がある時に限る。

最終版の締め切り直前、深夜一時半間近になって関口がネタを放り込んできたらどうするか？　撥《は》ね付けるか、それともそのまま通すか？　通して当たりならそれでいい。だがもし外れたら、今度こそ外山の人生は終わる。

外山と関口の因縁は古い。あれは外山が警視庁キャップをやっていた時だから十三年も前まで遡《さかのぼ》る。

ある日、社会部デスクから警視庁記者クラブに電話があった。

「千葉支局の関口という記者から、東京、千葉の連続放火事件の容疑者を、千葉県警が確保したと連絡があったぞ」

外山は、当たり前のように一課担を飛ばして裏を取らせた。一課担が「事実のようです」と言うので原稿を書かせた。

翌日、警視庁クラブの中央新聞のブースに、「千葉支局の関口ですが」と電話がかかってきた。当時関口は、まだ本社に上がったこともない入社三年目のひよっこ、顔も見たことがなければ名前を聞いたのも初めてだった。なのにあの男はいきなり、警視庁キャップの外山に啖呵を切ってきた。

「どうして裏を取ったんですか。僕はデスクに百パーセント間違いないから警視庁のほうは動かないでくださいと頼んだはずですよ」

確かにデスクから「動けば他紙に漏れる可能性があると千葉支局が言っている」と聞いていた。だが外山は「東京、千葉の広域事件です。うちが裏を取らないでどうするんですか」と返した。

結果、中央の特ダネではなく、東都新聞との二紙同着になっていた。東都は事前に事件の概要を摑んでいたが、警察幹部から「逮捕状を取るまで待て」と言われて我慢していたようだ。一方、関口は言うことを聞かなかった……。

「裏を取るのは記者として当然だ」

外山は憤然と突っぱねたが、関口の口調はますますエスカレートした。

「そっちはうちが伝えるまで知らなかったじゃないですか。僕が伝えなきゃ抜かれていたんですよ」

「小僧、一発抜いたくらいででかい顔すんな。俺たちはおまえより何年も修羅場《しゅらば》を潜《くぐ》ってんだ」

我を失って怒鳴り返した。だが関口は謝りさえしなかった。

その後、外山はデスクになり、本社にあがってきた関口が警視庁担当になった。社会部を牽引していたのは外山だったが、その社会部でもっともネタを持ってくるのが関口だった。関口の手柄は、当然デスクである外山の評価にも繋がった。

それでも心のどこかでヤツを追い出してやりたいという思いが消えることはなかった。あいつが失敗するなら、そのことで自分の評価が落ちても構わない、それくらいすぐ取り戻せる、そう思ったことすらある。

だが、あの時――連続女児誘拐殺害事件の報道に追われていたあの時間だけは、そんな邪《よこしま》な考えはなかった。関口が送ってきた原稿を「うちの単独スクープだ。でかく扱ってくれ」と整理部に注文をつけたのは外山だ。

遺体発見か。

整理部がつけてきたたった五文字の見出し……外山も一瞬、気にはなった。〈供述に基づき〉と関口も書いているのだからと、そのままいってしまった。あの時点での一番のニュースはアジトの発見ではない。少女の安否だ。犯人が逮捕されて四日が過ぎ、しかも取り調べ中の容疑者が、少女が生きていると供述したことはなかった。そんな状況でいまだ生存しているとは考えられなかった。

誤報は、他紙や週刊誌、テレビにも取り上げられ、文科大臣からも苦言を呈された。社内に設置された検証委員会に真っ先に呼ばれたのが外山だ。

お詫び記事を書かされたのも外山だった。

読者の反感を買わないように丁寧に言葉を選んで書き上げ、何度も読み直して提出した。それでも社長から二度、書き直しを命じられた。

——これでは他紙や週刊誌に追及されるぞ。

——部数減に繋がったらどうするんだ！

会社に入って初めて人前で怒鳴られた。それでも外山はすべての指示に従ったわけではない。

あくまでも事実誤認は「遺体発見か」だけにした。複数犯説をはじめとした他の記事までは誤りと認めず、一切触れなかった。そこまで過ちだと認めてしまえば、中央新聞の社会部は壊滅し、二度と社内の覇権争いに立ち向かえなくなる。身を挺して中央新聞の社会部を死守したつもりだった。

それなのに一昨日電話を寄越してきた関口は、七年前の外山の努力を無にするかのように、勝手なことをほざいた。

——部長、被疑者は二人組なんですよ。これだけでも調べてみる価値はあります。

——万が一あの時の共犯者が今回の事件を起こしていたとしたら、それは僕たちメディアの責任になります。

一課担を外されしばらく社内で謹慎させられていた関口は、外山がお詫び記事を書かされているのを見ていた。二人して検証委員会に呼び出され、役員たちが囲む真ん中の椅子に座らされ聴取を受けたこともある。

「やっぱりダメなようです」

編集長席でしばらく柳澤と議論していた塚田が戻ってきた。

この男は記者時代から、与えられた仕事はこなすが相手を押しのけて紙面にする強引さには欠けていた。権高《けんだか》な柳澤を言い負かすには無理があったようだ。

「しょうがない。きょうは向こうのホームで、うちはアウェーだ」政治部のヤマを顎でしゃくった。「それより恥掻かねえように、大阪に、もう一度、新たな事実が出てないか、確認しとけよ」

「はい、連絡しておきます」

「ところで、埼玉の連れ去りはどうなった」

「きょうのところは社会面に突っ込むものはないと連絡してきましたが」

「それは誰からだ、関口か」

「いえ、藤瀬からです」

まぁ、そうだろう。関口がかけてくるわけがない。それでも関口の下で仕事をしていた藤瀬を行かせたのは正解だったかもしれない。バランス感覚のある藤瀬なら、関口が暴走しようとしても、きちんと連絡を寄越すだろう。

「藤瀬は他になにか言ってなかったか」

「いえ、これから所轄の刑事の家に夜回りに行くと言ってました」

「それならいい」

外山は静かに答えた。

7

藤瀬祐里は久喜の現場の後、最初の未遂事件が起きた松伏町の現場に移動した。

久喜もそうだったが、ここもまた人通りがなく、車は数分に一台通るかというほどの寂しい場所だった。こんなところで小さな女の子が狙われたらひとたまりもない。

一人目はたまたま防犯ブザーを持っており、それを鳴らした。

二人目はテレビのニュースで前日の事件を知っていた。テレビといっても報じたのは地元のローカル局だけだったというから、本当に運が良かった。咄嗟の判断で逃げていなければ、拉致されていたかもしれない。

もし自分が彼女たちと同じ年齢だったら、足が竦《すく》んで逃げ出せなかったかもしれない。

小学生の頃は、まだ両親は学習塾を開いておらず、父は教科書専門の出版社の営業マン、母は小学校の教諭と、二人とも仕事を持っていた。友達の少なかった祐里は、学校から帰ってくると田舎の小さな家で一人で過ごすことが多かった。性格も引っ込み思案で緊張性だったので、先生に急に指されると、立ち上がったまま言葉が出てこなくなることもあった。中学でもおとなしい方で、進学した名古屋の女子高では、クラスメイトから誘われるまま読書部に入った。そのことが祐里には大きな転機になった。

顧問は東京の大学を出たばかりの男性教諭だった。本当は東京で新聞記者をやりたかったが、病気になった親の面倒を見るために実家に帰ってきたというその教諭は、普段はクールなのに、ことジャーナリズムを語りだすと途端に熱くなる人だった。

——一つの事象に関わるあらゆる人々を取材し、独自の観点で検証し批評する、それがジャーナリズムだ。だが実際、そこまでの信念を持ったジャーナリストは多くはない。だから我々読み手も、ただ書いてあることを鵜呑《うの》みにするのではなく、常に疑問を覚えながら読み進めていかなくてはならないんだよ。

クラブの友達は「熱血マン」とあだ名をつけて陰で笑っていたが、祐里は違った。「きみたちだって、あと三、四年もしたら選挙権を得るのだから、今から新聞を読んで、きみたちが生きている社会がどういう仕組みで動いているのかを知って、準備をしておく必要がある」そう教えられてからは、毎朝、新聞に目を通してから学校に行った。新聞には右寄りと左寄りがあると教えてくれたのもその教諭だった。教諭が中央新聞の購読者だったこともあり、祐里は就職試験で中央新聞社を受けた。年賀状で合格した旨を告げると「あなたが見聞きしたことを遠くにいる私たちに伝えてくれる、そんな立派な記者になってください」と励まされた。その教諭が祐里の初恋の人だ。

とはいえ、十二年、記者をやっていると、入社前に描いていた理想と現実が大きくかけ離れていることも痛感している。とくに社会部にいると、今起きている事件を追いかけるのに必死で、自分の使命などを考える余裕はない。

新聞は公明正大、不偏不党であるべきことも自覚しているが、実際は自分にニュースをくれる人間が「善」であり、話してくれずに他紙に漏らす人間は「悪」と色分けしてしまう。

時には取材対象者が新聞を利用しようとしてネタをくれたと感じることもある。そういう時は書くか迷う。だが書かなかったらそれはそれで悔やむ。

国交省担当の時、次期事務次官と言われていた官僚から、現職大臣の足を引っ張るネタを聞きながら、記事にしなかったことがある。そのネタは翌々日、毎朝新聞が報じた。その紙面を読んだ時、聞いた内容を自分の言葉に変えてでも書くべきだったと反省した。祐里一人の判断のせいで、毎朝の読者は知り、中央の読者は省内でそんな確執があることすら知ることができなかったのだ。記者である以上、知っていて書かないことは職務放棄に等しい。

松伏の現場を後にすると、タクシーと電車を利用して大宮に向かった。そこに岡田から教えてもらった久喜署刑事課長の官舎がある。時間は午後九時になるところだった。

大宮公園駅から徒歩で十分ほど、携帯電話の地図アプリを頼りに辿り着くと、官舎前の道路で先客が立っていた。半袖のボタンダウンにノーネクタイ、スラックスの男性だった。

「こんばんは」

挨拶すると、半袖シャツの男が「記者さんですよね」と尋ねてきた。

名刺を交換する。東都新聞のさいたま支局の記者だった。

「関口さんにはいつもお世話になっています」

本心からそう思っているかは分からなかったが、彼は豪太郎の名前を出した。

「県警担当ですか」

「僕は遊軍です」

見た感じ、三十代後半といった顔つきなので、豪太郎のように一度本社に上がり、支局に戻ってきたBBなのかもしれない。

「課長は間もなく帰ってくると思います。さっき署を出たってうちの若いのから連絡がありましたから」人の良さそうな顔で、丁寧に教えてくれた。「呉越同舟《ごえつどうしゆう》といきますか。おそらくこの後、毎朝やさきたまも来ると思いますが」

「一人ずつでも行けますか？」

祐里が言うと、それまでの親しみが感じられた記者の顔が強張《こわば》った。なにかネタを持っていると思われたようだ。

「私、この課長さんとは初対面なんで、挨拶しとこうと思って」

「一社二分くらいなら別々でもやってくれますよ」

「それならそれでお願いします。せっかく来たんで」

その後、二社の記者に加え、通信社と東西新聞の記者も来た。全部で六社、毎朝新聞は三十代の東埼玉支局通信員だったが、他は入社して数年と思われる二十代の若手だ。東都の記者が説明すると、各社ともに個別での取材に同意した。

「で、順番どうします」

毎朝の通信員から聞かれたので「私は最後でいいですよ」と祐里は答える。

また不審の目を向けられた。最後に聞く記者の中には、他紙が質問した内容まで聞く者がいる。もちろん祐里はそんな卑怯《ひきょう》なことをするつもりはない。

「でしたら最初でもいいですよ。私はよそ者なのでみなさんで決めてください」

じゃんけんになって、結局祐里が最後になった。

課長が帰ってきた。体は大きく、丸刈りだった。「おい、なんだ、話すことなんて何もねえぞ」強面《こわもて》の見た目に反し愛想はいい。

「ちょっと中央さんが初めてなんで、きょうは個別でいいですか。各社二分ずつということで」

東都の記者が説明すると、課長は「二分は長《なげ》えな」と苦笑いしながらも承諾した。

課長と一番手になった東西の記者が官舎の中に入り、エントランスの手前で話している。

一番を引いたことで分《ぶ》が悪いと思っているのか、それともたいして質問することがないのか、彼はおどおどした足取りで中に入り、一分もしないうちに戻ってきた。

続いて毎朝、通信社、さきたまと続き、東都の中堅記者が入った。

さすがに東都は二分たっぷり使って戻ってきた。

何かをぶつけて、そこそこの反応を貰ったのだろう。「じゃあ、最後、中央さんどうぞ」と余裕のある顔で祐里を促した。官舎の敷地に入って、大柄の刑事課長に近づいていく。

「はじめまして、私、中央新聞社会部にいる藤瀬祐里と申します。今は遊軍で、主に調査報道を担当しています」

太い指で名刺を取った課長は、玄関ホールの照明が当たる場所に名刺を翳《かざ》して「へえ、女性で調査報道なんてやり手なんだな」と目を細めた。考え方は一昔前の古いタイプのようだ。

「警視庁にもいて、埼玉県警は八年前に浦和《うらわ》と池袋《いけぶくろ》で連続通り魔事件があった時に、取材させてもらいました」

刑事課長になるくらいだから県警の強行班にいた経験もあるだろうと、当てずっぽうで言った。

「そういや、通り魔逮捕、おたくが書いたんだったな。あんたが引いてきたのか」

「引いてきたってほどではないですけど」

豪太郎のネタだったが、祐里も裏を取って貢献したのでそう答えておく。

「ところで猫殺しがあったみたいですけど、その関連性はどうなんですか」

「よく知ってるな」感心してくれたが「あれは関係ない。近所の中学生の仕業だと確認している」と否定された。

「その後、車の情報はありましたか」

「情報は寄せられているが、根拠になるものはない」

「二人組ですよね」

「助手席にいたということはそういうことだな。後部座席にもいて、三人組かもしれんけど」

茶化されたような気がした。顔は真顔のままだった。ふざけているつもりではなさそうだ。むしろ、東京から来た記者がなにを聞きたいのか警戒している。それならば、と笑われてもいい覚悟で切り出した。

「七年前の東京神奈川の連続女児殺害でも二人組という報道があったんです。覚えていらっしゃいますか」

「それもおたくが書いたんだよな」

「残念ながら会見で否定されましたが」

「覚えてるよ」

「あの時のうちは、生きていた女児を死んだと報道してしまって、お詫びを掲載したんですけど、ただ二人組の件は誤報だったと認めたわけではないんです」

「今回の件に、それが関係していると言うわけではないだろうな」

「課長は思いませんか？」

今度こそ一笑に付される覚悟で言ったのだが、課長の目尻には皺《しわ》一つ入らなかった。同調してくれれば話が進めやすいが、そう思い通りには進まない。

「そんなこと思うわけがないだろ。単独犯として死刑も執行されたのに」

「中島は逮捕直後に共犯がいたようなことを示唆していました」

「すぐに供述をひっくり返したじゃないか」

「ひっくり返させたという説もあります」

取調官が、という言葉は言外に伏せた。課長は沈黙した。もう一度目元を確認してみる。怒っているようにも、呆れているようにも見えなかった。

「すみません。なにせ私もこの手の事件では珍しいなと思ってしまって、二人組だというとすぐに七年前の取材を思い出してしまうんです」

「確かにあんたが言う通り、二人組の連れ去りなんてものは、あまり聞いたことがない」

「今回は営利目的でないと見立てているんですよね」

「そうだな」

「あの時の中島の供述に興味はありませんか」

「あの事件に限らず、そういう事例があればなんでも知りたいよ」

「それなら警視庁か神奈川県警に協力を仰いだらどうですか。調書に載っていないことで、なにか気になることを言っていたかもしれませんし」

「無茶言うなよ。単独犯として死刑が執行されてるんだぞ。事件が終わったと思ってるよその警察本部に、どう言って頼むんだよ」

そこまで言われてしまうと「そうですよね」と答えるしかなかった。

「だけど、もしあんたが東京でそこまで力があるなら、ぜひとも警視庁に頼んでほしいわ」

「私がですか？」

「ああ、そのために東京から来てんだろ？」

冗談口調だったが、本音が混じっているようにも聞き取れた。未遂事件とあって捜査本部も立てられずに困っている。おそらく手がかりらしきものは摑んでいないのだろう。

背後から咳払いがした。東都の記者だった。二分を回ってますよ、という合図だ。

「すみませんでした。きょうのところはこれで」

丁寧に礼を言って敷地外に出た。

浦和駅まで戻り、さいたま支局に着くと、支局長と須賀デスクに挨拶した。以前、一緒に仕事をしたことがある須賀デスクは「来て早々夜回りまで行ってもらって申し訳ないな」と冷蔵庫から緑茶のペットボトルを出して労《ねぎら》ってくれた。

岡田記者は県版用の記事に苦心していた。デスクに言われて、木原という二番手が手伝っていた。

豪太郎は夜回りに出ているようだ。このままホテルに戻っても良かったのだが、せっかくなので豪太郎が帰ってくるまで待つことにした。

コンビニで晩ご飯でも買ってこようと支局を出る。

ちょうど支局車の駐車場に白のカムリが縦列駐車しようとしていた。エンジンが止まると、中から豪太郎が出てきた。顔を見たのは志賀《しか》原発の取材の帰りに金沢支局に顔を出して以来だから、四年振りだ。

「関さん」先に祐里が声を出した。

「おお、藤瀬、お疲れさん。夜回りに行ってくれたんだって、ありがとな」

相変わらず大きな声だった。残業帰りの通行人が、一斉に振り向いた。

「岡田君が刑事課長さんの自宅を教えてくれたので助かりました。県警はどうか分かりませんが、久喜署の課長はうちが七年前に書いた二人組説の記事も覚えていましたよ」

「なんか言ってたか」豪太郎の声がまたでかくなった。

「あの事件に限らず、そういう事例があれば知りたいと言ってました」

「初対面でそこまで話してくれたのか。さすが藤瀬だな」

「少し手応えを感じたので、明日の朝、もう一回行ってきます」

「それは大いに助かる。うちの支局はいざという時に行ける取材先が少ないからな」

さいたま支局のサツ回りは豪太郎と木原と岡田の三人、岡田はこの春入社してきた新人だ。

「関さんは今回の事件が七年前の共犯者の仕業だと思いますか」

「分からん。常識的に考えたらないとは思うが」

「なのに疑ってるんですか」

「俺は他の記者とは違うからな。七年前に東京と神奈川の被害者家族がどれだけ悲しんだか取材した。泣き叫んだ声まで聞いてるのに、その記者が常識で考えたらいけないと思うんだ」

家族の苦しさというのは仕切りだった豪太郎より、二番機として被害者宅を何度も訪問し、談話を取り続けた祐里の方が見聞きしていた。ただの泣き声ではない。感情の制御ができなくなった、呻《うめ》き声と叫び声だった。

「私もそう思います。警察だって間違えることはありますもんね」

「だけど万一、間違っていたとしても、その責任を警察だけに押し付けるのはどうかと思う。俺たちだって取材してたんだ。犯人を捕まえるのは警察の権限だからマスコミは関係ないなんて、そんな無責任なことは俺は言いたくない」

豪太郎らしい考え方だと納得した。大きな誤りを見つけた時、それを権力の責任にして非難するのは簡単だ。対して自分たちのしてきたことを見直すことは大変である。

「問題は今回の事件が東京でも神奈川でもなく、埼玉で起きたってことですよね」

「せめてうちの警視庁記者が、あの時捜査に関わった警視庁の幹部を動かしてくれたらいいんだけどな」

豪太郎は腕組みしながら首を捻《ひね》った。それを期待するなら辻本を怒らせずにうまくやればいいのに、と思うのだが、気に障ることを言われると、言い返して関係をこじらせてしまうのは昔からだ。

「私が会社に相談しましょうか。昨日の辻本さんの怒りが収まるまで少し時間がかかるかもしれませんけど」

「なんでも藤瀬頼りで申し訳ないな」

「警視庁キャップの和手《わて》さんなら話を聞いてくれるかもしれませんし」

「和手さんかぁ」

和手は社会部でも穏健派だ。ただ、チームワークを大切にするタイプなので、さいたまのことより、今の警視庁担当が気分よく働くことを考えるだろう。そこで和手とは対照的な、とっつきにくい顔をした白髪頭の記者が浮かんだ。

「あ、私、いい手を思いつきました」

「なんだよ」

言おうとしたが思い止まった。思いついた相手もまた豪太郎と同じく変人で知られていて、間違いなく豪太郎を嫌っているからだ。

「うまくいったら伝えます」

「じゃあ、おまえに任せるよ。俺は記事一本書いて、もう一軒夜回り行ってくるわ」

また出かけるつもりらしい。もう十一時を回っているというのに、取材される側もいい迷惑だ。

「わざわざ東京から援軍に来たんですよ。食事くらいごちそうしてください」

「それはそうだな。今から行くか」豪太郎は灯りが差す駅前通りに顔を向けた。

「冗談です。忙しそうですから、今度、ごちそうになります」

「その時はステーキでもトンカツでも奢るよ」

「もう少しオシャレなものでお願いします」

「そうだった、おまえが女だってことも忘れてたわ」

失礼なことを言いながらも握手を求めてきた。新聞記者はなぜか握手が好きだ。警察官もそうだし、おそらく政治家もそうなのだろう。握手されるたびに自分が仕事をしているのが男社会なんだなと実感する。

手を出して、豪太郎の厚い掌を握ると、男っぽい匂いがした。警視庁クラブの狭いブースの中で嗅《か》いだ懐かしい匂いが甦ってきた。この匂いの中で忙しく仕事をするのは嫌いではなかった。

「じゃあ、また次回な」豪太郎が、体の向きを変えた。

そこで岡田にジャーナルの意味を聞いておくと約束したことを思い出した。

だがなにも忙しそうな今、呼び止めてまで聞くことでもない。

二段飛ばしで階段を駆け上がっていく豪太郎の後ろ姿を見送ってから、買い出しに出かけた。

8

二階堂實《にかいどうみのる》は、警察庁記者クラブでその日の各紙の記事を眺めていた。

どこもたいしたことねえな、と独りごちてから、販売機で買ってきたコーラのペットボトルの蓋《ふた》を捻り、ひと飲みする。

背後にいたクラブの世話係をする女性職員から「二階さん、また朝からコーラですか」とからかわれた。

「これがないと俺の体はしゃんとしてくんねえっていつも言ってんじゃんか、アキちゃん」

「コーヒーとか紅茶とか、朝らしい飲み物があるじゃないですか」

「あんなん刺激がなくてうまいと思ったこともねえよ」

「それ砂糖の塊《かたまり》ですよ。この前、血糖値がどうこうとか言ってませんでしたっけ？」

「気をつけた方がいいと注意された程度だ。どっちにしても好きなもん食って飲んで死ねりゃいいよ」

「コーラで死んでいいなんて、二階さんは幸せですね」

「ああ、珍しいじじいだろ？」

「他の年下のおじさま方はまだ来てないのに、毎朝決まった時間にきちんといらしてるんですから、いつも感心しますけどね」

女性職員は部屋を出ていった。

警視庁の記者クラブなら八時にはどの社も一人は出ているが、サッチョウクラブは十時を過ぎても誰も現れない。

二階堂は去年、三十年勤めた東都新聞から中央新聞に転職した。二階堂を誘ってくれた取締役からは「二階さんはうちではサッチョウをお願いしますので、ゆっくりやってください」と言われた。それでも昔からの習慣で、官僚たちが登庁する八時にクラブに顔を出すようにしている。

室内は静まり返っていた。騒々しさやきな臭さも、警視庁とは雲泥《うんでい》の差だ。なにせサッチョウクラブは各社一人、しかも女性職員が「おじさま」と呼ぶようなベテランばかりで、クラブというよりサロンの雰囲気である。

人が少ないせいで、高めの温度に設定してあるエアコンでも寒く感じた。昔は夏場は半袖のワイシャツで通したのに、今は長袖を着る。女房も長年の癖で、言っておかないとすぐに半袖を買ってくるから困ったものだ。

体質が変わったのも当然かもしれない。中央新聞では特別記者という待遇だから問題はないが、東都に残っていれば、五十五歳で部長になれなかった二階堂は給料を二割も減額されていた。社内全体で見れば一線から退いてくれと思われる歳なのだ。東都に残っていれば、ろくに仕事のない編集委員でもやらされ、その後は支局長として地方を転々とさせられていただろう。若い時分、まさか自分が将来、部数が東都の半分にも満たない中央に転職するなど考えもしなかったが、こうして現場に出られるのだから、悪くない選択だったのかもしれない。

新聞記者というのはどれだけ取材相手に食い込んでいても二、三年で担当替えになるが、警察官僚相手のサッチョウ記者だけは別だ。五年、十年は当たり前、中には二十年なんて記者もいる。

官僚というのは、新聞記者にスキャンダルを書かれた途端に出世争いから離脱する。新聞社もそれを知っているから、この部署だけには官僚の若い時分から見ているベテラン記者を置く。自社に適当な人材がいないとなれば、二階堂のようにライバル紙で警察取材に関わってきた経験者を引っ張ってくる。

長くサッチョウ担当をした毎朝と東西の記者がこの春に定年退職した。一人は十三年、もう一人は十七年もいた。

二人が抜けた後は、東都の吉江《よしえ》が八年で最長だ。しかし吉江は、二階堂より五歳下で、東都で後輩だったから二階堂には頭が上がらない。

吉江には一度だけ、人事もので抜かれた。中央と東都では部数が違う。ネタを流す側も、中央より東都に教えた方が有効だと考える。だがそんなのは言い訳だ。

その翌週に公安ネタでやり返した。すると一週間後、吉江からこっそりと呼び出された。

「このネタ、うちと中央で書きませんか」

教える代わりに、これからも情報交換しようという協定を持ちかけてきたのだ。

教えてきたのはまたしても人事ネタだった。だが二階堂は「俺は談合《だんごう》は大嫌《だいきれ》ぇなんだ。おまえが一人で書け」と断った。それ以来、吉江は二度と誘ってこない。

経済紙まで全紙に目を通し、刑事局の様子でも探ってくるかと席を立った。廊下に出ると毎朝の記者が出勤してくるところだった。髪を整え、高そうなスーツを着て、ひと目で高級品だと分かる鞄を持っている。

「二階堂さん、おはようございます。どこか行かれるんですか」

なにげなく聞いてきたが、二階堂がどこか取材にでも出かけるのではないかと、警戒心が働いたのだろう。のんびりしているように見えても、ここを担当させられている記者はそれなりの修羅場を潜《くぐ》ってきた人間ばかりなので、けっして侮《あなど》れない。

「便所だよ」二階堂はぶっきらぼうに答えた。「ちょっと腹下しちゃってよ。今朝食ったカレーうどんのせいだな」

「二階堂さんって、朝からカレーうどんなんか食ってるんですか」

「立食いだけどな。おまえさんは、行かないのか？」

「行きませんよ。僕は家で食いますから」

二階堂にも妻がいて、娘が二人いる。若い頃から家族が寝た時間に帰宅し、寝ているうちに出かける生活を続けてきたため、家で朝飯を食うという習慣がない。

「そういやあのカレー、なんか酸っぱかったんだよな。前の日の作り置きだったら、こう暑いと腐ってても不思議はねえわな。腹がぴーぴー言っているよ」

「そこまで言わなくていいですよ。昼飯食えなくなるじゃないですか」彼は耳を塞《ふさ》ぐ振りをした。

そこで二階堂のズボンのポケットから黒電話の鳴る音がした。

ポケットに手を突っ込んで折り畳み式の携帯電話を取ると、毎朝の記者が「びっくりした。どこで古い電話が鳴ってるのかと思ったら」と笑う。

「電話ちゅうのはこういう音じゃねえとな。懐かしいだろ？」

画面を覗く。中央の藤瀬祐里からだった。

「懐かしくなんてないですよ。夜中にデスクに起こされた記憶が甦ってきます」

「もしもし、なんだよ、こんな時間から」

電話に出たのに、毎朝の記者はまだその場を離れようとしなかった。藤瀬の声は聞こえていたが、二階堂は「ちょっと待ってくれ」と耳から携帯を離し、毎朝の記者の顔を見た。

彼はそこでようやく二階堂の言いたいことに気づいたようだ。

「そうだ、コーヒー買ってくるの忘れてた」

思いついたように目線を逸らし、廊下を戻っていった。

9

一泊した埼玉での取材から戻ってきた祐里は、そのまま赤坂《あかさか》に向かった。

今朝、大先輩である二階堂に電話をしたところ、「飯でも食うか」と誘われたのだ。

東都新聞時代の二階堂は近寄り難い存在だった。豪太郎のことを嫌っていたようだったから、その部下である祐里が話しかけても答えないだろうと挨拶くらいしかしなかった。

それが中央新聞に移籍してきた最初の社会部会の後、二階堂の方から近づいてきて、「顔見知りはあんたくらいだ。よろしく頼むわ」と言われた。

たまに本社ビルの地下にある昭和から続く喫茶店で見かける。ソーダ水やレモンスカッシュを頼み、老眼鏡をかけて新聞を読んでいる。「お邪魔していいですか」と勝手に同席して同じ飲み物を頼むと「こんなもん、ペットボトルに入ってるもんと変わらねえぞ」と臍曲《へそまが》りなことを言われる。

豪太郎から、うちの警視庁記者が動いてくれたらと言われた時に浮かんだのが二階堂だった。

二階堂は会社こそ違ったが、中島事件の時は東都で警視庁キャップをやっていた。他の記者よりは事件に詳しいし、なによりもあの時覚えた憤りを、今なお持ち続けていると思ったからだ。

約束した七時の五分前に到着した祐里に対し、二階堂は五分ほど遅れて現れた。二階堂に限らず、新聞社にいる昔気質《かたぎ》の男性記者は、プライベートな食事だと必ず数分遅れて現れる。それでいて仕事の時はちゃんと時間前に来るのだから、外で時間調整をしているとしか思えないのだが。

「おお、待たせたな」

軽く手を挙げて入ってきた二階堂は、奥の席に座った。若い男性店員が持ってきたおしぼりで顔を拭き、「ビール」と頼んだ。

「どうしたんだよ、でかい荷物持って」二階堂が隅に置いてあったナイロンのボストンバッグに気づいた。

「今朝、埼玉の取材から帰ってきたんです」

「荷物を持ったまま仕事か」

「午後からエネルギー庁でレクがあったので」

「そんなの誰かに替わってもらえばいいじゃねえか。暇こいてる記者なんていくらでもいるだろ」

「でも経産省担当は原発再稼働の件で忙しいですし、エネ庁は私がずっと見てきてるんです」

「相変わらず仕事熱心なお姉ちゃんだな」

「二階さん、いつものふぐでいいんですね」着物姿の女将《おかみ》が出てきた。

「当然だよ。それを食いに来たんだからよ」

「夏にふぐですか？」祐里は調子が狂った。

「江戸時代まではふぐは夏に食われてたんだぞ」

「そうなんですか」

女将に聞き返すと彼女も笑顔で首肯《しゆこう》した。

「先入観は罪。固定観念は悪だ」

「今の言葉、いただきます」

祐里は掌に書く振りをすると、仏頂面の二階堂が表情を緩め、出てきた瓶ビールを祐里のグラスに注いでくれた。

それからしばらく会社のことなど他愛ないことを話した。どこで電話をかけた理由を切り出そうか迷っていたが、ひれ酒に替わった時、二階堂の方から「で、なんなんだよ、俺に話があるなんて」と言った。

「はい。埼玉に行ってきた件と関係があるんですが、二階さんは埼玉で起きた事件、どう思われましたか」

「どうってなにがだよ」

「今回の連れ去り未遂事件、いずれも被疑者は二人組らしいんですよ。それで七年前の連続女児殺害事件と関係があるかもしれないと私が言ったら、二階さんは笑いますよね？」

遠回しに聞いた。

案の定、「関係があるもなにも、中島はすでに死刑になったじゃねえか」と言われた。

「ですから中島以外の犯人がいた可能性があるとしたら、ということです」

「あるわけねえだろ、そんなこと」一蹴された。「もしかして、おまえさん、いまだにあの事件は共犯がいたと信じてるのか」

真っ向から聞かれて返答に困った。豪太郎と同じで常識で判断するならありえないと思う気持ちが強いが、そう言ってしまうと二階堂に真剣に考えてもらえない。「そうですね」と返事をすると、二階堂はまた仏頂面に戻った。

「完全に信じているわけではないですよ。ただ、中島のことを調べた時、ずっと引きこもりで幼稚な性格だったという証言しか出なかったですし、精神障害の疑いがあるという声もありました」

「精神鑑定で、責任能力ありと判断されたじゃねえか」

「でもそれは殺されたのが小学生の女の子で、犯行が残虐だったからという声がありましたよね。普通の殺人だったら罪に問われなかったかもしれないと」

「そんなの噂だよ、精神鑑定してるのは警察ではなく、医者だ。感情で医者が精神障害と認めたり認めなかったりしてたら、司法鑑定制度じたいが崩れてしまう」

「そうですけど」

「それに人殺しに普通も普通じゃないもねえ」二階堂ににべもなく撥ね除けられた。

「でもあの頃の東都、私たちと同じように二人組のセンを追いかけていましたよね」

コップを口に近づけようとしていた二階堂の手が止まり、上目で睨まれた。

「おまえさん、どうして知ってんだ」

「すみません。実は私たち、会見で否定されてから、もう一度手分けして当たったんです。そうしたらある刑事が、同じことを東都の記者からも聞かれたと教えてくれたんです」

そんな事実はないと隠されるかと思ったが、二階堂は「書かなかったけどな」と認めた。

「それは単独犯だという根拠を見つけたからですか」

「さぁ、どうだったかな」

「もしはっきりとした根拠がないのであれば、二階さんはどう思われますか？　あの時の共犯者が逃げのびていて、また罪を犯しているなんてことはありえませんか？」

しばらく沈黙していた二階堂は酒を啜《すす》り、喉を鳴らしてから上目で祐里を見た。祐里も見返した。だが二階堂の視線は自分の目よりも上にあるように感じた。

「どう思うもなにも、正直、そんな昔のことが今回の事件に絡《から》んでいるとは、考えたこともなかったよ。そんな雲を掴むような話あるか」

「私だって同じ気持ちです。あったとしても一割、いいえ一パーセントもない話だと思ってます」

「でも、関口はありうると思ってんだろ」

「あの人のことだから、私より確率が高いと思っているでしょうね。だからといって自信を持っているようではなく、私が聞いた時は可能性は低いけど捨てられないという感じでした」

可能性は低いと話していたと言ったのに、二階堂は「あいつは負けず嫌いだから、自分の記事の間違いを認めないんだよ」と言った。

「負けず嫌いなら二階さんもそうですね」と返すと、二階堂は「俺か？」と呟《つぶや》き、「俺はどうかな……」と言っただけで、またひれ酒を啜った。

ふぐ刺しが出てきた。「とりあえず食うか」と言われたので一日話は中断する。

二階堂は箸で掬《すく》うように六、七枚まとめて取り、アサツキと紅葉おろしの薬味がたっぷり入ったポン酢につけて全部口に入れた。皿に盛りつけられた三分の一ほどが一口でなくなる。箸を手にしたまま、祐里は呆気に取られた。

「あとは全部食え」

「いいですよ、二階さんも食べてください」

「これはナガシマ食いって言って、俺が若い時の先輩はみんなやってたんだ」

言われてしばらくするまで、〈ナガシマ〉が野球の長嶋《ながしま》監督に結びつかなかった。

全部食べていいと言われたところで、二階堂のように豪快に食べるのはもったいなく、一枚ずつ箸で取った。ふぐなんてそう食べられるものではない。味わうように嚙み締めた。ようやく皿がなくなると、二階堂が会話を再開させた。

「だけど、おまえさん、一パーセントもない話をどうしてそんなに嗅ぎ回ってんだよ」

「それはたまたま埼玉に行かされたからですよ」

「それだけじゃないだろ。行ったたって興味がなきゃ、わざわざ俺に電話を寄越さん。おまえさんなりに、同じ犯人だと感じた何かがあったんじゃねえのか」

「それは……」すぐにどうして自分がこだわるのか答えが出てこなかった。だが見てきた現場を思い出すと、自然と声が出た。

「似てたんです。景色というか、雰囲気というか、松伏町も久喜の現場も、私には既視感がありました」

見てきたことを一つずつ、二階堂に話した。駅から離れた田舎、人も車の通りもない小道、コンビニや商店もない。街灯も少なく、防犯カメラもほとんど目にすることもなく、ここが首都圏とは思えなかった……だが言いながら、自分が話していることの説得力のなさに気付いた。

「小さな女の子を連れ去ろうとする場所なんてどこも同じかもしれませんけど……」

そう付け加えると、「それは違うな」と言われた。

「似たような現場でも、暴行目的と営利誘拐とでは違って見えるもんだ」

記者として認められたような気がした。

「埼玉で私が当たった所轄の幹部も、七年前にうちが二人組と書いた記事を覚えていました」

「熱心な刑事じゃねえか」

「といってもなにか疑いを持っているわけではなく、私が七年前の二人組の話を出しても真顔で否定されましたけど。その幹部に当時の中島の供述に興味があるかとも聞いたんです。あるとは言ってくれましたが、あんたに力があるなら警視庁に頼んでくれ、とはぐらかされました」

「この程度の事件じゃ、頼んだところで警視庁は相手にしねえよ」

「でしょうね。私もそう思います」

そこにふぐの唐揚《からあ》げが出てきた。ちょうど話が乗ってきたところなのだが、二階堂が手で取って食べ始めたので、会話は小休止となった。祐里も箸で肉を割ろうとする。だが二階堂から「普段はそんな行儀のいい食い方しねえんだろ」と言われたため、二階堂と同じように手で摑んだ。

唐揚げが終わると、女将がやってきて鍋の支度を始めた。相変わらず会話は止まったままだ。ここでペラペラと喋るような人間はたいした記者ではなく、いい記者は、第三者が来た途端になに食わぬ顔で話題を替える。二階堂もそうだった。

「女将、夏に鍋をやる店があるなんて、彼女、呆れてるぞ」

急に振られて、祐里は、「いえ、そんなことないですよ」と慌てて否定する。

「そりゃ、そうよ。出してるうちが言うのも変だけど、きょうだって注文したのは二階さんくらいだもの」

女将が笑うと、「暑いからこそ汗かきながら食べるのがいいんじゃねえか」と二階堂が言った。「そもそもふぐを冬に食べるのは、白菜が冬野菜だからだよ、なぁ女将」

「そうです。だからうちは夏はお茄子を入れるんですよ」

「へえ、そうだったんですか」

女将は野菜を菜箸で挟み、鍋の中に綺麗に並べていった。丁寧な仕事ではあるのだが、早く会話の続きをしたい祐里はじりじりした。

女将が蓋をし、しばらく黙っていると、鍋が煮立つ音が聞こえてきた。

「どうぞ」

蓋を開けた女将が取り分けてくれた。呑水《とんすい》を受け取り、まずスープから飲む。これまで食べたふぐちりとは違い味噌味だった。美味しい。心の中で急かしていたのが申し訳なく思うほど、エアコンで冷えた体にスープが染み渡った。舌が火傷《やけど》しないように息を吹きかけながらふぐのきり身を口に入れる。柔らかい身が口の中で崩れていく。二階堂を見ると、すでに一杯目を食べ終えていた。

二杯目を取り分けてくれて、女将が離れた。姿が見えなくなると、祐里から会話を戻した。

「警視庁キャップの頃の二階さん、いつも、東都の記者たちに『潜《もぐ》れ』って言ってましたよね」

調査報道は記者の使命だ——二階堂が部下を叱責する声は今も耳に残っている。

「誰も掘り起こしていない事件を調べあげて、世に出していく。それができて初めて報道記者だろって……東都のブースから、二階さんが記者に怒鳴ってる声を聞く度《たび》に、私も警察官の言うことをただ聞いて記事にするだけではダメだな、と反省しました」

「それなら関口も同じようなことを言ってたんじゃないか」

「そうですね。豪太郎は、隠そうとしていることを引っぺがすのが俺たちの仕事だと言っていました」

「ネタを引っ張ってこられる記者なら皆、似たようなことを言うさ。誰かが隠そうとしているところに大スクープが潜《ひそ》んでいる。隠そうとする人物や組織が大物であればあるほど取材は骨が折れるが、その分、衝撃もでかくなる」

「二階さんが怒ると、その数日後に、必ず東都からネタが出ました。そのうち二階さんの怒鳴り声を聞くと、私たちはなにかやられるんじゃないかって戦々恐々としていました」

「怒鳴んなきゃ結果が出ないってことは、俺んとこは、たいしたチームじゃなかったってことさ」

二階堂は自嘲したが、それは二階堂が求めているレベルがさらに高いところにあったからであり、捜査一、三課で中央が頑張っても、警視庁全体では東都が抜くネタが一番多かった。

「二階さんはネタ以外のことでもよく叱っていましたよね。記者が署名を入れることもそうです。『記事に名前を放り込むのは会社にアピールするためじゃない。書いた記事に責任を持つためだ』って」

「そんなこと言ったか？」

「言ってましたよ。うちの会社も同じだなって、思いましたもの」

一部の記者にとっての読者は、購読料を払って取ってくれている客ではなく、社内にいる上司だ。

「遅刻してきた記者に『なんの不安もなく眠れていいな』と言ってたのも覚えてます。私も警視庁担当時代は疲れているのに抜かれていないか心配で眠れなくて、朝飛び起きて新聞取りにいってましたから」

「なんか俺がえらく嫌なヤツみたいじゃないか」

「そんなことないですよ」祐里は首を振った。「でも抜いたら抜いたで興奮で眠れないんだから同じなんですけどね」

「若い時分は、いつかは抜いた抜かれたなんて気にせず、普通に眠れるようになるんだろうなと思っていたが、この歳になってもいまだに俺は遅寝早起きだ」

二階堂は目を擦《こす》る仕草をした。少しお茶目に見えた。

「だけど関口はそんなことないだろう。あいつは自信満々で布団の中に潜り込みそうだ」

「私みたいに飛び起きることはないでしょうけど、寝付けない時はあるとは言ってましたよ」

「へえ、あの男がね」

祐里も聞いた時は意外に思ったが、親近感を覚えたものだ。

「二階さんは豪太郎は嫌いですよね」答えは分かっていたがあえて聞いてみる。

「俺は厚かましい男は大嫌えだ」

予想通りだった。

「そうですよね。私も部下でなかったら絶対にお断りの男です」

「それは意外だな。おまえさんと松本だけは、関口を慕《した》っているのかと思ったよ」

「ムカつくことの方が多かったですよ。あの事件の時も被害者の家には何十回も行かされましたし、コメントを拒否されたと言っても、取れるまで帰ってくるなと命じられました。家族は早く普通の生活を取り戻したくて静かにしておいてほしいのに、そういうのはお構いなしですから」

「あいつは独り者だから、家族のことなんて分かんねえんだよ」

「私だって独身ですよ」

「おまえさんは、女として少女の気持ちが分かったんだろ」

「まぁ、そうですかね」そう自分に言い聞かせながら取材したことを思い出す。「でも途中から豪太郎も被害者と家族のことを思ってたんだなと思い始めました。なによりも豪太郎は、金沢への異動が決まって、この事件を取材できなくなったことを悔しがっていました。私とマツパクに『取材は続けろ』と言い残して異動したんです。だから私も、連載を書かせてほしいと願い出ました」

紙面で死なせてしまった清川愛梨とその家族に対し、自分たちが罪滅ぼしができるとしたらなにか。それは事件を風化させないことだけだった。女である私が書かなければ、誰が少女たちを助けることができるのか……だからキーボードを打つ手を止めては、残虐さの匂いが残る事件現場や、悲嘆にくれる家族の顔を思い出して、家族や被害少女の怒りや悲しみを代弁するつもりで書き綴った。

「連載なら東都もやったさ」

「そうですよね。そっちが新聞協会賞を受賞されたんですものね」

中央の連載は上、中、下の三回だったが、東都は長期連載だった。

一課担同士の戦いでは、中央は東都に負けていなかったが、事件全体を見る力では東都の足元にも及ばなかった——そう痛感したほど東都の連載は、量だけでなく、内容の濃さまでも祐里が書いたものを上回っていた。

「あの連載は協会賞にふさわしい内容でした。さすが二階さんですよね」

「よせよ。俺が取ったわけじゃない。東都社会部の特別取材班が取ったんだ」

「でも二階さんが、俺にやらせてくれと直訴したって聞きましたよ」

「うちにも二人、娘がいるからな。当時、上は十六、下は救出された女の子と同じ十歳だった」

「そうだったんですか」

二階堂に娘がいるとは初耳だった。指輪もつけていないから、家族を持ったことはあっても、今は独りなのかと思った。警視庁時代の二階堂はいつも仕事をしていて、生活感がまるでなかった。

「なのにうちの連中が持ってくるネタと言ったら、ほとんどは中島聖哉にまつわる不幸な境遇話だった。『中島は子供の時に両親が離婚し、母と弟と別れた』『中島も母親についていきたいと願っていたが、父親の実家の希望で長男の中島だけが残された』『弟と離れ離れになったショックで彼は吃音《きつおん》の症状が出た』『うまく喋れないため小中時代は虐《いじ》めに遭い、高校も中退した』……そんなどうでもいい話ばかりだったよ。さすがに俺は頭に来て、不幸な境遇で育ったからといって少女を二人も殺していいのかとやり直しを命じた」

「私たちも、取材すればするほど、中島の恵まれない身の上話ばかり出てきました」

「中島が十九歳で引きこもりから脱却できたのは、性に目覚めたからだよ。他の男どもより少し遅かったくらいで、なんの異常でもなければ、不幸な境遇のせいでもない」

きっかけは、売春する少女にスポットを当てた深夜のドキュメンタリー番組だった。

彼には頼めば父親や祖父からいくらでも貰える金があり、車があった。初めは出会い系サイトを使って女子高生と援助交際をしていた。二度目に会った女子高生から、気持ち悪いと逃げられて、彼は中学生に狙いを替えた。だが中学生からも嫌われた。そこでさらに年下の少女へと興味が移った。売春ではない。抵抗できない小学生を誘拐し、アジトに連れ込んで暴行するのだ。そして、それまでの恨みを晴らすかのように少女たちを無残に殺した……。

東都の連載には、中島の心を覆っていた薄闇がどす黒く濁っていくまでの、変化のきっかけとなった事象が一つ一つ、克明に書き込まれていた。祐里が書いたような、犯行の残虐性や身勝手さについての非難はほとんどといっていいほどなかった。それでも読んでいるうちに気持ちが入り込んでいき、手が震えるほどの怒りが湧き上がっていった。

「それならますます協会賞を取ったのは二階さんの力じゃないですか」

「うちの連載、途中から急にトーンが変わったと思わなかったか？」

「そうでしたっけ？」

「途中から書き手が俺を中心にした警視庁担当から、遊軍に替わったんだ」

「誰が指揮を執ったんですか」

「当時の遊軍長、今の編集局長だよ」

その人なら知っている。二階堂はその出世争いに負けて、中央に移ったと言われている。

「おそらく、二階堂の連載を自分ならもっと読者が食いつくものにできると言って上を唆《そそのか》したんだろう。その結果、事件の起因が、俺がもっとも忌《い》み嫌う社会悪と現代病に変わっちまった」

「そう言われてみれば、後半はそんな感じでしたね」

少しずつ読んだ記憶が戻ってきた。それでも、さすがの東都も一ヵ月近く連載を続けてネタ切れなのかと感じた程度で、協会賞にふさわしい立派な連載だったが。

「俺はそんな安物な記事にされちまったことが許せなくてな。上に『こんな簡単な言葉で事件を片付けるな』と怒鳴ったんだ。そんなことすっから、俺は東都に残れなかったんだな」

　そこに女将が出てきた。

「この後、雑炊にしますか」

「食えんだろ？」と聞かれたので「はい」と返事をする。

　またしばしの中断かと思ったが、二階堂が「俺がやるから材料だけ持ってきてくれ」と言ってくれたので助かった。二階堂は慣れた手つきでご飯を入れ、煮立ってから、卵を入れてかき混ぜる。でき上がるまで祐里は黙って見ていた。

　雑炊ができた。「ほい」と言われたので茶碗を渡す。「おまえさんは警視庁の頃と変わってねえな。相変わらず熱心だ」れんげで雑炊をすくって口に運びながら二階堂が言った。

「昔と比べたら全然ですよ。他紙より先に書くって意気込みも薄れてます」祐里も食べながら答える。

「それでも百に一つの可能性を、こうして追いかけてるじゃねえか」

「書くことと取材することは違いますから」

「おっ、いいこと言うじゃねえか」二階堂が口を丸くした。

「前は知ったらすぐに書こうとしましたが、今はまずちゃんと判断しようと思ってます。正確に判断するためには、発表より先に知らないといけないわけですから、やってることは同じですけど」

「発表なんてものを待ってたら、権力者は平気で嘘をつくからな」

「誰だって自分に都合が悪くなることは出したくないですものね」

「被害者を守るためと理由を付けて、隠すことだってある」

「それっていつも疑問に思うんですよね。だって書く書かないは記者が判断すべきじゃないですか。その判断もさせないってことは、私たち記者を信頼してない証拠だと思うんです」

「俺たちのことなんぞ、ヤツらは信用もしてないさ」

二階堂はつまらなそうに吐き捨ててから雑炊を掻き込んだ。その通りだと思った。信頼関係が大事だと言う取材相手ほど、大事なところで隠し事をし、嘘をつく。

「ですけど東都も中央も七年前に中島が逮捕された時、もう一人、共犯者がいると疑ったのに、途中で追いかけるのをやめたことには違いありません。それが今回の埼玉の事件に結びついているとしたら、それは七年前に私たちが真実まで辿り着けなかったせいだ……そう思ったら私、居ても立ってもいられなくなって、それで二階さんに連絡しようと思ったんです」

「馬鹿言うな。記者が何を知って、何を書いてようが、事件なんてまた起きる」

「そんなことはありませんよ」

「昔とは違うんだ。今の新聞なんて無力だ。官僚だってそう思ってるさ。週刊誌に知られたらまずいが、新聞ならなんとでもなるってな」

「それでも埼玉の事件が二人組だったことと七年前の事件との関連をうちが書いたら、大騒ぎになりますよね」

「おまえさん、やっぱり本気でそう思ってるんじゃないか」

「違いますよ。一パーセントもありませんって言ったじゃないですか」

「俺には一パーセントもあります、と言い張ってるように聞こえる」呆れるように言われた。

「で、おまえさん、俺にどうしろって言いたいんだ」

「いえ、どうしろとは……」

言葉に詰まると、二階堂が言った。

「こういうことだろ。サッチョウ担当である俺も動いて、協力しろと」

「協力しろだなんて……」慌てて否定したが、「もし二階堂さんに手伝っていただけるのなら お願いしたいと思って来たのは事実です」と、正直に胸の内を明かした。

「俺が動いたところでサッチョウなんて屁とも思わねえぞ。警視庁だってそうだ。中央の二階堂？　ああ、昔、東都で威張ってたけど、今は毒にも薬にもならねえ奴か、と思ってる」

「そんなことないですよ。他のサッチョウ記者が聞くのと、あの時東都のキャップだった二階さんが聞くのとでは、聞かれる側の構え方も違います。二階さんが相手じゃごまかせないと思うだろうし」

「誰が言おうと同じだ。だいたい一記者にできることなど限りがある」

「いいえ。新聞記者だから相手も話してくれるんです」

「それは驕《おご》りだよ。今時、新聞はみんなが読んでるなんて思ってるのは、新聞社の人間だけだ」

「影響力があるとは思ってません。部数だって減っているのは分かっています。それでもまだ読んでくれている人はいます。私たちが取材しなければ、その読者は知ることはできません」

頭に浮かんだことを言うと、二階堂はいっそう厳しい視線を向けてきた。祐里も目頭に力をこめた。だがまた視線は合わなかった。目より上を見られている。

額になにかついているのかと思い触ってみた。感触はない。二階堂は咳払いし、「分かったよ。そんな顔で言われちゃしょうがねえ」と言った。

「そんな顔？」

聞いたが、二階堂はそのことについて答えてくれず、再び雑炊を口の中に運んでいく。

「だが今回の件、和手か辻本にも伝えさせてもらうぞ。警視庁に関わる事案だし、どうもこの会社には関口に恨みを持ってる人間が多いみたいだからな。外様《とざま》の俺が警視庁担当を無視して関口に協力しているのがバレたら、俺はますます肩身が狭くなる」

「もちろんです。警視庁担当が協力してくれるのが一番ですから、その方が助かります」

「なら早く食え、雑炊、まだ一杯分ずつ残ってる」顎で鍋の中をしゃくった。

「はい、じゃあ、今度は私がよそいます」

二階堂の茶碗を受け取っておたまですくい、残りは一粒も残さず自分の茶碗に入れる。

豪快に掻き込んでいる音が聞こえてきた。

祐里も真似をしようと、茶碗を口に近づけた。

10

けたたましい音で携帯電話のアラームが鳴った。

豪太郎は手を伸ばしたが、あると思った枕の横に携帯電話はなかった。

逆側に手を伸ばす。そこにもない。音は鳴り止まず、いっそう大きくなっていく。

寝惚けたまましばらく耳を澄ますと、足の方から聞こえてくるのが分かった。そうだった。腰の横あたりのマットの下に隠したのだ。手でまさぐり、ようやく携帯電話を止めた。

寝転んだまま閉め切ったカーテンを開くと西日と目が合い、昼寝であることを思い出す。刺激が強過ぎる夏の日差しに、再びカーテンを戻した。

最初の連れ去り未遂事件発生から五日間が過ぎていた。

十九日のきょうまで、豪太郎は十五日間連続出勤しているが、事件が解決しないのだから仕方がない。夜回りから戻ってくると午前三時、四時になっていて、二時間ほど寝て、六時半には朝駆け取材に向かう。さすがにそれでは体が持たず、夕刊の出稿の後は、県警から歩いて三分の場所に借りているアパートで一時間だけ仮眠を取っている。

たった一時間でも豪太郎はパジャマに着替える。その方が体の方も、本気で眠る気があるのだと察し、深い眠りに導いてくれるような気がするからだ。

眠りが深い分、起きるのが大変だ。だから寝る前には、前日とは異なる場所に携帯電話を隠す。音が鳴り、本能的に手を伸ばしても携帯はない。寝惚けまなこで必死に探し、見つけた時には目覚めているという作戦だ。

立ち上がって冷蔵庫の扉を開けた。中を覗いて思わず舌を打った。コーヒーを作って冷やしておくのを忘れていた。

作った大量のコーヒーを冷やし、それを全部飲んで頭をすっきりさせてから取材に出かけるのが豪太郎の長年の習慣だった。豆は安物でいいから、その分、粉の量は多くして、濃いのを作る。母が喫茶店を経営していたこともあって、小学生の頃からコーヒーを飲んで育った。

戸棚から出した豆をコーヒーメーカーに入れ、ドリップされるのを待ち、淹《い》れたてのコーヒーに大量の氷を放り込んでがぶ飲みした。体がへばっているのか、胃酸が出た。頭だけでなく、やっと体のエンジンもかかってきた。必要な睡眠時間には到底足りないが、それでも毎日、自宅の布団で眠れるだけマシだ。警視庁担当の頃は記者クラブの隅に置かれた二段ベッドの煎餅布団が豪太郎の寝床で、昼間はせいぜいタクシーで数分うたた寝をするくらいだった。

タブロイド夕刊紙の記者だった父も、毎朝母が作ったアイスコーヒーを飲んで仕事に出ていった。

父は高卒で就職した印刷所をやめ、二十歳の時にタブロイド紙の編集補助のバイトを始めた。手書き原稿を、整理部に渡したり、活版を組む工員に預けに行ったりしていたようだ。

ある時、映画俳優の愛人宅での張り込みが足らず、父が駆り出された。愛人と帰ってきた俳優に、父は直撃取材をした。女遊びも芸のうちだという昔気質の役者で、父の取材に

「これが俺の女だ」と堂々と認めたという。そのスクープがきっかけになり、父は記者として正式に採用された。

父はなによりも記者の仕事が好きだった。休みを返上して出ていき、出張に出たまま一、二週間帰ってこないこともあった。取材相手との飲食で自腹を切るらしく、給料が底を突くと喫茶店のレジから金をこっそり抜き取っていた。その現場を母に目撃され、大目玉を食らっていたこともある。

女性の裸のページもあるタブロイド紙を家に持って帰ってくるのを母が嫌がったことから、豪太郎は父がどんな記事を書いていたのかもよく知らない。

その父が、豪太郎が大学一年の時、倒れた。過労による急性膵炎《すいえん》だった。医者からは安静にするよう言われていたが、父は退院するとすぐさま仕事に復帰した。母は止めたが、家を出る時、父はこう言った。

――俺がいないと新聞が出ないんだよ。

人手が足りないというわけではない。父が言いたかったのは、自分がでなければ、面白い紙面にならないという意味だったのだろう。復帰した一年後、父は再び病《やまい》に倒れた。今度は病院に担ぎ込まれてすぐ、息を引きとった。

父は、長男には豪太郎、二つ下の次男には「傑《たけし》」と、近所で「豪傑《ごうけつ》ブラザーズ」と呼ばれるおかしな名前をつけておきながら、まったくといっていいほど子供を構うことはなかった。褒めることもなければ、叱ることともなく、入学式や卒業式に現れたこともない。それでも父が仕事に夢中になっている姿を見て育ったせいで、豪太郎は子供の頃から、仕事というのは楽しくてやり甲斐があることなのだと思っていた。

大学に入学した頃に、自分も新聞記者になろうと決めた。運良く全国紙の中央新聞に受かったが、記者になれるなら父のようなタブロイド紙でも良かった。

七十歳になった今でも一人で喫茶店を続けている母からは、「一人くらいはまともに結婚して孫の顔でも見せなさいよ」と言われる。たまに都内の実家に顔を出す豪太郎はいい方だ。南国の海に魅せられ、大学を中退して水中カメラマンになった弟は世界中を旅していて、時折思い出したかのように、自分で撮影した写真を印刷した葉書を送ってくるだけらしい。

大きめのグラス二杯分のアイスコーヒーを飲み終えると午後四時半を回るところだった。

携帯電話を取り、県警クラブにいる木原に電話をかけた。「なにかあったか」と尋ねると、〈とくに進展はありません〉と返ってくる。

「きょうの紙面はどうする？　須賀さんからはなにか言われてるか」

夜討ち朝駆けに専念する豪太郎と岡田の代わりに、昼間の県警クラブは木原に任せている。

事件ネタを追いかけることに重点を置いているが、日々の埼玉県版も一ページ作らなくてはならない。支局には豪太郎たち県警担当の三人以外は、県政担当の二年生記者が一人、他に川越《かわごえ》、熊谷《くまがや》、秩父《ちちぶ》に定年退職したベテラン通信員がいるだけなので須賀は相当苦しんでいるはずだ。

〈デスクからは頭は県議会でいくから、事件ものは肩で三、四十行ほど頼むと言われています〉

それならたいした量ではないが、かといって交通事故の発生原稿では須賀は納得しないだろう。

「連れ去り関係でなにかあるか」

〈地域課の巡査を五十人増員して、埼玉東部地区のパトロールを強化するという話はあるんですが、それって昨日、さきたま日報が似た記事を出してるんですよね〉

その記事なら目にしたが、県版を白紙で出すわけにもいかず「さきたまには警官の数までは出てなかったよな。だったら五十人という数字を強調してうまくまとめてくれ」と指示した。

木原は取材力は足りないが原稿は上手に書く。取材せずに小手先でまとめるタイプは豪太郎は好きではないが、新聞社という組織には、小さなネタをそれなりの記事に見せられる記者も必要だ。

「岡田から連絡があったか」

〈さっき電話があって、関口さんに言われた刑事の名前がようやく分かったので、これから住所を調べると言ってました〉

車を目撃したと嘘をついた大学生の家で会った刑事のことだろう。あれから二日経ってようやく名前か……この分だと家に取材をかけるまで、相当かかりそうだ。

〈僕も県版を書いたら大宮の署長宅に行ってみます。署長、去年まで県警の広報課長だったんで〉

元広報課長では他紙も多数来ていて特ダネには繋がらないだろう。それでも夜回りに積極的でなかった木原も、豪太郎と岡田が駆け回っていることで尻に火がついたとしたらいいことだ。

「俺の方は取材終わりが遅くなるかもしれないから、なにかあったら須賀デスクと相談してくれ」

〈分かりました〉

「岡田にも連絡しておいてくれな」

豪太郎は昨晩から、新たなネタ先を開拓しようと捜査一課の管理官宅に夜回りをかけている。記者嫌いで知られている強面の管理官だけに覚悟していたが昨夜は予想通り門前払いだった。それでも事件が殺人事件などに発展しないうちに、捜査の全体を把握する大物を捕まえておきたい。

レッズファンの検事宅は連れ去り未遂事件の発生で、その夜に行けなくなったままご無沙汰している。検事にも捜査情報が入らないことはないが、初動段階ではほとんど知らされない。捜査一課に一人、馴染みの刑事を作ったが、彼は階級が巡査部長なので担当する事件以外は分からず、今回は二つの未遂事件ともに関わっていなかった。

「じゃあ、俺がこれからクラブに行って留守番するから、おまえは支局にあがって原稿書いてくれ」

皺だらけのスーツの上着に袖を通しながら電話を切った。

着終えてから、もう四日近く同じスーツを着ていることに気づいた。右袖、左袖と順番に匂いを嗅いでみる。気にしだすと急に汗臭く感じられた。

クローゼットから出した紺ジャケとグレーのスラックスに着替える。着ていたスーツは丸めてビニール袋に入れ、クリーニング屋に出してから県警クラブに向かうことにした。

11

藤瀬祐里と会った翌日、二階堂實は午前八時五十五分に刑事局の扉を開け、中に入った。

局内はのんびりしていて、新聞に目を通している職員が目につく。その奥で書類にハンをついていた男が二階堂に気づいた。

「二階さん、こんなに早くどうしたんですか」

刑事企画課長の沖田《おきた》だった。

「いや、早く来てとっとと帰るのがポリシーでしてね」

二階堂が言うと、「なに言ってるんですか、誰よりも仕事熱心な二階さんが」と言い、再びハンをつこうと目線を下げた。

「ちょっと課長、雑談いいですか」

ちょうどハンコを持ち上げた時に二階堂が言うと、沖田の手の動きが止まり、今度はゆっくりと顔を上げる。怪訝《けげん》そうな顔をしていた。

しばらく黙って目を合わせていると、沖田は硬い顔つきで「じゃあそっち行きましょうか」と小部屋に向かって歩き出した。

二階堂は後ろをついていき、扉を開けたまま向き合って座った。

一度腰を下ろしたにもかかわらず、沖田は立ち上がり、二階堂が開けっぱなしにしていた扉をしっかりと閉めた。記者と喋っているところを見られたくないのはどの官僚も一緒だ。

「で、雑談ってなんですか、二階さん」

二人きりになった途端、表情もうって変わり、馴れ馴れしい口調になった。

刑事局の官僚は、誰もが新聞記者との接触を嫌がる。沖田も同様だが、彼は二階堂の取材だけは応じる。それは彼のセクションが事件捜査に直接関わりのない企画部門だということもあるが、それ以上に、この男が二階堂に弱みを握られていると思い込んでいることも大きい。

二十年ほど前、二階堂は警視庁で捜査二課を担当していた。その時、二課の管理官をしていたのが沖田だ。同期の出世レースのトップを走っていると自負していた沖田は、ノンキャリアの警察官にも威張り散らし、記者の質問などにはまともに答えない絵に描いたようなエリート官僚だった。

都議会選挙の翌日のことだった。二階堂は汚職の特ダネを書いた。逮捕されたのは都職員と建設業者だったが、当選した都議会議員も捜査の対象に上がっていると書いた。さらにその議員の背後には、匿名にはしたが保守党の衆議院議員も関わっていると示唆した。おそらく党から強い抗議がきたのだろう。捜査二課は捜査妨害だと東都新聞に出入り禁止を通告した。誤報より、当たっていた方が出入り禁止になることは多い。だから出入り禁止は一向に構わなかったが、通告を受けた時に沖田が吐いた言葉だけは、二階堂はけっして忘れなかった。

――おたくはいつからこんなスキャンダルを書く二流紙に成り下がったんですか。あなた、天下の東都でしょ。中央や東西とは違うんですよ。

沖田はその後、福島、大分県警の捜査二課長、滋賀県警の刑事部長を歴任し、企画課長として警察庁に戻ってきた。二階堂は他紙のサッチョウ記者とともに挨拶に出向いた。

「二階堂と申します。昔は天下の東都にいましたが、今は二流の中央新聞に移籍しました」

周りの記者たちは、二階堂が自嘲して言ったのだと笑っていたが、沖田の顔から色は消えていた。彼は二十年前の自分の言葉を覚えていたのだ。

全国紙を一流、二流と格付けしたことが知られたら、たちまち出世レースから脱落する。中央だけでなく、同じく二流扱いされた東西だって目の敵《かたき》にするだろう。以後、二階堂が沖田に話しかけて避けられたことはない。

「いえね、課長に埼玉で二件起きた女児連れ去りの未遂事件を聞こうと思ったんです。あれって複数犯らしいですね」

二階堂はあえてのんびりした口調で用件を切り出した。

「そうみたいですね」そんなことかと安心したのか、表情から硬さが取れた。

「複数犯の連れ去りって、珍しくないですか」

「あるんじゃないですか」

「ああ、なんだ、そうか」二階堂はわざとらしく自分の右膝を叩いた。「課長は営利誘拐だと見立てているわけですね。営利だから複数犯もあるぞと」

「いや、そういうわけではないですけど」慌てて否定する。

「いえ、課長がそう思っても当然ですよ。僕だって最初はそう感じました。でもうちの記者が調べたところ、一人目の家は父親が長く失業しているそうです。二人目も工事現場の誘導員で、母親が近所のスーパーでパートすることでなんとか生計を立てているようです。二人ともけっして金持ちの子供ではないんです」

「金持ちとかは、それほど関係ないんじゃないですか」

「そうですね。簡単に逃がしてしまうくらいですから、被疑者は下調べもしてなかったのかもしれませんね。でも営利誘拐ならもう少し小さな子供を狙うでしょうし、僕は性的暴行目的の可能性が高いんじゃないかと思っています」

「それは私だって思ってますよ……だけど二階さんは、私になにを言いたいのですか」

椅子を斜めに向けていた沖田が、二階堂に向き直った。前で軽く組まれていた手が、肘かけに移っている。

「うちに関口豪太郎っていう誤報記者がいるのを知ってますか。ほら、何年か前の女児殺害事件で、生きてる子を遺体発見と書いた」

「私は大分にいたんで詳しくは知らないですけど、その記事が出たのは知ってますよ」

「その誤報記者が今、埼玉にいるんです。彼は七年前、もう一つ、二人組説という誤報も書いてるんですわ。そういう事情もあってその記者、当時の残党がぬくぬくと生き延びていて、今回の事件に関わっているんじゃないかと疑っているわけです」

「共犯がいたなんて証言、裁判では一切出てきていませんよね」

「裁判どころか、中島が口にしたのは逮捕直後の一度だけです。そしてすぐ撤回しました」

「なら、二階さんはどう思われているんですか。当時、東都新聞の警視庁キャップでしたよね」

「僕も眉唾だと思ってますよ。いくらなんでもあの時にもう一人容疑者がいて、それが七年も経って動き出したなんて考えられません」

「それでしたら無視していいのではないですか」

「でも課長、七年前に二人組の目撃談を取ったのは中央新聞だけじゃなかったんですよ」

「どういうことですか」

「実は僕がいた東都も摑んでいました。中央は藤沢の目撃談でしたが、僕らが取ってきたのは二件目の八王子での事件現場周辺でした」

「そうなんですか」沖田は驚きを隠さなかった。「でも東都は記事にしていないですよね」

「はい。中央に先を越されたというのもありますけど、鑑識が殺された女児からは中島一人分の体液しか出なかったというんで、ちょっと慎重になったんです」

社内の見解も同じだった。中央に書かれた時はまずいと思ったが、すぐに一課長が会見で否定したことで溜飲が下がった。

「それでしたら今さらその記者が持ち出してきても、違うと言えばいいじゃないですか」

「僕は言えませんよ。外様ですし」

「外様でも二階さんなら言えるでしょう」

「僕が言わなくても、うちの会社がそんな記事は書かせません。新聞記者も出世レースに生き残るには、得点するよりいかに失点しないかということの方が大事ですから」

「二階さんはその記者をどう評しておられるのですか」

「大嫌いですよ。人の家にもズカズカと入っていく厚かましい男です。よく現場の捜査員が迷惑していました」

「つまり、その記者の説は信じていないということですか」

「はい、信じてはいません」

「なら、なにも私に言わなくてもいいじゃないですか」

困惑した顔で言われたので、「そうですね。なんで言おうとしたのかな」とわざとらしく首を傾《かし》げた。

「ところで最近、ゴルフはどうですか」二階堂は唐突に話を変えた。

「ゴルフなんて、最近は全然やってませんよ」沖田は手を振った。

「大丈夫ですよ。ゴルフのことは、大河内《おおこうち》局長から聞いたんですから」

けっして嘘ではない。東西新聞のサッチョウ記者が大学時代ゴルフ部だったこともあり、刑事局長の大河内が唯一、饒舌《じょうぜつ》になるのがゴルフについて振った時だった。

「僕ら記者はいつも言ってるんですよ。大河内局長は本当は沖田さんを捜査一課長にしたかった。でもそれじゃあ、いかにも派閥《はばつ》人事と見られてしまうから、あえて漆原《うるしばら》さんを一課長にして、沖田さんは企画課長という、塩っぱい所で辛抱させているんだって」

大河内と沖田はともに鹿児島の全寮制のエリート高校出身という繋がりがある。庁内では薩摩《さつま》ラインと呼ばれている。一課長の漆原は別のラインだ。

「そんなこと関係ないですよ。それに、僕は今の職務も重責だと思っていますし」

「でも漆原さんの方は、いつ沖田さんにその座を奪われるか焦っているんじゃないですかね。僕に、大河内局長と沖田さんはどれくらいゴルフに行ってるのかと聞いてきたこともありますし」

耳打ちするように声を下げた。

「そうなんですか」沖田が少し前のめりになった。

「ご安心ください。僕は余計なことは言わないですから」

「安心って、別に私は何も……」

「これまた余計なことでしたね。すみません」

そこで「では僕はこれで」と椅子から立ち上がって頭を下げた。

「えっ、もういいんですか」

誘拐の話をしたと思ったら突然ゴルフに話が変わり、人事になって、それもあっさり終わった。沖田はなにを言いたくて雑談を求められたのか困惑していたが、それでもきちんと姿勢をただし、「どうもお疲れさま」と会釈した。

二階堂は沖田の横をすり抜け、閉まっているドアのノブを握った。だがノブは回さず、前を向いたまま口だけ動かした。

「そういや、大河内局長って七年前、警視庁の刑事部長だったんですよね」

「そうですけど、それがなにか」

「局長も気にされているかもしれませんね」前を向いたまま続ける。

「気にするって今の話を、ですか？」

「うちの誤報記者が、七年前との関連を疑っていることです。大河内局長だって、そんな噂が出ればただごとじゃなくなるでしょうし」

「ただごとじゃないって、別にそんなことはとくには……」

「まぁいいです。でも僕は沖田課長にちゃんと伝えましたからね。今言ったこと、うちが記事にして大河内局長や漆原一課長が騒ぎ始めた時、初耳ですだなんてつれないことを言わないでくださいね」

さすがに返事はなかった。二階堂が、なにが狙いで声をかけてそんなことを言い出したのか理解できず、よく回る頭で必死に考えているに違いない。

「それではお忙しいところお邪魔しました」

今度こそノブを回して部屋を出た。

振り返らずとも、沖田がどんな顔をしているかは容易に想像できた。


二階堂は、夕刊の降版時間が過ぎてから庁舎の外に出た。

警視庁方面へと歩く。昼休み時なので結構な人が歩いていた。普段は気にもならない男女の組み合わせがやたらと目についた。

「お父さん、会ってほしい人がいるの」

先月、長女から言われた。杏子《きょうこ》は大卒でデパートに就職してまだ一年だ。こともあろうに相手は二十も年上の四十三歳だと言われた。しかもバツイチと聞いて、二階堂は我慢ならなくなった。「そんな男との結婚は許さん。連れて来るな！」隣の家にも聞こえるほどの大声で怒鳴りつけた。

だが杏子も引かなかった。

「会って顔を見てくれるだけでもいい。そうすれば彼の人柄が分かるから」

二十も年下の女をたぶらかして人柄もへったくれもあるか。「会わん」と拒絶した。

いつもなら不貞腐《ふてくさ》れて部屋に戻る娘が、しばらくの間、正座したまま動かなかった。眉をきつく寄せ、額に皺が入った顔で二階堂を睨み続けている。女房から「そんな顔をしてるとお父さんみたいな顔になるわよ」と言われ、そのたびに不機嫌になっていた顔つきだ。「いつまでそこにいる気だ。無駄だ」と言っても「お父さんだって、仕事で無駄だと言われても諦めたりしないでしょ」と返された。

数分経ってようやく立ち上がったが、それでも「私は絶対諦めないからね」と言い残して自分の部屋に戻っていった。

あれから杏子が男の話を持ち出してくることはないが、女房の話だと付き合いを続けているようだ。二階堂としてもようやく娘に睨まれる圧から脱却できたと気が楽になっていたのだが、昨夜、藤瀬祐里が、杏子と同じように額に皺を入れて記者の使命感をぶつけてきたせいで、娘の顔が頭から離れなくなった。藤瀬の頼みを聞いてしまったように、この分だと娘の結婚まで認めてしまいそうだ。それだけは許してたまるかと、一発自分の頬に張り手をかました。

警視庁に到着した。警察庁の入った庁舎から三分ほどしか歩いていないのに、シャツはべっとりと肌に張り付いてしまった。

受付でもらった入館証を手に握って、記者クラブに入っていく。中央新聞のブースを覗くとサブキャップの辻本が机に足をのせて休んでいた。

「あっ、二階さん」二階堂の顔を見た辻本は咄嗟に足を下ろした。

「なんだ、暇そうじゃねえか」

「さっきまで夕刊に追われてましたが、送り終えましたんで……でもどうしたんですか」

「飯食ったか？　まだなら行かねえか？」

「は、はい」

戸惑った顔をして後をついてきた。中央新聞に移籍してから二階堂が警視庁クラブに顔を出したのも初めてなら、警視庁記者を飯に誘ったのも初めてだった。

何度も通ったうどん屋に行くと、二階堂はかけうどんを頼んだ。昨夜、夏ふぐを食い、ひれ酒も飲んだせいで、今朝はなにも食ってないのに少し胸焼けしている。

サラダうどんという冷たい麺に野菜とマヨネーズがかかったおかしな食い物を注文した辻本は、出てきた丼を箸でかき混ぜてから食い始めた。薄茶色に濁った丼から二階堂は目を背《そむ》けた。サツ回り時代には遺体も普通に見られたというのに、仕事を離れると途端にこういうものが苦手になる。

「おまえさん、この前関口とやりあったそうじゃねえか」

出てきたうどんを啜りながら言うと、辻本は「参ったな。二階さんにも知られてるんですね」と頭を掻いた。

「関口の術中に嵌《はま》ってしまったわけですから僕の方も反省しています。部長からも叱られましたし」

大学の先輩で直属のラインでもある外山に叱られ応えたのだろう。辻本は素直に認めた。

「辻本、おまえ、関口がなにを追いかけているか知ってるのか」

「連れ去り未遂事件の容疑者でしょ」

「そうだけど、関口が疑っているのは、今回の連れ去り犯が、七年前の事件と同一犯じゃないかってことだぞ」

昨夜、藤瀬祐里から聞いた話をした。辻本が細い目を見開いた。

「七年前って中島の事件ですか？」

「外山からは聞いてないのか」

「いえ、部長からはなにも。それって本当なんですか」

「馬鹿だろ？」

砕けた口調で言うと、しばらく開いていた目が、細い線に戻り、「そういや、関口はあの時、二人組って書いたんでしたね」と冷笑する。

「東都にいた俺も、あの記事を見た時は、中央はやらかしたなと思ったよ」

「その件もあるからあいつは戻ってこられないんですよ。いまだに懲りてないんですね」

「記者は飛ばされたらおしまいだ。地方では運良くでかい事件にでも遭遇しないことには、汚名返上のチャンスさえない」

「二階さんがいた頃の東都は、優秀な記者が多くて競争が厳しかったでしょうから、地方に飛ばされる記者がたくさんいたんでしょうけど」

「ああ、いくらでもいたよ」

同期は百人以上いたが、三十になって東京で記者職でいられたのは半分程度。四十代でも次々と動いていき、五十代で残ったのは四人、二階堂がやめたので今も残っているのはたった三人しかいない。もっとも全員が役職で、うち一人は直《じき》に執行役員に昇進するらしいが。

「まぁ、そんなことはどうでもいい。それより埼玉のサツ官が手がかりがなくて途方に暮れてると聞いた関口は、七年前の事件を持ち出して埼玉と警視庁を連携させようと企んでいるようだぞ」

幹部にその話を振ったのは藤瀬だが、関口が言ったことにしておく。

「あいつ本当に馬鹿なんですね。そんなことを企んだところで警視庁は相手にしませんよ」

「それが相手にすることになったんだよ」

そう言うと、マヨネーズがべっとりついた辻本の箸が止まった。

「警視庁が他県の事件の協力をするってことですか？」

「でも連れ去り未遂なんて、別に珍しいことではないでしょ。今回のは他となにが違うんですか」

「未遂じゃなければ、えらい事件になっていたからな」

「連れ去り未遂ですよね」

「ああ」

「さぁ、俺にもよう分からん。だけどおまえらが知らないのは仕方がない。警視庁が自発的に動いたわけじゃなく、サッチョウがしゃしゃり出てきて、警視庁も無視できなくなったんだ」

「サッチョウが警視庁にプレッシャーをかけたってことですか。でもどうしてサッチョウが……」

話がさらに大きくなったことに辻本は困惑しきっている。

「俺が偶然刑事局に顔を出したら、某課長が刑事局長に『念のために七年前の事件をもう一度、調べた方がいいですよ』と耳打ちしているのが聞こえてきたんだ」

辻本の視線は二階堂を見たまま止まっていた。辻本の頭の中でも、サッチョウの大河内刑事局長が当時の警視庁の刑事部長だったことくらいは繋がったはずだ。

二階堂も見返した。だが五秒もしないうちに、意図的に笑い顔を作った。「ハハハ」と声を出す。途端に辻本の顔から緊迫感が解けた。

「そうですよね。そんな大事な会話が聞こえてくるわけないですものね」辻本も一緒になって笑った。

「昔はよく、二階堂は地獄耳だと言われたけど、最近、遠くなった」耳をほじくりながら言う。

「そこまでの年齢ではないでしょう。まだ二階さんは若いし」

「でも老眼だぞ」

「僕も最近、小さい字が読めなくなりました」辻本は細い目を擦った。

ちょうどうどんを食い終えた。熱い焙《ほう》じ茶をすする。腹が温まった。「じゃあ俺は先に戻るわ、これで払っておいてくれ」千円札を二枚、伝票の上に置いた。

「すみません。御馳走になります」

辻本は笑顔で頭を下げた。すべてが冗談だと安心しきったのだろう。その緩みきった顔に向かって二階堂は言った。

「だけど辻本、あとでこのニュースが出た時、上の連中が『東都から二階堂を引っ張ってきたけど、あいつはろくにニュースを持ってこねえ』とか言われねえようにしといてくれよ。そんなことを言われたら、俺はサブキャップの辻本にはちゃんと伝えましたよ、って言うからな」

刑事企画課長の沖田に話したのと似た言葉を吐く。

辻本は口を半開きにしていた。おそらく沖田もこんな間の抜けた顔をしていたのだろう。

まったく、男どもはどいつもこいつも情けねえ。俺に好き勝手言われて、言い返すこともできねえのかよ――。

腹の中で言葉を吐いて店を出た。

12

夜八時、記者クラブから他紙の記者が次々と姿を消し始めると、豪太郎は県警近くの行きつけの食堂でカツカレーの大盛りで腹を満たしてから、浦和郊外へと車を走らせた。

八月二十一日、最初の事件発生から七日が経った。連れ去りに関する情報はこの三日間まるでなく、この日はついに雑感になった。それでも各社とも取材にかける人数を減らした様子はない。

豪太郎もここ数日は、なにか捜査の進捗《しんちょく》状況に関するネタを取ろうと同じところに夜回りをしている。

相手は数多くの事件で識鑑、いわゆる取調官を務めてきた捜査一課の管理官で、捜査本部が設置されれば仕切りを務める可能性もある。そうなれば帳場に泊まりになるはずで、親しくなるなら今のうちと通っているのだが、昨夜まで三日間はまったく相手にされなかった。

取材とは、タネを撒《ま》くことから始まる。タネを撒き、何度も通って挨拶をし、雑談して苗に育てていくことで、ようやくネタになる。タネが芽を出すのも大変だが、実際は苗として育ってからの方が苦労することが多い。せっかく本音を話し始めてくれたところに、記事を書いたことで口を利いてくれなくなることが多々ある。金沢でも前橋でも「書くな」と言われたネタを書いて関係が壊れた。どうでもいいネタなら書かなかった。必要があると思ったから書いたのだ。だがそう説明したところで相手は許してくれなかった。

十一時前に官舎の前を通過し、他に夜回りの記者が来ていないか確かめた。県道から二つ路地を入ったところにある官舎は、遠くから猫の鳴き声が一度したきり、車の通る音さえ聞こえてこない。

この官舎の二階に、山上光顕《やまがみみつあき》管理官が住んでいる。デカ時代からのあだ名は鬼ガミ――黙秘している被疑者を睨みつける強面の顔が鬼のように見え、その迫力で被疑者を落としてきたからだという。

両眼が落ち窪《くぼ》んだ下には、大きく膨れ上がった涙袋がある。その目を吊り上げて叱られた時は、数々の事件を踏んできたベテランの捜査員でさえも睾丸《こうがん》が縮み上がるそうだ。山上は記者嫌いで通っており、署内で挨拶しても無視される。家に行っても無駄だと思っているのか、周囲を車で回った限り、他紙の車が停まっている気配はなかった。

だが記者がいないからといって喜んではいられない。どの記者も県版の締め切り時間となる夜八時、九時が過ぎると、まるで一日の仕事が終わったかのような顔をして県警クラブを出ていくのだが、実際は終わったふりをしているだけでそのまま夜回りに向かう。他紙は今頃、他に核心を知りうる人物を探し出し、重要なネタを摑んでいるかもしれない。

念のために官舎の周りをもう一周走ってみるが、やはり記者らしき車は見当たらなかった。それでも後から来た記者にばれないよう、豪太郎は大通りまで出て路上駐車した。

記者には報道車両の駐車許可証が与えられているが、それも出さなかった。駐禁切符を切られる可能性もあるが、その時はその時だ。

二階の端にある山上の自宅は、カーテンで覆われた窓の隙間からわずかに灯りが漏れていた。まだ家族は起きている。インターホンは押さずに、外で待った。

ここに最初に来た三日前はインターホンを押した。

五十歳を過ぎたくらいの夫人はパジャマ姿でドアを開け「まだ主人は帰ってきていないんです」と申し訳なさそうに答えてくれた。頭を下げながらそっと中を覗くと玄関に靴はなかった。二時間ほど外で待っていると、深夜一時過ぎに山上が戻ってきた。挨拶した豪太郎に目もくれずに中に入ってしまった。が、すぐに外に出てきて「おまえらの都合で、うちの家族に迷惑かけんじゃねえ！」と怒鳴られたのだ。

そのことから二日目となる一昨日は、インターホンを押さずに外で待った。にもかかわらず山上は豪太郎の呼びかけを無視した。

三日目となる昨夜も相変わらずだった。

それでも昨夜の豪太郎は、玄関まで山上の真横から離れなかった。「この暑いのに嫌な事件が続きますね」「パトロールする地域課も大変なんじゃないですか」と無視されても構わず話し続けた。山上がインターホンを押すと、中から夫人の声が聞こえた。そこで初めて山上が「あんたも家に帰ってビールでも飲めよ」と口を利いた。

「僕は酒がほとんど飲めないんですよ」

豪太郎は正直に答えた。

普通の仕事相手なら飲めると言った方がいいのかもしれないが、警察官には通じない。飲めると答えて後で下戸《げこ》だと分かれば、「嘘をついたのか」と途端に不機嫌になる。警察官相手に嘘は禁物《きんもつ》だ。嘘を見抜く商売だけに、どんなに小さな嘘だろうが、つけば信頼関係にひびが入る。

十一時四十分、四日目にして初めて、山上は日付が変わる前に帰ってきた。

豪太郎が来ていることを予測していたようだ。門から少し離れた場所に立っていた豪太郎を一瞥し、敷地内に入っていこうとする。相変わらず無視だ。豪太郎は歩幅を広げて山上を追いかけた。

「しかし蒸し暑いですね。きょうは午後に雨が降ったみたいですけど、ここまで熱帯夜になると、むしろ雨も考えものです。これではサウナですよ」

横について声をかけるが、昨夜と同じで返答はなかった。

「あまりに暑いんで、管理官とビールでも飲めればいいな、と思ってきたんですよ。今晩は取材抜きでどうですか。管理官、酒が滅法《めっぽう》強いそうじゃないですか。一度お相手させてくださいよ」

旧知の刑事から聞いた話を振ってみた。捜査本部が行き詰まると捜査員たちは夜も寝付けず酒を飲んで眠るが、山上が二日酔いだった姿は一度も見たことがないそうだ。

「あんた、酒は飲めないんじゃなかったのか?」

窪んだ目を向けた。昨日のタネがほんの少しだけ芽を出したようだ。

「ほとんどと言ったはずですよ。缶ビール一本飲むと、気持ちが悪くなります。それでも夏のビールだけは飲みたくなるから不思議なんですけどね」

夕食に通う食堂でもたまにビールを頼む。ビールの苦みが渇き切った喉を通っていく時は美味いと思う。だがそれも一瞬だけで、全部飲み切れずに残すことの方が多い。

また沈黙になった。が、帰れとは言われなかった。

横についたまま官舎の階段を上がっていく。玄関のドアに到着し、鍵を差し込んだ。

「はあい、おかえりなさい」

ドアを開けると、パジャマ姿の夫人が出てきたのが見えた。山上は何も言わずに靴を脱いで廊下に上がっていく。山上が豪太郎を振り返り、廊下へと顎をしゃくった。

夫人は用件も聞かずに、「どうぞ、狭いうちですけど」とスリッパを出してくれた。

夫人に案内された部屋は和室だった。畳はそれなりに傷んでいたが、襖《ふすま》や障子にはくすみ一つなかった。

豪太郎は部屋に入るまで、隈《くま》なく家の中を観察した。

玄関の靴箱の隅に、使い詰めの野球のグローブがあった。廊下から居間に入るところに固定電話があり、壁に貼られた紙に名前が書いてあった。上から〈みつあき、あけみ、じゅんぺい〉と平仮名で書いてあり、それぞれ０９０、０８０から始まる携帯番号が書いてあった。

一番上の山上の番号だけ頭に記憶した。下四桁は豪太郎の父の誕生日の前日だったためすぐに頭に入った。だが上四桁は４６３５と覚えにくい数字だった。

ヨロサゴ……いやこんな覚え方では忘れてしまうだろう。シロミコ……これもダメだ。最初に思いついた語呂を「ヨロサゴ、ヨロサゴ」と心の中で呪文のように唱えて頭に叩き込むが、途中で「ヨロシク」という違う言葉が入ってきてこんがらかりそうになった。それでも頭の４６は入ったので、あとの3と5くらいはなんとかなりそうな気がした。

和室には仏壇があり、父親と思われる遺影に梨が供えられていた。年配の警察官の家でも、最近はあまり見られなくなった光景だ。

正座していると、山上はランニングシャツにバミューダパンツという格好で入ってきた。スーツ姿とはずいぶん雰囲気が違う。それでも目つきは険しく、貫禄《かんろく》はあった。

山上が胡座《あぐら》をかいて座ると、襖が開き、夫人が盆を持って入ってきた。

「すみませんね。準備に時間がかかっちゃって」

真夜中の招かれざる客だというのに、山上の妻はずっと笑みを絶やさない。

「こちらこそ、こんな夜分に突然お邪魔してすみません」

豪太郎は詫びたが、目の前に置かれた盆を見て驚いた。そこにはキュウリのつけものと、ウイスキーの瓶《びん》と割り水、氷が置いてあったからだ。

「悪いな。俺はウイスキー派なんだ」

盆に置かれたジョニーウォーカーの瓶を見ながら口が動いた。

夫人が水割りを作ろうとすると、「俺がやるからいい」と奪い取った。すぐに豪太郎が「それなら僕が」というが、聞き流された。夫人は「ごゆっくり」と部屋から出ていった。

山上は自分のグラスに水音を立てながらウイスキーを注いでいった。シングル、ダブルの分量を、軽く超えていく。グラスの半分も超え、七分目あたりまで注ぎ、水は入れずに氷を指で摘んで三つほど中に落とした。

「僕は水割りでお願いします」

返答もなく豪太郎のグラスにも同じだけの量のウイスキーを注いだ。

そこから水を入れるが、水を入れる余地がなくなった。

水を一つだけ摘んで入れてくれた。ウイスキーがわずかにグラスの縁《ふち》から溢れた。これは相当な濃さだ。普段の水割りの三、四杯分はある。

山上は乾杯もせず、グラスを口元に運んだ。豪太郎も口をつけた。消毒液の味だ。喉が焼けて目を瞑《つむ》りたくなった。我慢して美味いですねと笑みを作ったが、無視された。

山上が片手に持つキュウリを音を立てて齧《かじ》った。山上のグラスは四分の一ほどに減っていた。

「玄関にグローブが置いてありましたね。管理官、草野球やったりするんですか」

「あれは息子のだ」

「息子さん野球部なんですか。ポジション、どこですか」

「やっとらん」

「ご家族は三人ですか」

「ばあさんがいる。もう歳だから寝てるけどな」

なるほど、家族の不在時になにかあればかけられるように、電話番号が書いてあるのだ。

もう一度頭に植え付けるように書かれた数字の順列を頭に叩き込んだ。ヨロサゴ……大丈夫だ。まだ覚えている。だが早くトイレにでも行ってメモしないことには、濃厚なアルコールのせいで忘れてしまう。

「僕もキュウリいただきます」と手を伸ばして一齧りした。「すみません。お母様が休まれている時にお邪魔して」

「別に構わん。耳が悪いからな」

「そうなんですか。でもお元気なんですよね」

「うちの家族のことなど、興味がないくせに聞くな」

「すみません」と謝る。

トイレに行かせてもらおうとタイミングを見計らっていたが、「なんだ、無口になって」と指摘され、言い出すチャンスを逸してしまう。これでは必死に脳に数字を刷り込んでいることまで見破られてしまいそうだ。

仕方なく豪太郎は濃いウイスキーを口に含んで気持ちを落ち着かせた。余計に脈拍が速くなっていく。そこで4635という数字の並びが一つ目と四つ目、二つ目と三つ目で〈九《かぶ》〉になっていることに気付いた。よし、これでなんとか覚えられた気がした。

「そろそろ管理官の出番なんじゃないですか。松伏の事件も久喜の事件も容疑者を割り出せずに、現場はニッチもサッチもいかないみたいじゃないですか」

一件目の事件は女児の動揺がひどく、記憶が定かでないという。「車内にもう一人男が乗っていた」という最初の証言も「今はよく覚えていない」と曖昧なものに変わってしまったようだ。

二件目、久喜の事件での被害女児は、二人組だったことは確認しているが、彼女は道を聞かれたところで全速力で逃げたため犯罪であるか断定できない。外に出てきた男が手にしていたタオルらしき布も、この暑さなら持っていても不思議はなかった。

「両署に本庁からの応援が入っていますよね。捜査員も管理官の手を借りたいんじゃないですか」

「人に頼るようじゃろくなデカじゃない」握った浅漬けを、音を立てて咀嚼《そしやく》しながら山上が言った。

「久喜署も吉川署も強行班は優秀ですものね」

「そんなことより、あんた、今晩は仕事じゃなくて酒を飲みに来たんじゃないのか。全然、減ってねえじゃねえか」

目をグラスに遣った。

この唐変木が……心の中で舌打ちしてから、「すみません」とグラスを持ち上げた。

たった一個の氷はすでに溶け、水かさだけが増していた。

苦みを我慢して、生温《なまぬる》いウイスキーを喉に無理矢理流し込んでいく。

少しグラスが空いてきたので、水を落とすか水を入れるかで迷った。冷たい方が飲みやすいが、少しでもアルコール分を薄めるため水にした。

生温くなったウイスキーを舐めるように飲み、少し減らしてはまた水を入れた。これではいつまで経っても飲み終わりそうもない。

しばらく二人とも飲んではグラスを置く動作を繰り返した。たまにキュウリを齧る音が和室に響く。ようやく半分くらいまで減った。

体が熱くなっている。首筋の辺りは扁桃腺《へんとうせん》を腫らしたくらいの熱を発していて、脈を打つ音が聞こえてくるようだ。

おそらく水割り三杯近くは飲んだのではないか。豪太郎にしては相当速いペースで飲んだせいで目が回り出しそうだった。

飲めないと言ったのが嘘ではないことが分かったでしょう……そう言いたいが、言えば下心があったと見られてしまう。いや、下心など最初から見え見えか。

「この手の事件は過去にもあったからな。力の弱い少女を狙う鬼畜どもは、永遠に消えん」

山上の方から事件に話を戻した。

「そうですね」

「しかもこういった事件は何度も繰り返される」

「連れ去りは大抵、幼児や小学低学年ですよね。今回は小五と小六です。珍しくはないですか」

「それはホシがなにを目的にしているかによる。ただ触っていたずらしたいだけなら低学年の方が抵抗されずにいいと考えるし、暴行目的となると中学生くらいが狙われやすい」

「今回は暴行目的だと管理官は見立てているわけですね」

聞いたが、その先が続かない。

「実は僕は七年前の中島の事件の時も二人組と書いたんです。残念ながらその記事は全否定されましたが」

無視だった。自分からこの手の事件は、と振っておきながら、「仕事の話はしないんだろ?」と意地悪く遮られた。また沈黙に逆戻りだ。

気がつけば山上のグラスは空いていた。自分のグラスにさっきの半分ほど酒を注ぐ。あろうことか山上は、ようやく半分を飲み終えた豪太郎のグラスにも注いできた。この男、俺を殺す気か――。

また満杯に注がれることも覚悟したが、ほんの少量足しただけでボトルの蓋を閉めた。豪太郎を見て、唇の右端を上げた。手加減してやったぞ――そんな声が聞こえた。

仕方なくそのグラスをチビチビと飲み始める。豪太郎にとってはとっくの昔に未知の領域に入っている。もしかしたらこの後、急性アルコール中毒で病院に搬送されるかもしれない。

またしばらく重たい時間が流れた。せめて記憶が飛ぶ前に、トイレに立ち、覚えた番号をメモしておきたかった。

さらに一口、二口と舐めるように飲んで、「ちょっとトイレお借りしていいですか」と言った。片足を立てた時に目眩《めまい》がしてよろけた。

「会社への電話か？」グラスに口をつけたまま山上が呟いた。

「違いますよ」立てた足を戻した。

「今はメールとかも使えるものな。便利な時代になったものだ」

「そんなことしませんよ。だいたいネタになるような話、何もしてくれてないじゃないですか」

「そうだな」山上はグラスの残りを一気飲みした。

「きょうは遅いし、このあたりでお開きにしてくれ。あんただって明日早いんだろ」

意外にすんなり解放された。注ぎ足された水割りはまだ半分以上残っている。

「すみません。残してしまって」

「別に構わん」全部飲めと言われず安堵する。

「あんた車で来たんだろ。県道沿いに停めてあった車、あんたのじゃないのか」

遠くに駐車したことまでお見通しだった。

「タクシーで帰りますから心配なさらないでください」

「おーい、ブン屋さんを送っていってやれ」

山上が夫人を呼んだ。奥から返事が聞こえる。

「もう夜遅いですから悪いですよ」

「なにが悪いだ。夜中に人の家に上がり込んでおいて」

これもまた意地が悪い。夫人と一緒ならしばらくメモを控えることもできない。

夫人がすぐに出てきた。さっきはパジャマ姿だったのが、着替えていた。

「車出してきますから、表で待っていてくださいね」

ふらふらしながら立ち上がり、廊下に出る。もう一度電話番号を確認しておきたかったが、逆側からでは貼られた紙は確認できなかった。後ろを振り返れば見えなくはないが、山上がついてくるのでそれはできなかった。

真っ直ぐ歩いているつもりなのに足が交差するようにぶれた。

「おい、そんなところで転ぶなよ」

後ろから言われた。見送りというよりは、見張られているようだ。

「すみません。でもまた来ますので、もっと飲めるように鍛えてください」

言いながらも番号を思い出す。ヨロサゴ、大丈夫だ、まだなんとか覚えている。

「きょうはごちそうさまでした」

「ああ」

「本当にまた来ますからね。また飲ませてくださいね」

念を押してから革靴に足を突っ込んだ時、山上の声がした。

「捜査本部、もしかしたらできるかもしれんぞ」

「えっ、どういうことですか」

靴のかかとを踏んづけて顔を上げた。体がよれて、視界が霞《かす》んだ。

それでも山上が自分を見ているのははっきりと分かった。さっきより引き締まった顎のラインに、少し暗めの玄関灯が陰影を描き出していた。

「できるとしても、うちではなく警視庁管内だ」

「それって、もしかして……？」

「ああ、東京で事件が起きた」

「連れ去られたんですか」

「小六の女児が行方不明になっとるらしい」

小六？　女児？　朦朧《もうろう》としていた意識が戻ってきた。

「場所はどこですか」

「足立《あだち》区綾瀬《あやせ》」

埼玉とは川を挟んだ対岸だ。久喜からはずいぶん南になるが、松伏町とならそう離れていない。

「帰ってきてないのはいつからですか」

「母親が気付いたのは夕方だが、おそらく前日から帰ってきていない。母親は夜の仕事で、二十日の夜に娘が家にいたかどうか確認していなかったようだ。二十一日は登校日だったが学校に来なかったため、担任が母親に連絡した。方々を当たったがどこにもいなかった。女児は前日プール教室に行き、その後は友人宅に寄っている。いなくなったとしたら友人の家を出た夜の可能性が高い」

「ありがとうございます」頭を下げてからもう一度顔を見る。

「うちの女房の前では言うな。女が悲しむ事件だ」

「分かりました」

返事をした時には山上は踵《きびす》を返して廊下の奥に引き揚げていくところだった。

外に出ると夫人の軽自動車が停まっていた。夫人のそばでなければ電話をしても構わないのだろうが、さすがに官舎内でするわけにはいかず、車に乗って送ってもらうことにした。

腕時計を見る。日付が変わって二十二日の零時十分。まだ最終版の締め切りには一時間以上の余裕がある。支局までは車で十分ほどだから、着いてからでも間に合う。少し酔いを醒《さ》まし、頭を整理させた方がいい。

前夜から行方不明になっている……事件性は高い。山上が捜査本部ができる可能性もあると口にした時点で、警察が事件と確信して捜索していることで間違いなかった。

夫人は空いている深夜の通りを快調に車を走らせた。五分ほどで支局に着いた。

夫人に礼を言ってから駆け足で階段を上がる。酔いを醒ましたつもりが、全然抜けていなかった。体に重心がなく、自分の足で走っているのかさえ感触がなかった。

「おい、大変だ。連れ去り事件が発生した。今度は未遂ではない。行方不明だ！」

椅子に座っていた岡田が「大丈夫ですか、キャップ、顔が真っ青ですよ」と近づいてきた。

「いいから、岡田、すぐに社会部に電話をしてくれ。都内足立区の綾瀬で小学六年の女児が二十日から行方不明になっている。二十日夕方、学校のプール帰りに友人宅に寄ったのが確認された最後だ。その家を出た夜に事件に遭遇した可能性が高い……」

言っている途中に意識が朦朧としてきて、体が真横に倒れていった。

13

「マツパク、部長がおまえも残ってくれだって」

机を片付け、帰り支度をしていると、先輩の幡村《はたむら》が松本博史に話しかけてきた。幡村はきょうは、第一社会面を担当している。

「事件じゃしょうがないですね」一つ後輩の博史はゲラに顔を向けたまま返した。

「だけど行方不明事件なら一社と二社と総合面で十分だろ。どうして都内版のおまえまで残らなきゃなんないんだろうな」

奥に座る整理部長には聞こえないように幡村は囁《ささや》いた。

博史が担当していた都内版を降版させた午前零時二十分頃、足立区で小六女児の誘拐事件が発生したと一報が入った。

伝えてきたのはさいたま支局の一年生記者だった。社会部デスクはすぐさま警視庁担当に電話をかけ、さらに綾瀬署のある第六方面のサツ回り記者にも連絡を取った。

十分ほどで裏が取れた。夕方になって担任教師からの連絡で知った母親が警察に届けた。少女は前日から家に帰っていなかったようで、母親は友人や祖父母を当たったが、消息は摑めていない。

社内が騒がしくなった。警視庁担当と電話をする社会部デスクの声が大きくなり、編集局長や局次長が社会部のヤマに集まってきた。

整理部内でも部長やデスクの行き来が激しい。第一社会面の肩でいくようだ。そこにあった記事を第二社会面、さらに第二社会面の記事を総合面へと玉突き式に移動させせなくてはならないので、それぞれのページのレイアウトがすべてやり直しになる。

すでに刷り上がっている早版を見渡す限り、都内版に移す記事は見当たらなかった。博史はとくに仕事もなく、机に座って担当整理が各面をレイアウトし直す作業を傍観していた。しばらくするとゲラが出た。

「おい、肩の原稿、なんだよ、この見出しは」社会部デスクの塩尻《しおじり》が、一社面のゲラの真ん中あたりを指差しながら幡村に向かって叫んだ。「これ、〈小6女児が行方不明〉しかねえじゃねえか。こんな見出しで行けるかよ」

「それなら連れ去りって決めつけていいんですか」

「決めつけろとは言ってねえよ。だけど〈連れ去りの可能性も〉くらい袖に入れろよ」

袖とは見出しの隣に立つ、小さな見出しのことである。

「連れ去りって、目撃者がいるわけじゃないんでしょ？　そんな中途半端なこと入れたって、ごちゃごちゃするだけですよ」

幡村も即座に言い返した。彼は整理部一筋のエースで、プライドも高い。

「ごちゃごちゃしたっていいんだよ」

「そんな遠回しな見出しを入れるくらいなら、最初僕が出した〈埼玉の事件との関連捜査〉と入れるべきですよ。そっちの方がインパクトがあるじゃないですか。『行方不明』『埼玉の事件』とキーワードを二つ入れるだけで、読者はまた連れ去りだと分かるわけですから」

二人の会話を聞きながら、博史は近くにあったゲラに目を通した。

記事の中にも〈警視庁は今月埼玉で二件連続して発生した連れ去り未遂事件との関連性も調べている〉と書いている。そこまで本文で書いているなら、幡村が言ったように〈埼玉の事件……〉と入れてもいい。

「決めつけるには、根拠がねえんだよ」

「根拠がないなら原稿で書かなきゃいいじゃないですか」

「おい、記事にまで口出すんじゃねえよ」

「それでしたら見出しへの文句はつけないでください」

「おい、時間がねえんだ。こんな時間にごちゃごちゃ揉めてんじゃねえ」

社会部長の外山が制した。外山は幡村に言ったから、社会部の言う通りに直せということだ。

「分かった。とりあえず連れ去りとは入れておこう」

整理部長が割って入ってきて、幡村に言った。自分のところのボスが味方になってくれないことに、幡村は腐ってしまった。体をモニターに向け直し、ぶつぶつ言いながらパソコンを弄《いじ》って見出しを変更する。

幡村の納得がいかないのはよく分かる。だが、社会部が埼玉の事件との関連性を見出しにしたくない気持ちも理解できた。

行方不明事件としての捜査には着手しているが、埼玉との関連まではっきり裏取りをする時間がなかったのだろう。だがもっと大きな理由として、埼玉に関口豪太郎がいることもある。

ただでさえ、都内の発生事件の第一報を豪太郎がいるさいたま支局から送られたのだ。警視庁担当を含めた本社社会部のメンツは丸潰れだ。記事に入れても、それを見出しにしてしまうと、これから先も豪太郎がしゃしゃり出てきて、主導権を握られそうな不安が生じるのだろう。

とくに仕事がない博史は、校閲に徹しようと一社、二社面のゲラを確認した。社会部が入れてきた赤字が直っているか、一つずつ丁寧に確認して赤ペンでチェックを入れていった。

「マツパク、大丈夫そうか」

幡村に聞かれ、「はい、すべて直っています」と返事をする。

「一社面、降版します」

幡村が整理部の上司や社会部のヤマに聞こえるように声を出してから、コマンドをクリックした。

「お疲れさん」整理部長が博史の真後ろに立っていた。

「は、はい」

とくになにかしたわけでもないので、お疲れさんと言われてもどう返答すべきか窮してしまうが、将来のためにバタバタした時も見ておけと残されたのだと理解した。来週のシフトからはいよいよ一面も任される。といってもデスクが付くので、指示通りにレイアウトをするだけなのだが。

「マツパク、ちょっと、いいか」

手招きして廊下に出て行く整理部長に、不審に思いながら後ろをついていく。廊下の隅で整理部長が体を向けた。

「きょうの都内版はなかなか良かったぞ」

本心からそう言っているようには思えなかった。整理部の仕事にも慣れてきたが、まだ博史が作る紙面は区画整理されていない住宅密集地のようで、見栄えがよくない。

整理部長がなかなか本音を切り出さないので、博史から「どうしたんですか」と尋ねた。

「いやな、事件を持ってきたのがさいたまじゃなければ、おまえに残ってもらわなくても良かったんだけどな」

「それってどういうことですか」

「上はこれから関口が見出しについて文句を言ってくると思っててんだよ」

「埼玉との関連性を入れなかったからですか」

「それだけじゃない。関口は埼玉で二件目の未遂事件が起きた時に、七年前の事件と関わりがあるんじゃないかって言ってきてたらしいんだ」

記事は埼玉の二件の未遂事件との関連には触れていたが、七年前の事件のことは書いていなかった。

「今回もそうだと、さいたま支局が言ってきたんですか」

「そこまでは言わなかったようだ。連絡を寄越してきたのはさいたまの一年生だから」

「それなら関口さんに電話して確認すればいいじゃないですか」

聞いてから、それはありえないと思った。博史が思った通りのことを整理部長は説明してきた。

「聞いてごちゃごちゃ言われるのを社会部は嫌がってんだよ。さっきの会議でも局次長がさいたまに電話してもう少し詳細を聞いたらどうかと言ったら、外山部長がそんなことをしたら七年前のことまで書くと言い出しかねないと猛反発した。今さら過去のことをほじくり返されたくないんだよ」

整理部長は大きく息をついた。

「まぁ、関口は整理部でも評判は悪いからな。こっちが間違った見出しをつけたら文句を言ってくるし、スクープを取っておめでとうと祝福しても、ありがとうございますのひと言も返さねえ」

豪太郎の愛想が悪いのは整理部に対してだけではない。博史も警視庁担当になってから、朝に挨拶しても無視、話しかけても無視ということが幾度もあった。そういう時は自分がなにか大きなミスをしたのではないかと、気になって仕方がなかった。

そんな日に限って、夕方になると豪太郎は饒舌になり、取材先にこの質問を当ててくれと細かく箇条書きにした質問メモを渡してきた。それは、大概相手がイエスと答えるかノーと答えるかによって次の質問が変わるチャートのような形で作られていた。

挨拶や返事をしないのは考え事に夢中になっていたからだ。それ以降、豪太郎に声をかける時は、大きな声で、頭に「大変です」とつけた。そうしたら豪太郎は咄嗟に「どうした、松本」と振り返った。

「部長は、関口さんから電話がかかってきたら、僕が説得しろと言うんじゃないでしょうね」

「おまえ、関口の弟子だろ」

「弟子じゃないですよ。それに関口さんとはもう二年くらい口を利いてません。そのことは外山部長にも伝えています」

「それはおかしいな。外山部長は、関口がなにか文句を言ってきたらマツパクに対応させろと言ってたぞ」

言葉を失った。外山はまだ博史が豪太郎と親しくしていると疑っているのか。

「外山部長に、松本は関口さんとは絶縁したと言っておいてくださいよ」

「別にそこまで言うほどのことはないけど」

「でしたら僕を巻き込まないでください。僕は整理部員で、社会部とは関係ないんですから」

「分かった。だけど悪いけどもうしばらくだけ付き合ってくれ、頼むよ」

信じてもらえないのか、それとも熱くなっている社会部に余計なことを言いたくないのか、整理部長は博史の肩に手を置いた後、編集局に戻っていった。

14

「そんなこと、私に聞かれても知りませんよ」

「足立区の女児が行方不明になったことで警視庁から情報を提供してくれと連絡があったのではないですか」

「ありません」

「本当ですか。僕にはとてもなかったとは思えませんが」

「あなたもしつこいですね。それなら警視庁に直接問い合わせてくださいよ」

豪太郎の質問に、埼玉県警の捜査一課長は普段にも増して口が堅かった。

官舎の門の外には各社の県警キャップが揃っていて、建物の玄関口で立ち止まっている一課長の元まで順番に歩いていき、各社一分ずつ質問して戻ってくる。質疑応答はほとんど聞こえてこない。それでも他紙は耳を澄まし、会話の様子を窺っている。とくにこの日は、豪太郎の質問に一課長がどんな反応をするか、目を見開いて観察しているはずだ。

都内での女児行方不明事件が、中央新聞だけに載ったのだ。ここにいるほとんどのキャップが、本社からの問い合わせの電話で朝起こされたはずだ。

豪太郎が狙っているのは次のスクープだ。だが一課長の口は重く、続報に繋がるような情報どころか、自分たちは門外漢だと言わんばかりの返答だった。

「うちの事件と一致すれば広報からきちんと発表しますから」

「広報発表では困りますよ。課長に会見していただかないと」

警視庁が情報を求めていないはずがなかった。それでもこうして平気な顔で嘘をつく。いつものことだ。

「もう時間です。次の方が待ってます」腕時計を見ながら言われた。

軽く一礼し、他の記者が待つ門の外へと戻ろうとすると、次のさきたま日報のキャップが険しい顔で豪太郎とすれ違い、一課長のもとに近づいていった。

なに食わぬ顔で豪太郎は他のキャップとは離れた場所に立とうとしたのだが、そこに東西のキャップが近づいてきて、咳払いした。彼は入社三年目で、豪太郎より十歳以上年下だ。

「中央新聞はよく書きましたね」首を伸ばした彼が小声で聞いてくる。

「よく書いたって？」

「だって、まだ誘拐の可能性だってあるわけでしょ？　新聞に出ちゃったら報道協定も無理なわけですし」

「言われてみたらそうだな」豪太郎は惚《とぼ》けた。

彼はネタの出所が東京なのか、埼玉なのかを探っているのだ。他紙の記者は朝から挨拶程度しか話しかけてこないが、まだ本社勤務歴のない彼は、抜かれた事実より、どうやって中央が抜いたのか、それが東京なのか埼玉なのか過程の方に興味がある。もし埼玉なら彼にとっては死活問題になる。ようやく支局から上がれる頃にミスをして、本社上がりを延ばされたくないのだろう。

報道協定の件は、豪太郎も考えなかったわけではない。しかし営利誘拐の可能性が高いのなら山上は絶対に漏らさなかったはずだ。

昨夜、岡田に足立区の女児が連れ去られたことを伝えたところで意識が飛び、次に記憶があるのは、東京から送られてきたＰＤＦを岡田が印刷していた時だ。コピー機の音で目が覚めた。岡田がどう伝え、東京がどういう記事を書いたのか気になり、豪太郎は飛び起きて紙面を見た。

記事は一社面の肩に、「東京、足立区」と小さな柱見出しが立ち、縦五段の見出しで載っていた。

小6女児が行方不明
連れ去り事件の可能性も

本文には、警視庁は今月埼玉で二件連続して発生した連れ去り未遂事件との関連性も調べている、と書かれてあったが、そのことは見出しにはなっていなかった。なぜ見出しに取らないのかと怒りを覚えたが、これでも十分スクープだと自分を納得させた。

「書いた記者は、これは間違いなく暴行目的だと確信があったんですかね?」

話しかけられた声で我に返った。東西のキャップはまだ隣に立っていた。

「さぁ、どうなんだろう。俺は今朝、東京からの電話で叩き起こされてびっくりしたから」

豪太郎の言葉に東京発信だと信じたのか、彼は「警視庁クラブは今朝から大変みたいですね」と笑みを広げた。「さっきうちの記者から電話があったんですが、女の子は高宮《たかみや》まみちゃんという名前だそうです。まもなく発表されるみたいですよ。三日前が誕生日で、十二歳になったばかりなんですって」

「そうなのか」豪太郎の元には本社からも警視庁クラブからも連絡はない。だが発表になるのなら確認することもないだろう。「じゃあ、俺は帰るわ」駅のある方向に歩き出した。

「あれっ、関口さん、きょうは車じゃないんですか？」

しまった。車は山上管理官の官舎近くの路上に停めたままだ。今朝は時間がなくタクシーで来た。豪太郎は普段は車を使っているだけに、疑いを持たれてしまった。

「いや、昨日、久々に古い友達と会って、飲めない酒を飲んだんだよ。俺、酒臭くないか」

口を開けて息を吐いた。

酒の匂いはしなかったようで、「もう大丈夫みたいですよ」と言われた。「二日酔いなのに朝から呼び出されて大変ですね」と同情され、「お疲れさまです」と彼は頭を下げた。

匂いがしないのならもう大丈夫だろうと、豪太郎は車を取りに行くことにした。

一課長の官舎の最寄り駅から電車に乗り、さらに駅からタクシーを使って、昨夜車を停めた路上まで行った。

車には、〈駐車違反〉の黄色いステッカーが貼られていた。時間を見たら三十分前。一課長宅に行く前に取りに来ていたら駐禁切符を切られることはなかった。剝がしたステッカーをポケットにしまい、近くの所轄まで運転していく。

千葉支局の新人時代に、火事現場に行く際、進入禁止の道に入って違反切符を切られた。白バイ警官に「緊急取材だった」と言っても通用しなかったが、副署長席に持っていくと「仕方ねえな。今後、気をつけてな」と違反切符をその場で破いてくれた。

豪太郎は浦和西警察署まで行き、車を止めた。副署長席には行かず、交通課の窓口にステッカーと免許証を差し出した。

これから、警察が書くなということでも記事にしなくてはならないのだ。この程度のことで借りを作ることはない。

豪太郎の顔を知らない交通課員は、「これから気をつけるように」と注意を入れてから、反則金納付書を作成した。

一万五千円の反則金を払う。タクシー代に加えて余計な出費をしたことで、財布の中には二千円しか残らなかった。

15

約束していた一時を五分ほど過ぎて、二階堂が桜田門《さくらだもん》近くの蕎麦《そば》屋に到着すると、スーツ姿の男が二人、背中を向けて並んで座っていた。

二階堂は空いていた奥に座った。

左側の生え際が後退している痩軀《そうく》の男が警視庁キャップの和手、電話を寄越してきたのは隣に座る太り気味のサブキャップ、辻本だ。「たまには和手さんと三人で飯でも食いませんか」と誘ってきた。二人は夕食のつもりだったようだが、二階堂は「昼飯なら構わねえけど」と言った。

夜は娘の杏子が、二十歳上の男を連れてくることになっていた。昨夜女房に突然告げられた。

今朝、二階堂の出がけに珍しく杏子が「いってらっしゃい」と顔を見せた。なにか言いたそうだった娘の目を一瞥し「会うだけだぞ」と言った。杏子は認めてもらえるのだと勘違いしたのか、笑みを広げた。

「二階さんとは、すぐ近くで仕事をしているのにあまりお話しすることもないんで、たまにはと思ったんですよ、なぁ」

和手が振ると、辻本も「そうですね」と相槌を打った。

「だからといって辻本まで来なくてもいいだろうよ。この前、一緒に昼飯を食ったのに」

「ごちそうになったのでお礼です」辻本は取ってつけたような理由を述べた。

「どうせ会社の経費で切るんだろ？」

「そんなことしませんよ。そういうのは今、経理が煩《うるさ》いんで」

新聞社にも税務署が頻繁に入るようになり、社員同士の打ち合わせは取材費で落とせなくなった。いちいち誰と飯を食ったかまで説明を付けなければならない。煩い上司だと、その会食が、どの記事に繋がったのかを記入し、記事のコピーまでつけろと言ってくる。二階堂が若い頃は、誰と食おうが金の心配などしなかった。白紙の領収書をもらい適当な値段を書いて提出したこともある。その代わり、電車賃を精算したこともなかったし、千円以内のタクシー代は領収書も貰わなかった。取材相手への手土産、親族の祝い事や亡くなった時の香典《こうでん》などはすべて自腹を切った。

二人とも中央新聞の社会部で王道を歩いている。和手は年齢的にいつデスクに入ってもおかしくないが、本人は海外特派員を望んでいて、次のロンドンに内定しているという噂もある。一方の辻本はいずれ警視庁キャップになるだろう。

だが、新聞記者が出世を考え始めたらおしまいだ。正否の判断が難しいネタは危険を察して手を出さなくなる。

和手に「天ざるにしませんか」と言われたが「きょうはきつねが食いてえんだ」と温かいきつね蕎麦を注文する。二人は天ざるを注文した。

「ところで今朝、デスクの塩尻から電話があったぞ。昨夜は二階さんのおかげで助かりましたって。あれ、どういう意味だよ」

おしぼりで両手を拭きながら二階堂が言うと、二人同時に顔をひきつらせた。

「辻本、俺はおまえさんに埼玉の二件の未遂でサッチョウが動くとは言ったが、昨日の夜に都内で女児の行方不明事件があったと伝えた覚えはないけどな」

「い、いえ、それは……」

言葉に詰まった辻本に代わって、キャップの和手がフォローする。

「あれはデスクから辻本が探っていた情報の出処がどこなのかと聞かれたので、ちょっと二階さんの名前を拝借させてもらったんです」

やはり、そういうことか。心の中で呆れながらも「本当に気づいていたというのなら、ネタ元を隠すのに俺を利用するくらい構わねえけどな」と言う。

「気づいていたというか、うちの一課担がちょっと刑事部屋が慌ただしかったと言ってたんで……」

辻本はしどろもどろだったが、すぐに和手が「二階さんに構わないと言っていただけると助かります」と話をすり替え、如才なく頭を下げた。

三人分の蕎麦が出てきた。二階堂は箸入れから割り箸を出した。

「俺が嫌いな記者には二パターンある」箸を割りながら言う。「一つはスクープを俺が抜いたと他紙に自慢する記者。そしてもう一つは抜かれた後に『実は俺も知っていた』と言い訳をする記者だ」

天ざるに箸をつけようとしていた二人の手が止まった。辻本は目を伏せていたが、和手は素直に「すみません」と謝った。

「おまえら、俺を呼び出して飯を食わしたということは、俺に頼み事があるからだろ」

「頼み事というのは特に……」

辻本が言うが、「関口のことだろ」と名前を出した途端に黙った。図星だったようだ。

「もし関口がなにかネタを掴み、サッチョウに確認してほしいと俺に頼んできても協力するな、おまえたちはそう言いたいんじゃないか？」

「協力するなとは言いませんけど……」和手が言い淀んだところで、横の辻本が「その時は、我々警視庁担当にも連絡してほしいということです」とはっきりと言った。

蕎麦はほとんど食い終わったので、油揚げを摘《つま》んだ。一口で口の中に入れる。残りはネギくらいしかなかったので、両手で丼を持って汁を一口啜る。二階堂が丼を置くまで、辻本は両手を膝の上にのせてこちらをじっと見つめていた。

「大丈夫だよ、俺は関口は大嫌えだから」

上目で覗くように辻本、和手の順で見ると、二人とも安心したような顔をしていた。

蕎麦屋の入り口から毎朝新聞の警視庁担当が二人入ってきた。二人は二階堂に気付き、頭を下げた。二階堂は右手を軽く上げた。二人が奥の席へ消えてから、二階堂は再び話し始めた。

「だけど不思議だよな、昨日のネタ」

「不思議ってどういうことですか？」和手が聞き返してきた。

「連絡を寄越してきたのはさいたまの一年坊主だって言うじゃねえか」

「そうみたいですね」

「一年坊主にそんなでかいのは無理だろ。抜いたのは関口だ。だとしたらなんでヤツは自分でかけてこなかったんだ？」

「さぁ、どうしてでしょうか」和手は首を傾げたが、辻本は「わざと新人に連絡させたんじゃないですか」と言った。

「記事も新人が書いて寄越したんだろ？」

「単に優越感に浸《ひた》りたかったんですよ」

そこまでされれば、警視庁担当はメンツを潰されたどころではない。だが東京に一発かましてやりたかったとしてもそこまでするだろうか。記者というのは、ネタを取れば本能的に自分で連絡を入れ、自分で書こうとするものだ。

「いずれにせよ、埼玉のサツ官の誰かが、関口に教えたことは間違いないだろう。それが警視庁管轄の事件だった。おまえさんたちもついてないわな」

そう言うと、二人とも渋い顔をした。

たかが天ざる一枚だというのに二人とも箸が進んでいない。とっくに食べ終えた二階堂は手持ちぶさたになった。一人飯ならとっくに腰を上げている。

「この後、部下たちに発破かけて、取材かけまくって、結末はおまえらが書けばいいじゃねえか」

そう言いながら、結末という言葉は適切でないと感じた。少女がすでに殺されていると決めつけているようだ。

ろくな家族サービスもせず父親失格だと自覚している二階堂でも、親の苦しみは分かっているつもりだ。足立区の行方不明事件について、記者の間では、母親はネグレクトだったのではないかとの声が上がっている。だが母親一人を責めるのは酷だ。それくらいの娘というのは反抗期で、親と顔も合わせようとしないものだ。長女の杏子も次女の洋子《ようこ》もそうだった。その上、行方不明になった高宮まみの母親はシングルマザーで、ホステスの仕事をしていた。酔客に体でも触られて帰ってくれば、とっととシャワーを浴びて布団に潜って寝てしまいたいだろう。

「ところで、サッチョウの方はどうですか?」和手が聞いてきた。

「記事が出たことへの弊害か? 別になんともねえよ。一人だけ、最近の小学生はおませだから、しばらく友達の家に行っているだけかもしれませんよ、と言ってきたけどな」

「それってどれくらいの人に言われたんですか」

「大物はなにも言ってこねえよ。言ってきたのはぺーぺーだ」

刑事局の総務を担当する牙も毒もない小物だった。小物に小言を言われている最中、遠くの席で刑事企画課長の沖田の視線を感じたが、二階堂が目を向けると、沖田は目を逸らした。

「警視庁はどうだよ」

「うちもクレームはとくには」

「じゃあ、本気で連れ去りだと睨んでいるってことだな」

「ええ、まぁ」和手の返事は歯切れが悪かった。

「心配するな。俺は関口豪太郎なんて相手にしねえから。もしあいつが直接電話をかけてきたら、先に警視庁に連絡を入れてからかけ直してこい、って撥ね返してやるよ」

急須を持った店員が蕎麦茶を注ぎ足してくれるのを待って、二階堂は言った。

「それがいいと思います。その方が外山部長も喜ばれるでしょうし」

「おい、辻本、俺は別に外山に請《こ》われてこの会社に来たわけじゃねえぞ」

湯呑みを強く握ったまま睨みを利かせると、「そうでしたね。すみません」とたじろいだ。

「サッチョウに俺が必要だから俺に任せたんだろ? 俺より警察官僚に顔が利く人間がいれば、そいつにやらせればいい。冷や飯ならいくらでも食ってやるって、外山に言っとけよ」

「べ、べつに僕はそういう意味で言ったのではありません」辻本は汗をかきながら弁解した。

「まぁまぁ、二階さんは上の顔色を見て仕事する方でないのは重々承知していますから」

穏やかな笑顔で和手が割って入ってきた。

「それならいいけどよ」

「うちに連絡をくれるだけで十分です」

「俺が中央新聞の本社に雇われたのは違えねえ。さいたま支局に雇われたわけじゃねえからな」

茶を啜る。力を入れて湯呑みを握っていたせいで、淹れたてなのに温《ぬる》かった。

「そうしてくれるとありがたいです」

「二階さんがサッチョウを見てくれるだけでうちとしても心強いですから」

和手に続いて、辻本も笑みを作った。

「じゃ、早食いで悪いが、俺はもう行くわ、ここ、いいんだよな」

「もちろんです」

「ごっそうさん」

二階堂が席を立つと、二人が同時に頭を下げた。

昔から近いから通っていただけで、格別美味いと思ったことのない蕎麦屋だったが、きょうの蕎麦は今までで一番不味《まず》かった。

16

八月二十六日、行方不明の紙面を出し四日が経ったが、女児の消息は摑めていなかった。

豪太郎は支局のテーブルに置かれている各紙を隈なくチェックしていた。連日、事件が報じられているが、どこも似たような記事しか載っていない。

各紙ともにこの日の社会面のトップは、公開された防犯カメラの画像だった。

行方不明が判明したのが二十一日。その前日の午前中に防犯カメラに友達と歩きながら漫画本を読んで談笑する女児の姿が写っていた。さらに午後、プール教室に通った後、友人とビーチバッグを振りながら歩いている映像もあった。そのまま友達の家に遊びに行ったらしい。

その後、夕方の六時半頃、友人宅から一人で帰宅する画像も出た。友人宅から一、二分の距離にあるコンビニの前の防犯カメラに写っていた。

防犯カメラが捉えていたのはそこまでだった。コンビニから十五分ほどの自宅までは三通りの道順があるが、三通りの道中に設置されているいずれの防犯カメラにも、女児は写っていなかった。

新聞は事実関係のみを客観的に報道しているが、ネットには母親に対する非難の書き込みが殺到している。母親には男がいて、実は二十日の晩は自宅に帰ってきていなかったなど、事実と反する書き込みもあった。

シングルマザーである母親は駅前のスナックで働いて生計を立てている。母親は報道陣の取材に、夕食は毎晩、作り置きをしていると答えていたが、実際はほとんどがコンビニで弁当を買わせていたようだ。

二十日、母親は深夜の一時過ぎに帰宅した。娘は眠っていると思い込んだと言っている。プール教室に行ったなら水着が干してあるはずなのに、それがないことにも気づかなかった。

二十一日は登校日だったこともあり、目を覚ました時に娘がいないことも不審には思わなかった。普段から作っていなかったため、朝食の跡がなくとも疑問に感じなかった。

豪太郎が今朝取材した埼玉県警の刑事も、「こういう母ちゃんのもとに生まれた子供は不幸だな」と嘆いていた。「この手の事件に遭う子はだいたい似た家庭環境だ。親が手をかけてる時間が極端に少ない。子への愛情が欠落してるのが起因だよ」と。

否定はしないが、それでも親と過ごす時間の少ない子供が全員不幸かといえば、けっしてそうではない。

豪太郎の母も喫茶店を経営していたので、子供の面倒を見る時間はなかった。

父がレジから金を取っていくこともあり、豪太郎が小学高学年になった時には、母は営業時間を夜十時まで延ばさざるを得なくなった。店の二階が自宅だったため、夕食は店の隅っこで弟の傑と並んで食べた。店が忙しい時は小遣いを渡されて、近くで弁当を買った。だが二人ともそのことで不満を感じたことはない。むしろ両親が休む間もなく働いてるのを見ていたから、無駄遣いはしなかった。旅が好きだった傑は高校時代から日本各地に出かけていたが、親に金はせびらず、全部自分でバイトして貯金していた。旅先では必ず母に土産を買ってきた。

固定電話が鳴った。「はい、中央新聞さいたま支局です」と出る。

〈わたくし、カワムラ・ユウヤというものですが、そちらに岡田さんという記者さんはいらっしゃいますか〉若い男性の声だった。

「岡田は今、取材に出ておるのですが」

〈そうですか〉

「なんでしたら言付けをしましょうか」ペンを持って尋ねた。

〈実は岡田さんから自宅に電話をいただいたんです。僕、八月十五日に久喜のお寺に父の墓参りに行ったんですが、その後、仕事で十日間、アメリカに行っていたもので〉

岡田に墓参りにきた人間を探れと命じたのを思い出した。

家族から聞いてわざわざ連絡をくれたのだろう。岡田は三十人ほどに連絡したようだが、不審車の目撃談は取れなかった。

「それはありがとうございます。あの日、お寺の近くで小学生の女の子の連れ去り未遂事件があり、目撃者を捜しているんです。あの日、黒い車だったことは分かっているのですが、カワムラさん、あの日、不審な車は見なかったでしょうか」

たいして期待もせずに聞いたのだが、少し間ができた。

〈事件と関係あるかどうかは分かりませんが、変な黒い車は見ました〉

「変って、どういう意味で変だったのですか」

〈はい、前に車がいないのに、スピードを出さずにのろのろと走っていたんです。それがなんか異様に感じて……〉

「時間は何時くらいですか？」

〈午後七時半をちょっと過ぎたくらいです。七時半にタクシーを呼んで、その時、五分くらいかかりますと言われましたから〉

女児が声をかけられたのは八時頃だから、七時半なら話の筋は通る。

「失礼ですが、どうしてそんな時間にお寺にいらしたのですか」

〈墓参りしたのは五時くらいだったんですけど、駅で家族と夕飯を食べてる時に、僕が携帯電話を失くしたのに気付いたんです。お墓に水をかけた時にそばに置いたのを思い出して、それで僕だけ墓地に戻りました。タクシーはなかなか来なかったから、七時四十分近

かったかもしれません〉

よくそんな心境で不審な車に気付いたものだ。自分が苛立っているのに、やけにのんびりと走っている車がいたから、余計に気になったのか。

「車はお寺の前の通りをどちらに行ったのですか」

〈門を背にして左から右です〉

事件現場の方向だった。

「車種は分かりますか」

〈残念ながら僕は免許も持ってなくて、車には詳しくないんです。でもセダンだった気がします〉

「どれくらいの大きさですか」

〈普通のファミリーカーって感じでした〉

「ということは5ナンバー」

〈さぁ、どうだったかな〉

「運転している人間は見ましたか」

〈帽子を被っていました〉

「黒っぽい野球帽ですよね」

〈野球帽かどうかは、でもなにか被っていたのは間違いないです〉

「他の特徴は？　小太りでしたか？」

〈そこまでは自信ありません〉

他にも質問をしたが、人相の特徴に繋がるものはなく、すでに出ている情報と代わり映えはしなかった。「そうですか」豪太郎の発する声も小さくなった。礼を言って切ろうと思ったが、彼の口調が速くなった。

〈でも助手席の男は特徴がありましたよ。同じような黒っぽい帽子を被っていたので顔までは分かりませんでしたが、やたらと背の高い男でした〉

「背が高い、どうしてそう思うんですか？」

〈運転席の男と比べて一目瞭然でしたから。なんとなくですが、ひょろっとしてるように感じました〉

背の高いひょろっとした男、それだけでも十分な目撃談だ。だけどどうして運転席ではなく助手席の方に興味がいったのか。カワムラの説明は的を射ていた。

〈実は僕は身長が一九〇あるんです。それがコンプレックスというか、背の高い人には自然と目がいきます。あの時も、俺も外からはこんな風に見えるんだなと思ったんで〉

「こんな風とは、高過ぎるってことですか」

〈前からは帽子まで見えましたけど、横をすり抜けていった時は顔の半分は隠れてましたから〉

「それってヘッドレストより高いということですか」

〈ヘッドレストなんてかなり下ですよ。頭の半分くらいははみ出していたと思います〉

「カワムラさん、すみません、今から直接会ってお話を聞かせていただけませんか」

これだけの情報があるなら会って聞いた方がいい。

〈いいですけど、そこ埼玉ですよね。うち、結構、遠いですよ〉

「遠くても大丈夫です。住所を教えていただけませんか」

カワムラの住所は東京の日野《ひの》市だった。浦和からだと武蔵野《むさしの》線と中央線で一時間くらいはかかる。きょうは出張の代休で自宅にいるという。氏名の漢字も確認した。河村優也《かわむらゆうや》というらしい。

住所を控えると豪太郎は出かける準備をした。そこでふと思いつき、岡田の携帯に電話をした。

「岡田か。おまえが電話をかけた寺の参拝者のうち、河村優也さんという人から連絡があって、貴重な目撃談を知らせてくれた。彼は助手席の男を見ていた。今から住所を言うから、おまえも来い」

最初は〈はぁ〉と頼りない返事だったが、住所を伝え終えた時には〈分かりました〉と少し威勢が良くなった。

そこでいい考えが浮かんだ。

「そうだ、岡田。車のカタログが欲しいんだ。俺は支局近くのホンダとスバルに寄ってくから、おまえも貰ってきてくれ。トヨタや日産くらいならそっちにもあるだろう」

〈カタログならインターネットで見られるんじゃないですか〉

「こういうのはネットより写真の方がいいんだよ。あっ、マツダを忘れてた。マツダの店がなかったら電話くれ。俺が探して持って行くから」

岡田には明日、休みを与えるつもりだったが、それも飛ぶことになりそうだ。支局長の渋い顔が浮かんだが、これが俺たちの仕事だと、すぐに掻き消した。

17

「なにも祐里が行かなくてもいいじゃない。うちには若い男がいくらでもいるのに」

佐枝子が祐里に言ってきた。

「しょうがないですよ。誰も行きたがらないんですから」

「それって何泊？」

「最低三泊みたいです」

「最低ってことは三泊で帰ってこられる保証はないんでしょ」

「そうでしょうね」

「まぁ、私だって震災の時は、岩手に三週間行きっぱなしっていうのもあったからね。あの時は自分が女であることを忘れたけど」

「あのときは大変でしたよね」

国交省を担当していた祐里も取材班に加わり現地に行ったが、佐枝子ほど長期ではなかった。

「結婚前だからできたのかもしれないけど」

「結婚してからも佐枝子さんは、福島に五日間くらい行きっぱなしだったじゃないですか」

「あの時はしょうがないわよ。大臣が地元を逆なでするようなことを言うんだから」

しょうがないと平気で言えるところが、佐枝子のすごいところだ。佐枝子は厚労省担当時代には、病気に苦しむ子供たちの取材でナイジェリアに出張した。地震で多数の死者が出たフィリピンにも行っている。さすがにその時は夫や自分の両親からも反対されたそうだ。普段は「新聞社は女性の待遇が悪過ぎる」とか「子供がいると夜勤なしなのに、子なしだと夜勤ありなんて不平等だ」などと会社の愚痴ばかり言っているが、そうはいっても記者の仕事に誇りをもっているのだ。

「祐里は人がいいから、上に都合よく使われているんじゃないかって余計なお節介を焼きたくなるんだよね。こんなことしてたら大事な三十代があっという間に終わるよ」

「大丈夫ですよ。人生こんなもんだって諦めてますから」

「なにがこんなものよ。例の広告マン、どうなったのよ?」

「とっくにやめましたよ」

「えっ、断ったの? なんてもったいないことを……」口をあんぐりと開けられた。「祐里はきっとこの仕事に向き過ぎているのよね」

「向いてるのは佐枝子さんの方ですよ」

「私なんか全然よ。支局でサツ回りさせられたのも嫌で仕方がなかったし、本社上がってからも警視庁だけは勘弁してくださいって言ってるし。あんたは文句を言わずにやったじゃない」

「私だって嫌でしたけど」

「事件って聞いたら目の色が変わるし」

「変わんないですよ。いつも憂鬱になります」

「しかも警視庁時代の仕切りは、あの豪太郎だったんだから、そりゃ仕事人間になるわ」

会話は嚙み合わなかったが、それでも尊敬する女性記者である佐枝子から仕事人間と呼ばれるのは、悪い気はしなかった。

「ねえ、今揉めてるの、またさいたまじゃないの」

佐枝子に言われて祐里はデスク席を向いた。

この日の当番デスクの小林《こばやし》が、受話器を耳に押し付けて言い合っている。

「それだけでどうして一八五センチ以上って決めつけられるんだよ！」

そう言った小林に、電話相手が言い返してきたようだ。小林は送話口を押さえたまま、身を乗り出して隣の部長席にいる外山に相談した。外山は難しい顔で聞いていた。

「どうしたんですか」

祐里はサブデスクの塚田に尋ねた。

「関口が新たな目撃談を取ってきたんだよ」

「目撃談って、どの事件ですか」

「久喜の連れ去り未遂事件だ。あの日に寺にお参りにいった男性が、二人組の怪しい車を見たというんだ。その男が言うには、助手席の男の身長が一八五センチあるって」

「どうして細かい身長まで分かるんですか」

疑問に思ったが、塚田の説明を聞いて納得した。豪太郎は、様々な自動車メーカーのカタログを用意して目撃者宅に行った。そして頭の高さがどれくらいだったか、カタログに線で示してもらい、そのカタログを埼玉県警鑑識課の写真映像分析の専門家の元に持っていったそうだ。鑑識は一般的な日本人の座高と股下のバランスから、一八五センチはあるはずだと答えたらしい。

「その身長に加え、二人組、黒い中型セダンということも関口は売り込んできた」

「凄いじゃないですか。それでどうして揉めるんですか」

　そこまで掴んだのであれば重要な目撃証言だ。だが塚田は神妙な顔で首を左右に振った。

「関口は社会面に載せろと主張してんだよ」

「普通はそうするんじゃないんですか」

「そんなことすれば足立の事件と混乱するじゃないか。まだ同一犯かどうか分かってないのに」

「同じ犯人ですよ」祐里が言うと塚田は驚いた顔をした。「それに今は女の子を一刻も早く見つけなくてはいけないわけですし、手がかりになることは紙面に掲載して情報を求めるべきですよ」

「俺だってそう思うよ。だけど違った時のことも考えなくてはならない」

「警視庁はどう言ってるんですか」

「確認していないと言われた。関口いわく、埼玉県警でもそんな目撃談は取れていないらしい」

　埼玉県警も取れていない？　それなら二の足を踏むのも分からなくはない。そこで外山が小林デスクから電話を奪い取った。

「おい関口。おまえのネタじゃ弱いから、社会面での掲載を見送ったんだ、デスクに従え」外山はこめかみに青筋を立てて受話器を握りしめている。だが豪太郎は引き下がっていないようだ。

「いい加減にしろ！　ゴチャゴチャ言ってねえで、こっちの指示通りやれ」外山の怒鳴り声に編集局内が静まり返った。遠くの運動部の記者までが立ち上がって社会部のヤマを見ている。

さすがの豪太郎もそれ以上は言い張らなかったようだ。

「県版でも足立の事件と決めつけるようには書くなよ。そんなことをしたらすぐに差し替えさせるからな。いいな、分かったな」

そう言いつけて受話器を小林に返す。小林は「関口、部長の言った通りで頼むぞ」と伝え、受話器を置いた。

それでも外山は豪太郎のことを信頼できなかったのだろう。地方部デスクの元に行き「埼玉県版のゲラが出たら俺にも見せてくれ」と命じていた。

18

八月二十七日、二階堂はいつものように警察庁記者クラブのソファーでコーラを飲みながら朝刊各紙をめくっていた。

依然として女児の行方は摑めていない。ワイドショーが連日報道することもあり、警察も人員を増やして必死に捜索している。情報は寄せられているようだが、事件解決には繫がっていない。刑事たちも苛立っているが、事件が紙面に出てから五日も経過すると、記者たちもそろそろどこかが抜いてくるのではないかと警戒心が働く。

もっともベテラン揃いのサッチョウ記者には大きな変化はない。抜け駆けしている記者も今のところは見当たらなかった。

「二階さん、若いですよね、朝からコーラなんて」毎朝新聞の記者にからかわれた。

「別に若さなんて関係ねえだろ。コークくらいで」

「あっ、今の『コーク』で、二階さんの世代を感じました」毎朝の記者が笑った。

「イエス、コークってCMでやってたじゃねえか」

「それ、もうずいぶん前の話ですよ。今はコークなんて言うと、悪影響を及ぼすからって、メーカーも使わないようにしてるみたいですよ」

「悪影響って、もしかして、これか？」二階堂は曲げた人指し指で片鼻を押さえ、大袈裟に吸った。

「なんか、二階さんがやるとヤクザ映画みたいでシャレになんないですね」

毎朝の記者が言うと周りの記者たちも一緒に笑った。

事件記者がコークと聞けば、すぐさまコカインを発想する。有名ミュージシャンのコカイン常用を書いたのも、成田の税関が史上最大の密輸量のコカインを押収した記事を書いたのも、二階堂がいた東都新聞だ。殺人や誘拐、強盗、暴行といった一課ネタで中央新聞にやられると、マル暴や薬物ネタでやり返した。だがいくら抜いたところで、弱いボクサーが利かないパンチを打ち返しているようなもので、中央新聞にダメージを与えている気はしなかった。それは事件の性質の違いだ。薬物や銃器の摘発と、殺人や暴行事件とでは、人が流した涙の量が違う。

「僕もコークが飲みたくなったんで、買ってきまーす」

毎朝の記者が軽口を叩いて出ていった。

警視庁時代は話しかけてくる他紙の記者は少なかったが、サッチョウに来てからよく弄られるようになった。自分では変わっていないつもりだが、部下をまとめて社の看板を背負って戦っていた警視庁時代とでは、顔つきも違えば、体から漂う威圧感も異なるのだろう。

二階堂のように生まれながらに厳《いか》つい顔をし、しかも喧嘩も強かったタイプは、怖がられたことはあっても弄られた経験が少ない。少しでもからかわれると色をなして怒るように思われているが、実は仲間から弄られることは嫌いではなかったりする。

だいたいの刑事がそうだ。優秀な刑事は皆おっかない顔をしているが、根は寂しがり屋だ。記者がびくつきながら近づいていくと怒鳴って追い返すくせに、遠慮なく懐《ふところ》に入りこんでいくと意外なほどあっさりと受け入れてくれる。だから関口豪太郎のような図々しい記者は、他の記者が往生する警察官を簡単に手の内に入れてしまうのだ。

誤報で飛ばされた時はざまあみろと思ったが、それでも七年もドサ回りをさせられていることに同情し、今回は助けてやろうかと思った。ヤツを信頼している藤瀬祐里から頼まれたこともそう思うきっかけになった。だがすぐに気が変わった。

五日前、長女の杏子が家に連れてきたバツイチ男が、豪太郎と似た厚かましい男だったのだ。

二十も年下の娘をたらし込んでおいて、すみませんのひと言もない。結婚を許したわけでもないのに軽々しく「お義父《とう》さん」と呼び、二階堂の不快感など気にせず「僕の職場も桜田門の近くなんで、今度、お義父さんと二人で飲みたいですね」などと調子のいいことを言ってきた。

途中で我慢ならなくなった二階堂は、「俺はもう寝る」と部屋に戻った。

反対しなかったことで、女房からは翌日、「杏子は結婚を許してもらえたと思ってるわよ」と言われた。許した気はない。だが許そうが許すまいがあの頑固な娘の決心は変わらず、二階堂が認めるまであの男を家に連れてくるだろう。そして二階堂が文句を言えば額に皺を寄せて言い返してくる。娘が自分に似るのも考えものだ。

サッチョウクラブでは、午前中なにもすることがなかった。警察庁が動いている気配もない。夕刊の降版時間を過ぎると、いつものように昼飯を食いに庁舎の外に出た。

「二階さん」

丸みのあるフレームの眼鏡をかけた男に声をかけられた。東都の社会部記者、巻《まき》だった。

二階堂が警視庁キャップをやっていた時に捜査一課の仕切りをやっていて、今は遊軍のはずだ。

「ちょっと二階さんと話したいことがありまして。飯でしょ？　一緒にいきませんか」

箸を持って丼をかき込む真似をした。

また飯か。どいつもこいつも……二階堂は舌打ちした。

「二階さんのことだから食堂では食わないだろうなと思って、外で待ってたんですよ」

まるで二階堂のことをよく理解しているかのように調子に乗ってくる。

「いいよ、古巣の記者と飯なんか」

「古巣だからいいんじゃないですか」

「俺は他紙とは食わない主義なんだよ。話があるならそこでいいだろ」

顎で庁舎の脇を示して歩いていくと、巻は渋々ついてきた。

職員らしき女性が歩いていたが、他に記者はいなかった。

「腹が減ってんだ。簡潔にしてくれ」

「二階さん、七年前の中島事件の時、浅見《あさみ》が被疑者は二人組ではないかってネタ、出してきましたよね。浅見一平《いっぺい》、その二人の特徴なんて言ってましたっけ」

浅見一平――懐かしい名前だった。三人いた一課担の中の一番下の三番機。デキは悪かったが、いつも歯を食いしばって仕事をしていた。仕切りの巻より、二番機の湯井《ゆい》よりもネタを取ってこようという意欲があった。

当時の東都新聞の警視庁キャップには、代々のキャップが使ってきた古い携帯電話が渡されていて、すべてカタカナで登録されていた。

ある日うっかり携帯を忘れて自宅に取りに戻ると、着信履歴に「マキ・ユイ・アサミ・マキ・ユイ・アサミ」と女の名前にも読める苗字が連続して表示されていた。横にいた女房から怪しむような目で見られ、部下なんだと言わなくてもいい言い訳をした。

「なんだよ、今頃そんな古い話を持ち出してよ。浅見なんて名前も忘れてたわ」

「まあ、ちょっと気になったもんで」

「まどろっこしいな。はっきり言えや」

きつく言うと、頷いてから喋り始めた。

「きょうの中央の県版に出ていたじゃないですか。二人組の一人は身長が一八五センチくらいあったって。確か七年前、浅見も似たようなことを言ってませんでしたっけ」

中央の記事は、二階堂には初耳だった。クラブに届く新聞は都内版で、埼玉の県版が載っている紙面は見ることができない。

読んでいないとは言わずに聞いていた。

「いくらなんでも関係ないとは思うんですけど、一八五センチなんてそうはいないし、ちょっと気になって」

「今の日本人はいいもん食ってるから、昔より平均身長が伸びてるっていうじゃないか」

「伸びてますけど、そこまで高いと目立ちますよ。あの時、浅見、どれくらいの身長って言ってましたっけ」

数字まで出たわけではない。ただし、目撃者から、バレーボールの選手のような背の高い男とは聞いてきていた。

「気になるなら、おまえさんから浅見に連絡してみりゃいいだろ。会社をやめたって連絡先くらいは知ってんだろ」

「無駄ですよ。あいつ、タイに行ってますから」

「メールは通じるだろうよ」

「会社辞めた時、アドレスを変えて、その後は誰とも連絡を取っていないみたいです」

浅見が縁を断ち切った気持ちも分かる。真面目で仕事熱心な男だったが、なにせ要領が悪く、巻だけでなく、二番機の湯井からもいびられていた。二階堂が警視庁キャップを外れて半年ほど経ち、彼は鬱病になって会社をやめた。

「あの時、浅見が取ってきた目撃談、おまえさん聞きもしなかったよな。馬鹿にしてないで、湯井に確認させりゃ良かったんだよ」

「そうなんですけど、あいつの説明は曖昧でしたし、一課は全否定でしたから」

巻を責めても仕方がなかった。報告を受けたキャップの二階堂も、巻と湯井の二人がこれ以上裏取りする必要はないというので、認めてしまった。

なにしろ浅見の説明は、目撃者からして信憑性《しんぴょうせい》に乏しかった。八十代の一人暮らしの老女で、「バレーボールかソフトボール選手のような『のっぽ』だった」と言っていたというのだ。「ソフトボール選手のどこがのっぽなんだ」と指摘された浅見は「どうやらおばあさんはバスケットと間違えてるみたいです」と言ったが、巻が「それを聞き直したのか」と問い詰めると「聞いてません」と言って謝った。巻と湯井は「おまえは馬鹿か」と罵《のの》り、「一人暮らしの呆《ぼ》け婆さんのいい話し相手になってきただけなんだよ」と相手にもしなかった。

「つまり、巻、こういうことか。今朝のうちの埼玉県版を読んで、あの時に、後輩の話をもう少しちゃんと聞いておけば良かったと後悔してるわけだな」

「後悔ってわけではないですけど、まあそういうのも少しありますかね」

「しかもうちのさいたまは、おまえの永遠のライバル、関口豪太郎だものな」

巻が口を真一文字に結んだ。ライバルとは褒め過ぎだったが、巻としては支局に飛ばされた関口と同列に扱われたことが不満だったようだ。

喉仏を一度動かしてから、巻は「で、僕が聞きたいのは……」と話を戻した。「あの時、浅見は運転していた男のことも言ってましたよね。あれは結局、中島と人相が一致したんですか」

電話を寄越してきた時の浅見の話では、髪型、顔が長細いところまで当たっていた。だが断定するほど一致していたわけではなかった。

「残念ながら答えられねえな」二階堂は顔を上げてから言った。「俺は今、中央から給料をもらってる身だ」

「でも、あの事件の時はうちだったじゃないですか」

「東都の看板を背負って取材していたのは間違いねえが、俺は辞表を叩き付けてやめたんだ。社員証と一緒に、取材で摑んだ事実まで会社に返却する義務はねえだろ」

「そんなつれないこと言わないで、教えてくださいよ」巻は無理矢理愛想笑いを作った。

「悪いな、巻。実を言うと俺も覚えてねえんだよ。おまえと同じで浅見の言うことはまともに聞いてなかった」

「そうなんですか」

少し疑っていたが、それでも二階堂がなにも言わないので、諦めたようだ。「それじゃ仕方ないですね」と呟く。

「もういいだろ。俺は腹減ってんだ」

「分かりました。呼び止めてすみませんでした」

そう言うと巻はタクシーを拾って去っていった。

19

外山義柾が社会部長席で部員たちの出張伝票に判をついていると「部長、ちょっといいですか」と低い声がした。

顔を上げると二階堂が立っている。

「二階さんが会社に上がってくるなんて珍しいですね」

愛想よく話しかけたが、言ったところで二階堂の表情は変わらなかった。

「今、お時間ありますか？　ちょっとご相談があります」

「いいですよ」

午後七時、早版の締め切りが近づいていることもあって編集局は慌ただしいが、出し物は決まっているので、ゲラが出るまで外山には余裕がある。

「それなら会議室行きましょうか」

「そうしていただけるとありがたいです」

二階堂の丁寧な言い方がなんとも気味が悪かった。なにせ二階堂は外山がはじめて警視庁を担当した時に、すでに東都の中堅として活躍していた。当然「外山」と呼び捨てだった。「おい、中央の新入り」と呼ばれたこともある。

「どうしたんですか、二階さん」

会議室の席に着くと、外山から切り出した。二階堂はポケットに折り畳んでいたコピーを出し、テーブルに広げた。

「どうして昨日、この記事を本版に入れなかったんですか」

出したコピーは二枚で、真ん中のところで二手に切れていた。よく見なくともなんの記事だか分かった。

久喜連れ去り未遂
二人組の一人は長身

見出しには長身とだけあるが、記事にはさらに一八五センチ以上だと推測されると書かれている。さらに野球帽のような黒っぽい帽子を被り、車は黒の中型セダン……関口が書いた記事だ。

「警視庁キャップの和手は、小さくてもいいから本版で載せた方がいいんじゃないですかと言ったそうじゃないですか」

二階堂はここに来るまでに和手に確認したようだ。昨夜、和手からその電話は受けた。だが外山は県版でいいと言った。「ああ、その記事ですか」外山はテーブルの上に向けていた目線を二階堂の顔の高さまでゆっくりと上げていく。

「今回の足立区の行方不明事件との関連は、なにも分かっていないんですよ。社会面で扱うほどの記事ではないでしょう」

「載せなかったのは、それだけの理由ですか」二階堂が間髪入れずに聞き返してきた。

「そうですよ」

「本当ですか」

「二階さんは、私が掲載しなかった理由が他にあるとおっしゃりたいのですか」

平記者の頃から、二階堂は嫌な記者だった。感情が顔に出ることがなく、なにを考えているのかよく分からない。東都の他の記者は、肩で風を切るような態度で取材していたが、二階堂は違った。なに食わぬ顔でネタ元に深く入り込み、こっそりとでかいネタを抜く。だが外山も負けていなかったつもりだ。同じ警視庁にいた頃は、中央の少数部隊で、互角とまでは言わないまでもそれなりにやり合った。

二階堂も外山も、今起きている生の事件が好きだった。社会部記者が好むお涙頂戴的《なみだちようだい》な事件後のレポートを書こうとしなかったという点でも似ていた。泣かせる記事が不要とは言わないが、そこに綿密なディテールが入っていないと安ドラマと変わらなくなる。逆にディテールになりうるネタを摑んだら、スクープとしてストレートに報じた方がよほどインパクトがある。

「確かに足立区の事件とは関係ありません。でも七年前の事件とは関係あるかもしれませんよね」

しばらく沈黙してから二階堂は言った。

「まさか二階さんからそんなことを言われるとは思いもしませんでした。関口から頼まれでもしたのですか」

「あいつはそんなことはしませんよ。もし電話がかかってきても、僕も相手にしませんし」

「でしたらどうしてそんなことをおっしゃるんですか」

「実は僕が警視庁キャップをしていた東都新聞も二人組って情報を摑んでいたんですよ」

「本当ですか」初耳だった。「それっていつのことですか」

「中央が書いたあとです」

「それならどうして後追いしてこなかったんですか。それだけのネタなら、普通は書くでしょ」

「残念ながら記事にするほどの確証はなかったんですよ。ただ、あの時助手席に乗っていたのも、高身長の男だったと聞きました」

「それも……その男も一八五センチくらいあったんですか」

思わず言葉が詰まってしまう。

「数字までは出てませんが、それくらいはあったと僕は認識しています。なにせバレーボール選手みたいに見えたという証言でしたから」

バレーボール選手？　じめっとした汗が全身の毛穴から噴き出てきた。これでは関口が書いた通りではないか。

「ということは、二階さんは単独犯で結審したあの事件には、実はもう一人仲間がいて、その男が今回の足立の事件にも関わっている、とおっしゃりたいんですか。埼玉の事件だけではなく、足立の事件も七年前の二人組の片割れがやっている。だからそれを紙面で書けと」

「いいえ、そこまでは言ってませんよ」

自分から切り出しておいて、急に弱気になったように感じた。考えてみれば、東都は確証を得なかったから後追いしなかったと聞いたばかりだった。

「だとしたら、やはり県版という判断で良かったのではないですか。埼玉の事件の続報ですから」

「そうですかね」

「そうですよ。足立の事件が別人だったら、あとで問題になります。なによりも一八五センチの目撃談は、警視庁も埼玉県警も確認してないというんですから」

「確かに警察が未確認なら慎重になるのはわかりますが、こういう記事は別の効果もあるんですよ。次に狙われた少女が記事を読んでいれば、助かるかもしれないんです。だってそうでしょ？　県版なら埼玉県の読者だけです。でも社会面に載せれば、埼玉以外に住む女児も、若い男に道を聞かれた時、車に乗っているのが背の高い男だったら走って逃げることができます」

「それを書いたところで、全員に通知できるわけではないでしょ」

「まあ、そうですね。ここは東都新聞じゃない。中央新聞ですからね」

部数が少ないことを皮肉ってきた。あんただって今はこの中央に食わせてもらってんだろ、と外山は心の中で言い返す。

「それでも部長、今はテレビやネットで、どこかが記事を出せば、すぐに追いかけてくれる時代です。新聞だって昔はよそに抜かれた記事は簡単に後追いしなかったのに、今は自社のニュースサイトですぐに追随します。ですけど県版の記事が後追いされることはありません」

「つまりこういうことをおっしゃりたいのですかな。本版に載せれば、それがネットを伝って拡散された。なのに県版だからネットも取り上げてくれなかったと」

「その通りです」

「だけどそれって単なる話題作りになるだけじゃないですか。間違った方向に話が進んでいく恐れだってある」

「話題作り、おおいに結構じゃないですか。話題になればテレビでも扱ってもらえるわけですし」

「あの程度ならネタに困っているワイドショーが精いっぱいですよ。素人連中が現場に来だしたら、警察の捜査にも支障をきたし、人の不幸を楽しむようなことをするなって、警察に苦い顔をされます」

「新聞だって、人の不幸で飯を食ってるようなものでしょ」

入社した頃よく言われた言葉だ。外山もまだ意気がっていた現場記者の頃、部下に「おまえは人の不幸で飯食ってんだろ」と怒鳴り、もっと読者が悲しむネタ取ってこいと取材のやり直しを命じたことがある。

しばらく二階堂の細い目を見ていた外山は「その言い方は不適切ではないですか」と指摘した。

「確かに失言でしたね。取り消します」二階堂はあっさりと撤回した。だが殊勝になったのは一瞬だけだった。「部長。世の中の事件にはいろいろあります。ですけど僕は、この手の犯人だけは、他と種類が違うと思っています」

「確かに少女のことを思うと可哀想でなりませんが、他にも残虐な殺人事件はあるんじゃないですか。それに、まだ少女は殺されたわけではありません」

「そういう意味で言ってるのではありません。僕が言いたいのは、被害者が、少女とか子供とか赤ん坊とか、抵抗できない弱い人間を対象にした事件という意味です。弱い人間は自力では逃げられない。立ち直るのにも時間がかかるんです」

「新聞の使命に広報があるのは私だって理解しております。だからといってなんでも聞いた情報を垂れ流していいわけではないでしょう。逆に車に乗っている男が背が高くなければ気を許してしまうというケースだって出てくる。こういった事件の記事は慎重に、かつ間違いのないように判断を下さなければいけないんです」

「そうですね。七年前のこともありますものね」

あの事件に話を戻してきた。いや、二階堂が口にしたのは事件のことではない。誤報のことだ。口にするのも気分が悪かったが、それでも平静さを装い「あの誤報は忘れてはなりません」と言い、先を続けた。

「二階さんはご存じかどうか分かりませんが、七年前、お詫び記事を書いたのは私です。あれは本当に大変でした。書き終えては社会部長席に持っていき、部長が局長に見せ、局長が社長に見せる。その過程で誰かが文句を言い出し、なんだかんだで二回も書き直しを命じられました」

その後、外山は次長職を外され、関口は地方に飛ばされた。だが受けた屈辱というのは、本社に残った外山の方がはるかに大きいとその後に痛感した。なにせ同じ紙面作りに関わっておりながら、責任をすべて外山に押し付け、火の粉のかからないところから好き勝手なことを言う連中が、社内には掃いて捨てるほどいたからだ。当時の社長や役員はそういう連中の話ばかりを聞き、外山の主張には耳を傾けようとしなかった。

「それは存じてますよ」二階堂は言った。そして時間を置き「当時中央は四人デスクがいましたが、部長が責任を押し付けられたのはあの日の当番だったということだけでなく、筆頭デスクだったからだというのも聞いております」と付け加えた。

「おっしゃる通りです」

「東都でも自分一人で責任を取らされ、そのまま消えていなくなった仲間がいました」

同情した言い方だが、外山には蔑《さげす》まれたように聞こえた。

「でも二階さん、このことまではご存じないんじゃないですか。あの時、社内でもっとも論議されたのは、どこまで訂正するかってことだったんです」

「どこまでとは？」

「遺体発見かと書いてしまったことの他に、あの時の中央はもう一つミスをしたと指摘されていました。関口が二人組と書いたことです。社内には、どうせお詫び記事を出すなら、そのことまで書くべきだと言う傲岸不遜《ごうがんふそん》な輩《やから》もいました。あの時の上層部の考えは、

『社会部全体がダメだからこんなミスをしでかした』というものでしたから。私が言いなりになっていれば、我が社の社会部はゴミ屑《くず》扱いされて潰されていたでしょう」

「潰されたなんて、そんな大袈裟な」

「全然大袈裟ではありませんよ。そうなっていたら役員から社会部出身者が消えて、二階さんだってうちがスカウトできなかったかもしれません」

ようやく皮肉を口に出して返した。二階堂が顔を顰《しか》めた。本音をいうならスカウトではなく、拾ってやれなかっただ。少しだけ気が晴れた。

「まっ、そういう意味では関口はむしろ私に感謝すべきだと思うんです。あいつが今も事件記者でいられるのは、私があいつのあやふやな取材を表沙汰にしなかったからという考え方もできるわけですから」

「そうですか。でも今度は部長が関口に感謝しなくてはいけなくなるかもしれませんね」

すぐさま二階堂が言い返してくる。

「どうして私が？」

「だってそうでしょ。そこで二人組についても詫びてたら、今度はお詫びのお詫びを書かなくてはいけなかったかもしれないわけですから」

聞き流せなかった。この男、七年前の犯人が二人組だったのかどうか自信がないようなことを言っていたが、確たる証拠でも持っているのではないか。

「二階さん、隠さずに話していただけませんか。二階さんは本気であの時の犯人は二人組で、片割れが今回の事件に関わっていると思われているんですか」

少し体を前に傾け、口調を優しくして尋ねた。

「本気ですよ」二階堂は言った。だが「確信はありませんが」とも言う。

「確信がないのに関口に感謝すべきだと言うんですか」

「そうです」

「どうしてですか」

「東都も動いていますからね」

「東都が？　七年前の二人組説をもう一度洗い直しているってことですか」

「七年前にそういう取材をしたことを知っているのは僕だけではないですからね。関口がこんな記事を出したものだから、今頃、しゃかりきになって探っているのではないでしょうか」

推量した言い方だったが、断定しているようにも聞こえた。

「分かりました。きょうの二階さんのご意見は、きちんと頭に入れさせていただきます。お気遣いありがとうございます」

言いながら軽くお辞儀をした。

「こちらこそ余計なことを言って申し訳ございませんでした。気を悪くなさらないでください」

二階堂も頭を垂れた。目が合うと、妙な間が生じた。

「それでは僕はサッチョウに戻ります」

「ごくろうさまでした」

先に二階堂が立ち上がった。出口に向かおうとすると、ノックの音がして扉が開いた。

社会部の若い記者が「大変です、部長」と外山の顔を見た。

「行方不明の女児が遺体で発見されました。江戸川《えどがわ》区です」

「なんだって、あの女児なのか」

「高宮まみちゃんで間違いないようです。間もなく綾瀬署で会見が開かれます」

二階堂はすぐに携帯電話を取り出した。その脇を「失礼する」と抜け、外山は部長席に戻った。

20

豪太郎がタクシーで現場に着くと、野次馬たちの奥に、腕章をつけた記者たちの群れが見えた。

中央新聞の記者は二人いた。

そのうちの太った方に「ツジさん」と声をかけた。

警視庁サブキャップの辻本が振り返って、不快な顔をした。

「どうしたんだよ、関口」

「ちょっと現場を見ておこうと思いまして」

豪太郎は目の前の雑木林に顎を突き出した。辻本たちの前に黄色いテープが張られており、制服警官が立っている。背後は青いカバーで隠されていた。

「で、どんなあんばいですか」

辻本ではなく、隣の若い記者に尋ねた。

豪太郎が金沢に異動になった後に本社に上がってきた記者なのだろう。見ず知らずの記者から質問され、返答すべきか迷っているようだ。

「さいたま支局の関口だよ」

辻本が説明すると、若手は「あ、はい」と返事をし、説明を始めた。

「今朝から三百人態勢で付近一帯を洗っています。林の中には捜査員がまだ二十人くらいいます」

「いいよ、後は俺が説明するから」辻本が割って入ってきた。「おまえ、裏側からお偉方が帰るのを見張ってろ」

「はい」若手は返事をして野次馬の後ろから林の裏側の方へと回っていった。

「その後、なにか新しい事実は出ましたか」

「今のところ昨夜の会見以上のことは出てない」

「発見者の男はどうなりましたか」

「今朝、嫌疑が晴れて釈放されたよ」

昨日八時頃、不法投棄をして林の中から出てきた男を巡回中の警察官が職質した。男は怯えていて、中で子供の遺体らしきものを見たと話した。

その後、警察は林の中から遺体を発見した。衣服などから、遺体は二十日から行方不明になっている足立区の小学六年生、高宮まみと断定された。

午後十一時、警視庁の捜査一課長と綾瀬署の署長が会見した。女児は絞殺されており、殺人及び、死体遺棄の疑いで捜査を開始すると告げた。

その一報を聞いて、豪太郎は山上の元に向かった。

酒を飲まされた帰りに女児が行方不明であることを教えてくれたのが山上だ。継続して通うことで山上が怪しまれたら申し訳ないと夜回りを控えていたのだが、昨夜はどうしても話を聞きたかった。深夜一時過ぎに帰ってきた山上は「警視庁が発表した通りだ」と言った。

会見では体に複数の傷があったとしか発表されなかったが、豪太郎が予想していた通り、女児には強姦された形跡があったようだ。

「野郎は鬼畜だ」そう呟いて、山上は奥歯を嚙み締めた。

「管理官、足立区の方で長身の男が乗った車という目撃情報は出てませんか」

豪太郎は河村という会社員から聞いたことをぶつけた。

「あんたが新聞に書いた男のことだろ」

そう言われて返答に詰まる。

警察に確認したが、それは山上ではない。勝手に書いたことを叱られるかと思ったが、山上は「あんたんとこが書いた翌日、うちの捜査員も住職から名前を聞いて、日野の会社員のところまで行った」と自分から話した。

「ということはあの情報は有力と見ているってことですか」

「有力になるかどうかはまだ分からん」

「新しい目撃情報はありましたか。足立区に限らず埼玉県内でも結構です」

「ない」

嘘をついているようではなかった。

「では警視庁の方はこの情報をどう見ていますか。未遂ですけどこっちでは二件も起きて、目撃者も出ているんですから、東京埼玉の合同捜査本部にしてしまえばいいじゃないですか」

「うちを入れるかどうかは向こう次第だ」

「そんなことを言ってたら、また次の事件が起きますよ」

「そんなこと分かっとる」

怒鳴られた。「すみません。言い過ぎました」と謝っておく。

それでも言わずにいられなかったのは、こうした歪《ゆが》んだ性癖のある犯罪者は、一度犯行を遂げると自制が利かなくなり、罪を重ねていくからだ。

埼玉県警は県内のすべての警察署にパトロールの重視を命じ、地域課の警察官が小中学生を持つ家庭を一軒ずつ訪問し、警戒を呼びかけている。だが犯人が捕まらない限り、危険が消えることはない。

「ツジさん、ちょっと打ち合わせしませんか」豪太郎は隣の辻本に声をかけた。

「打ち合わせってなにをだよ」

「ちょっとご相談です。車でいらしてるんですよね。でしたら車の中で」

歩き出した辻本の後ろをついていく。大通りまで歩くと各社のハイヤーが並んで停車していた。その中の三台目、中央新聞の社旗をつけたハイヤーに辻本が乗った。運転手がドアを開けようと出てきたが、豪太郎は手で制して、車道側から自分で開けて乗り込んだ。

「で、なんだよ、相談って」

「こっちも毎晩、夜回りから帰ってきたら警視庁担当に電話を入れて、摑んだことを報告しますから、警視庁担当からも電話をくれませんか」

「どうしてうちが電話しなきゃいけねえんだよ。そういうのはすべてキャップの和手さんからデスクに連絡してるんだ。おまえが社会部に確認すればわかることだろう」

「人を介すると、情報が混乱するじゃないですか。直接交換した方が意思疎通はうまくいきます」

「交換って、別に埼玉と同一犯かどうかも分からないんだぞ」

「同一犯ですよ」豪太郎は断定した。

「根拠は？」

「ここは埼玉東部と距離的にも離れていません。それに僕は、同じところを狙う人間が何人もいるとは思えません」

「なんだ、その程度か」

「ついに殺人事件になってしまったんです。今までなにもしない人間が初めて誘拐殺人を起こしたというより、二つの未遂事件を起こした犯人が三件目を起こしたと考える方が自然ですから」

　そして犯人はいずれ四つ目の事件を起こす。

　犯人が動けば、目撃談も増え、検挙できる確率は高まる。だがそれは次の被害者が出るかもしれないということだ。この手の事件を取材しているとそうしたジレンマに陥る。最悪なのは、犯人が証拠を隠したまま、二度と犯罪をおかさず、事件が迷宮入りになってしまうことだ。

「だけど、おまえがとってきた一八五センチとやらの情報をそのまま使うのは危険だぞ。もし違ってた時のこと、おまえ、ちゃんと考えてるのか」

「外山部長からも言われました。ただ遺体が見つかった以上、警視庁も当然埼玉から情報を得ようとするはずですし、埼玉の捜査員は、僕が聞いた目撃者の家まで行っています」

「埼玉県警は認めたってことか」

「その線を調べているのは事実です」

少なくとも久喜の事件に関しては間違いないと断定したかったが、昨夜の山上からはそこまでの確証は得られなかった。

「ツジさんたちも当然、ぶつけてくれてますよね」

「当たり前だ」辻本が気色《けしき》ばんだ。「ぶつけたが、そんな目撃談、こっちからは何一つ出てこねえ」

「車については？」

「黒のセダンなんていくらでもある」

「防犯カメラは？」

「今、警視庁が必死に解析しているところだ。だいたいそっちはどうなんだよ。認めたなら現場周辺の防犯カメラも調べたんだろ。そこに写ってたのかよ」

「現場周辺だけでなく、県内の幹線道路の防犯カメラ、高速道のNシステムからも割り出していますが、該当する車両に長身の男が写ってるという情報は今のところ出てきてません」

「本当に一八五センチもあったのか。仮に捕まった男が一八〇センチだったとしても大恥だぞ」

「鑑識は、そこまで座高が高ければもっとあってもいいくらいだと言ってました」

「鑑識ね」辻本は口を窄《すぼ》めた。

「では毎晩の情報交換の件、了承していただけますね」

念を押したが、まだ「和手さんに言ってくれ。俺には権限がない」と同意してくれない。

電話をしてくるなら答えるが、警視庁記者が支局に連絡するのはプライドが許さないのだろう。

「権限がないことはないでしょ。和手さんはツジさんを信頼しているでしょうし」

持ち上げたにもかかわらず、「キャップは和手さんだからな」とすげない。

面倒な仕事を押し付けているわけではない。夜に一本電話が欲しいと頼んでいるだけだ。だがそれすら通らない。これでは二都県での合同捜査本部を立ち上げられない警察を批判できない。

「それなら藤瀬に連絡してくださいよ。藤瀬、昨日から応援に来てくれていて、今回の件でもうしばらく残ってくれることになったようなので」

「藤瀬ならかまわないが」辻本はようやく了解した。「ただし、本当に隠し事はするなよ」と念を押してくる。

「もちろんです。こっちが頼んだことですから」

「抜け駆けもなしだぞ」

「しませんよ。でも締め切り直前とかは仕方がないですよね。もちろん、その時はデスクから警視庁に即座に連絡してもらうように伝えますから」

余計なことを言ってまた話がこじれるかと案じたが、辻本は「そういう場合は仕方がないな」と認めた。向こうも自分たちが大ネタを摑んだ時、いちいち連絡していられないと思ったに違いない。

「用件はそれだけか」

豪太郎はしばらく思案したが、やはり渡しておこうと、ポケットから二つ折りしたメモ用紙を出し、辻本に無理矢理渡した。

「なんだよ、これは」

「質問事項をまとめてきました。ここに書いてある通りに、質問してくれませんか」

木原や岡田に渡してあるのと同じもので、埼玉県警がどんな車種にターゲットを絞って捜査しているのかなどを記してある。黒のセダンで中型の大衆車レベルとなると車種は多いが、山上の話だと、河村に様々な車種の写真を見せたところ、テールランプからトヨタの二型、マツダの一型の三種類が上がったそうだ。ただし山上からはこの件は捜査に支障をきたすから書くなと釘を刺された。

さらにメモにはもう一つ、道を聞きに車外に出てきた実行犯役の男は左利きではないかと記してあった。いずれのケースでも男は左手にタオルらしきものを持っていた。右利きの豪太郎が誰かの口に押し付けると想像したら、タオルは右手に持つ。ただし山上からは「それは決めつけ過ぎだ」と注意された。道を聞く振りをして出てきたのだ。右か、左かと指をさすために利き腕を空けておく必要があると言われた。

だが内容を説明しようとしたのに、辻本はなかなかメモを開こうとしない。

「関口、おまえ、警視庁に命令してくるのか」さっきまでよりきつい目つきで言ってくる。

「命令だなんて。そちらも聞いてほしいことがあったら、メールで送ってくださいよ。僕らも埼玉のサツ官にぶつけますから」

狭い車内に険悪な空気が流れた。完全に裏目に出た。ここであれこれ説明すれば情報交換の約束さえ流れかねない。

「それでは藤瀬への電話の件、お願いします」

そう言って豪太郎は車から下りた。

21

深夜一時、祐里がさいたま支局に入ると、豪太郎もすでに夜回り先から戻ってきていた。部屋には木原と岡田もいた。

「お疲れ、藤瀬。どうだった」

祐里は久喜署の刑事課長宅で聞いたことを話した。豪太郎からメモを渡されていたので、久々の再会となった刑事課長に対してもうまく質問できた。

「車種はあれ以上絞れてはないようです。左利きの件は考え過ぎだと言われました」

「そうか」

「それと警視庁から埼玉県警に問い合わせが入ったみたいですね。でも所轄に直接ではなく、県警の刑事課を通じてくるから内容が事務的で、捜査員の士気も上がらないと刑事課長はこぼしてました」

「僕が行った久喜署長も不満を言ってました」

奥の席でスクラップ帳に切り抜いた新聞記事を貼っていた岡田が言った。

「こういうところが権威主義というか、日本の官僚のダメなところだな」豪太郎が渋い顔をして言う。「警視庁は自分たちと他県の所轄が連絡を取り合うのは釣り合いが取れないと思っているから県警にかける。所轄にかけたら今度は埼玉県警が面白くない」

「そうですね」久喜署の刑事課長の話を聞きながら祐里も同じことを思った。

「で、警視庁は同一犯だと見ているのか」

「刑事課長曰《いわ》く見立てはそうですけど、マスコミに決めつけられるのは嫌がってますね」

「同一犯と報道された後に、捕まえた被疑者が別物だったとなると、自分らの責任になると思ってるんだろ。真っ新《さら》な気持ちで捜査したい気持ちは分からなくないけどな」

「でもそんなことを言ってたら、せっかく埼玉で出た二人組の証言も活かせないってことですよね。足立区では完璧に犯行を遂げた被疑者が、埼玉では二度も失敗しているのに……」

　久喜の刑事課長もそのことを嘆いていた。

　女児が遺体で発見されたとあって、テレビが取り上げ、新聞各紙もページを割いて報じている。メディアはどんな小さな情報でも、知れば大袈裟に取り上げる。センセーショナルに報じることがいいとは思わないが、続報がなくなれば事件は沈静化する。そうなった時の方が心配だ。

　犯罪者は、世間で騒がれているうちは捕まるのではないかと怯えて行動を抑制するが、報じられなくなると、自分が無視されているように感じる。そして次に行動を起こした時、それまで欲求を閉じ込めていた分だけ、残虐さは増していく。

「ということは刑事課長はうちの味方になってくれてるってことだな」

「それが……」祐里は言おうか迷ったが「嫌みも言われました」と正直に話した。「二人組ということはまだしも、身長まで特定するのはいくらなんでも勇み足だって」

「怒っていたか」

「はい。黒い中型セダン、運転手は帽子にサングラス、助手席の男も帽子を被っていて、運転していた男より背が高かった。新聞が報じていいのはそこまでだと叱られました」

それまで協力的だった刑事課長が、一八五と数字を出した途端に目つきが変わった。現場を管轄する久喜署として、新聞社に先に目撃者を見つけられ、メンツを潰されたこともあるが、豪太郎が県警だけに確認し、久喜署には話を聞きに来なかったことも課長の怒りを増幅させていた。

「まあ、いくらなんでも数字までは書かなくても良かったかもしれないな」豪太郎にしては珍しく反省していた。

「僕も広報課長からねちねち言われました。今後は一八五って数字ばかりが一人歩きするぞって」木原が答えると、岡田も「そうですよ。一八五センチといったら僕だって当て嵌るんですから」と言った。

「岡田君っていくつあるの」

「一八三ですけど、僕の場合は髪質のせいで、ぱっと見は一八五センチくらいに見えると思います」

「そういやおまえ、休みの日、黒の野球帽をつばを上げて被ってるものな」

「あのキャップはああやって被るんですよ」岡田は口を尖らせる。「でもそのおかげで他紙からも、おまえんところの新聞におまえが容疑者だと書いてあったぞ、とからかわれます」

「岡田君って、スポーツやってたの」

「僕は帰宅部です」

「そんなに背が高いのに」

「みんなそう言うんですよね。バスケ部？　バレー部？　って」

「勧誘されたでしょ」

「背は高かったですけど、背の順で一番後ろになったことはありませんよ。僕より背の高いヤツがクラスに一人か二人はいました」

「なるほどな。身長が高いからといってスポーツマンとは限らず、オタクもいるということだな」

豪太郎が言うと、「僕はオタクじゃないです。帰宅部ですって」と岡田が口を尖らせた。

「でも背の高いオタクもいるよな」木原が岡田に話しかけた。

「そりゃいますよ。だけどオタクっていっても、今は堂々と自分から宣言して、仲間と趣味を楽しんでる人だってたくさんいますからね」

「少女趣味だからって暗い性格とか決めつけちゃいけないのよね。普通に見える人が、誰も知らない一面を隠し持っていることなんてざらにあるわけだし」

取材する自分たちが犯罪の種類だけで犯人像を決めつけてはいけないのだ。長身だと聞いた時、身体が大きく腕力があるから小学高学年を簡単に連れ去ることができたのかと思った。だが埼玉の二件の未遂事件で車外に出てきたのは運転席側のそれほど背が高くない男であり、助手席の男は車に乗ったままだった。

「俺も鑑識から叱られたよ」豪太郎は口を結んだ。

「車のサイズから身長を割り出してくれた人ですか？」

「ああ、あなたが一般論でと聞いてきたからお話ししたのに、我々から聞いたと書くなんて話が違うじゃないですかって。俺も〈鑑識によると〉と書くと迷惑がかかるとは想像がついたが、一般人の目撃談だけで一八五センチ以上あると書いたって、説得力がないだろ」

「その鑑識の人、上から相当絞られたんじゃないですか」

「今後新聞記者とは一切、口を利くなと通達が出たみたいだ」

それは可哀想だ。警視庁でも豪太郎の強引な取材を受けてしまったがために、庁内で肩身が狭くなってしまった人はたくさんいた。

「僕らも鑑識課はしばらく遠慮した方がいいですね」木原が言う。

「他紙が不満を言ってきそうだな」

「その時は僕からうまくごまかしておきますよ」木原が豪太郎に言った。

「だけど不思議なのは、今回、暴行したのは一人なんですよね」

祐里は確認した。久喜署の刑事課長からも「そっちの情報でも本当にそうなのか」と逆取材された。警視庁の検死結果では一人と出た。そのため埼玉県警は、足立の事件と同一犯だと強く主張できない。

「ああ、俺が聞いた県警幹部もそう言ってたから間違いない。損傷からの判断で、加害者は一人。避妊具をつけていたようなので、DNA検査もあまり期待はできない」

豪太郎が顔を顰めながら話した。損傷……まだ小学生なのだ。あまりに酷すぎる。

「つまりこういうことですか。七年前は中島が主犯で、背の高い男は従属犯だった。だが今回はそいつが主犯で、声をかけに車外に出てきた小太りの男は、長身の男に唆され、誘拐を手伝っただけの可能性があると」木原が豪太郎に尋ねた。

「現時点ではその公算が大きい。だけど前回も今回も長身の男は見てただけという可能性だって消せない」

「見てるだけで興奮する人間もいるっていいますものね」

「見てるだけだろうが、唆されて拉致に協力しただけだろうが、いたいけな少女が暴行されたんだ。そいつだって暴行犯と同じ異常者だ」

豪太郎の強い言葉に祐里も「そうですよね」と声が出た。

頭にテレビで見た高宮まみの顔が浮かんだ。前日、新聞各紙に載った写真は中学二、三年生と言われても信じそうなほど大人びて見えたが、この日画面に映った写真ではランドセルを背負い、ピンクのタンクトップに、白いスカートを穿《は》き、友達二人と一緒に笑顔でピースサインをしていた。紛れもなく女児の顔だった。あの子が必死に抵抗しているのに、二人の男が無理矢理襲った。そして泣き叫ぶなか暴行した。想像しただけで虫酸が走り、怒りが止めどなく湧き上がってくる。

「それで藤瀬、目撃談が出た寺の周辺はどうだ。久喜の刑事課長からは、他に新しい目撃談は出てこなかったか」

「まったくないそうです。関さんたちはどうですか」

「俺も木原も岡田も残念ながら収穫はなしだ。和手さんにそう連絡しといてくれるか」

はいと返事はしたが、気は重かった。

昨夜、警視庁キャップの和手から電話があって、警視庁と支局との連絡係を頼まれた。

豪太郎はまた辻本を怒らせたようだった。質問事項をメモにして強引に渡し、書いてある通りに質問してくれと言いつけたそうだ。記者同士が聞いてほしいことをやりとりすることは珍しくないが、相手は先輩の警視庁サブキャップなのだ。もう少し辻本の顔を立てる方法を考えられなかったのか……。

「木原、岡田、明日も早いんだろ。もう帰っていいぞ」

「はい」

深夜の一時とはいえ、豪太郎にしてはずいぶん優しいではないかと驚いた。

「では、お先です」「失礼します」二人が姿を消してから、祐里は聞いた。

「二人はどこを取材しているんですか」

「木原は去年まで県警の広報課長だった大宮署の署長だ。一年キャップやってそんな部外者しかネタ元がないのは恥ずかしい話だけどな」

「大宮クラスの署長だったら情報が入ってくるんじゃないですか」

「朝晩通って、ピンで聞いてるみたいだからな。これだけの事件が起きて、他社がピリピリしだしたことで、木原も自分もなんとかしないと、全国紙に移籍しても一生地方記者で終わると尻に火がついたんじゃないか」

「一対一で話が聞けると取材も楽しくなりますからね」

「これでネタでも取ってくりゃ自信もつくんだろうけど、まぁ、そんな甘くはないよな」

豪太郎がまた優しいことを言う。警視庁時代では考えられないほど物分かりが良くなったようだ。

「岡田君は久喜署長のところですか」

「他に現場に出ている所轄の刑事宅にも行かせている。その刑事の家は埼玉北部にあるから、浦和から車で一時間くらいかかるみたいだな」

「刑事って岡田君が開拓したんですか？」

「最初に俺と一緒に目撃者の家を回っている時に偶然出くわした。俺があの刑事の顔を覚えて取材に行けと指示したが、名前や家を探したのは岡田だ」

「彼、なかなかやるじゃないですか」

「俺も木原より期待してたけど、やっぱり一年生だ。その捜査官を見つけてから名前を知るまで二日、家《ヤサ》を見つけるまでさらにそれから一週間以上かかった。今朝、初めて自宅に行ったと言うんだから、時間がかかりすぎだ」

「二週間かからないで取材まで漕ぎ着けたら優秀な方ですよ。社会部では一ヵ月通ってようやく会話ができたなんて記者もいますから」

「そんなこと言ってたら事件は解決しちまうよ」

豪太郎の基準ではそうなのだろう。夜回りをしたところで、門の外で他紙に混じって話を聞くだけでは豪太郎は取材と認めない。最低でも一対一で話し、早いうちに家の中に入れてもらえ。そこまで打ち解けて会話をすることで、ようやく向こうもネタを教えてやろうという気になるんだ——警視庁時代のマツパクは、いつもそう豪太郎から叱られていた。

豪太郎から「刑事に会ったら、目で合図してくれたおかげで、ガセネタに振り回されなくて済んだと言って打ち解けろ」と教えられたことを、岡田は刑事を前にして失念してしまったそうだ。「せっかく懐に入り込むきっかけまで教えてやったのに」と豪太郎は呆れていたが、新人記者なら仕方がない。現場を歩く刑事は、体全体から近寄るなという威圧感を発していて、睨まれた途端に若い記者は足が竦《すく》んでしまうものだ。

「墓参りに来た人からネタが取れたのは岡田君のおかげじゃないですか」

「あんなのはラッキーパンチだよ」

この分だと岡田はずっと叱られ続けているのではないか。おまえはジャーナルじゃないんだよ、と得意の文句付きで。

「関さん、一つ質問していいですか」

「なんだよ」

「関さんはどうしてジャーナルって言うんですか」

豪太郎は「そんなの当然だろ」と言い、説明を始めた。

「真実の多くが、誰かの都合によって隠され、捻《ね》じ曲げられているからさ。それらを一枚ずつ引っぺがして真実まで辿り着く。そしてそれらを検証して、自分の言葉で記事にするのが俺たちの仕事じゃねえか」

「それだったら、私だって分かってますよ」

似たようなセリフは豪太郎から何度も聞いたし、祐里だってそう思って仕事をしてきた。

「それに他紙と競争して早く伝えるのも俺たちの仕事だ。一日くらい早く伝えたところでなんの意味があるんだと言う者もいるが、早く書かなければ、メディアはなんでも公式発表を待つ。それこそ権力の思い通りだ。どうでもいいことだけ伝えられて、不都合なことは隠されてしまう」

それも何度も聞いた。

「私が聞きたいのは違うんですよ。どうして関さんは『ジャーナル』と言うんですかということです。取材精神のことを言うなら、ジャーナルではなくジャーナリズムですし、きちんと取材する人間を指しているのならジャーナリストでいいじゃないですか。ジャーナルだと〈日刊紙〉という意味になってしまいますよ」

「確かに意味としてはそうだわな」

「じゃあ、どうしてジャーナルなんですか」

「それはやっぱり、俺たちは新聞記者だからだよ。ジャーナリストのように、時間をかけて、相手の懐に深く入り込んで、すべてを聞き出すことも大事だけど、俺たちには締め切りがあって、毎日の紙面も作らなければいけない。きょうはネタがありませんと言って白紙の新聞を出すわけにはいかないからな。〈時間をかけず〉かつ〈正確に〉と相《あい》反する二つの要素を求められる」

「それでジャーナルなんですか」

はっきりと理解したわけではないが、日々の紙面作りという意味では、新聞記者は他のジャーナリストと少し違う。

「もう一つ理由がある」豪太郎が急に目線を遠くに向けた。

「なんですか、理由って」

「うちの親父の口癖だったんだよ。テレビでジャーナリストって名のついた人間が、たいした取材もせずに偉そうなことを語ってると、いつも『こいつらジャーナルじゃねえな』と呟いていた」

豪太郎の父親は夕刊のタブロイド紙の記者だったと聞いたことがある。大学生の時に亡くなったらしい。

「親父はたまに家で報道番組を見ていると言ってた。『おいおい、おまえらなに言ってるんだ、こんな時間にテレビに出てたら真実なんて暴けねえだろ』って」

「こんな時間って？」

「真実は真夜中に出てくるというのが親父の持論だったんだ。だから、毎晩家に帰って家族団らんで温かい飯を食ってる人間に、ろくな記者はいないって……まあ、これは取材にかこつけて取材相手と飲み歩いていた親父の言い訳みたいなもんだけど」

声に出して笑う。だけどどこか懐かしそうにも聞こえた。

「ジャーナルはお父さんの口癖だったんですね」

「うちの親父はあまり学がある方じゃなかったから、俺も最初はジャーナリズムと言い間違えてるのかなと思ったんだよ。それで亡くなる三ヵ月くらい前、コタツで横になってテレビを見てた親父に『言葉の使い方間違ってんじゃないか』と聞いてみたんだ。だけど親父はちゃんと違いは分かっていたよ。ジャーナルと言っていたのは親父らしい理由があった」

「理由ってなんですか」

「自分のことをジャーナリストなんて呼ぶのは、なんかこっぱずかしいじゃねえか。俺にはジャーナルで十分だって言ってたよ。親父がそう言ってたから、俺もジャーナルと言うことにしたんだ」

そう言った豪太郎もまた照れ臭そうだった。

22

深夜に帰宅した博史は、部屋の電気をつけないまま寝室に向かった。熟睡している妻の真帆を起こしてしまっては申し訳ないと、物音を立てないようにそっと扉を開けた。入ってすぐのところにベビーベッドがあり、黄色の豆電球の下で茜の寝顔が見えた。すやすやとよく眠る娘の顔を見ていると、仕事中に張り詰めていた緊張感がほぐれていった。

ただ目を瞑っているせいか余計に茜の額に残る傷が気になった。早く傷が消えてほしいという願いをこめて、娘の額に静かに指を置くと、茜が口を動かし、慌てて指を離した。目覚めることはなかったが、茜は眠りの中にいるまま笑顔になった。楽しい夢でも見ているのだろう。なにか喋りかけてきそうにも思えた。

深夜の三時。以前なら夜泣きをしていた時間帯だが、それはほんのわずかな期間で、年中睡眠不足の真帆を困らせることはなくなった。

娘が安心して眠る表情を目に焼き付けてから寝室の扉を閉め、ダイニングに戻って灯りをつけた。冷蔵庫から缶ビールを出して座り、持ち帰った朝刊を鞄から取り出す。そして缶のまま飲みながら一面の記事を追いかけた。

きょう、博史は初めて一面を担当した。

デスクが横に付いたが、特別なことは指示されず「思うようにやってみろ」とレイアウトも見出しもほとんど任せてくれた。

丁寧にやったつもりだが、経験不足の博史が作るレイアウトはまだまだ隙間を完璧に埋められず、デスクの手直しは相当入った。それでも最初に関わった一面としては満足している。見出しもうまく作れた。これが明るいニュースならもっと良かったが、この日のトップニュースも女児誘拐殺害事件の続報だった。

亡くなった高宮まみの祖父がマスコミにコメントを発表したのだ。

今回のことは我々家族も大変ショックで、とても受け入れられないことです。娘も親として責任を果たせなかった自分を激しく責め、苦しんでいます。世間からいろいろなご批判があるのは承知しておりますが、今は私たち家族をそっとしておいてください。どうかよろしくお願いします。

夜の仕事に追われて娘が帰っていないことに気付かなかった母親への風当たりは、遺体発見後、さらに強まった。ネットでは実名や学生時代の評判、男性関係までが報じられている。悲しみにくれているにも拘《かか》わらず、まるで母親は加害者のような扱いを受け、祖父は世間に謝罪している。

七年前の遺族の顔を思い出した。あの時の家族も、容疑者を恨むとともに子供を危険に晒してしまった自分たちを責めていた。一件目の伊勢原の女児の父親はマスコミの前で何度も「すみません」と頭を下げた。八王子の女児の父親はマスコミの質問に受け答えしている最中に泣き出した。

容疑者逮捕を中央新聞がスクープした日、伊勢原の遺族宅を訪問した博史は、初めて家の中に上げてもらえた。仏壇の前で父親は博史の両手を握り、「ありがとうございます、松本さん。本当に良かった。私のように娘を失って悲しむ父親がこれ以上出なくて……」と涙を流して感謝した。

父親が握ってくる力を受けながら、博史は休みも取らずに取材を続けてきて良かったと心の底から思った。当時と同じ思いで、豪太郎や祐里は今も事件を追い続けているのだろう。

だが浮かんだ遺族の顔を、かぶりを振って消し去り、そこに茜や真帆の顔を重ね合わせる。

社会部記者への未練を断ち切ったのは誤報で被害者家族を苦しめたからだが、娘を失った父親たちを見て、自分にも守るべき家族がいると気づいたせいもある。自分が家庭を顧みず仕事に夢中になっていて、もし真帆や茜が同じような目に遭った時、誰が守る。

俺はもう社会部ではないんだ、事件記者ではないんだ。真相を探るのは仕事ではない。記者が送ってきた記事を紙面という形にして読者の元に届けるのが仕事なのだ。

もう一度、自分が作った紙面を見た。見出しに読めない漢字がないかチェックした。段が変わった時、続きがどこにあるのか読者を混乱させていないか記事の流れを確認した。

最後に薄灰色の紙面が暗すぎて読者の読む気が失せないかどうか、紙面を目から離して全体の色合いを見た。紙面を隅々まで見渡しながら、これが今の俺の仕事なのだと、自分に言い聞かせた。

「お疲れさま」

寝室の扉が開いてパジャマ姿の真帆が出てきた。博史は慌てた。机の上の新聞の一面をめくり、政治面に移す。事件のことは真帆も当然知っているが、こういう記事は幼い娘を持つ母親にはあまり見せたくない。

「起こしちゃったんだね。ごめんね、目が覚めたら悪いなと思ったんだけど」

「ううん、なんか眠れなくて、寝てるのか起きてるのか分からないような状態だったから」真帆は笑顔を浮かべた。「私もビール貰おうかな」

「こんな時間に飲んだら余計に眠れなくなるぞ」

真帆は酒に弱く、飲み過ぎるとすぐに気持ち悪くなる。

「いいの、いいの」

そう言うので、博史は立ち上がって冷蔵庫からもう一本、缶ビールとグラスを取ってダイニングテーブルに戻ろうとした。その時には真帆は博史が飲んでいた缶に手を伸ばし、口を付けていた。小さな喉仏が気持ちよさそうに二度動いた。

「大丈夫かよ、そんなに一気に飲んで」

た。

「平気よ。喉渇いてたから」

飲みかけは真帆に渡して、博史はもう一本のプルタブを引き開けてそのまま口を付けた。

「相変わらず副編が職場の空気を乱してるのか」

嫌なことでもあって眠れないのかと思い、尋ねてみた。

「あの人は仕事ができないで口ばっかりだとみんなが思ってるから、大丈夫よ」真帆は博史の目を見ながら答えた。

「そうか」

すぐに視線を缶に落として口に運ぶ。昔はいつまでも見つめ合うことができたのに、今は気恥ずかしくなってすぐに逸らしてしまう。

「ねえ、博くん、社会部に戻っていいからね」

真帆の声に博史はビールに口をつけたまま顔を上げた。

「やりたい仕事をやっていいんだからね」

「なに言ってんだよ。俺は希望して整理部に行ったんだぞ。きょうだって一面を担当したし、異動して一年ちょっとで一面を任されるなんて異例の早さなんだから」

言いながら開いた紙面を元に戻し、この日作った一面を出す。真帆は紙面に目も向けなかった。

「博くんが整理部で一生懸命頑張ってるのは知ってるよ」

「別に茜のためとか、育児をするとかで、異動願いを出したわけではないからね」

「それも知ってる」

「だったらどうしてそんなこと言うんだよ」

「それでも現場の記者の方が良かったと思ってるでしょ」

「そんなことないよ」

否定したが、博史が社会部内での競争が嫌になって逃げ出したと、真帆の目には映っているのかと思った。

「ねえ、私、最近考えたんだけど、やっぱり女は出産すると、元の仕事に戻るのは難しいわよね」

「どうしたんだよ、急に。会社で嫌なことでもあったのか」

心配になって聞いたが、真帆は「ううん」と首を大きく横に振ってから「むしろ、その逆よ」と続けた。

「みんな私に遠慮して、飲み会の話とかもしなくなったし、きょうだってこれまでは午後四時からやってた会議が、午前中から始まることになったのよ。昨日徹夜してた人もいたから、私がその立場だったら、きっと文句を言ってたけど、誰も言わないの。そう言えば昨日、後輩の女の子に『明日は旦那が遅いから私が娘を迎えに行かなきゃいけない』って話したのよね。だから彼女が編集長にかけ合ってくれたんじゃないかな。なんだかそんなことを考えたら、ああ、私が社内の仕事効率を悪くしてるなって反省したってわけ」

「それなら気にすることはないだろ。午後より午前中の方が頭は働くっていうし、そういうのは助け合いというか、真帆だって人が困ってる時に融通を利かせることがあるんだから」

「他にもいろんなところで気を遣われているなって思うのよ。復帰してから面倒臭いライターの担当はやらされなくなったし、時間のかかる仕事を命じられることもなくなったし」

言われたところで、真帆が何を悩んでいるのかが分からなかった。配慮されないよりされた方がいいではないか。新聞社でも子供のいる女性記者は「会社は働く女性のことを考えてくれない」としょっちゅう文句を言っている。

「でもそういう助け合いがある職場はいい会社だと思うけど」

「だからそうじゃないんだって」

「なにがそうじゃないんだよ」

「さすがに二度目の育児休暇となると、言い出しにくいじゃない」

「えっ、二度目って」

博史は思わず真帆のお腹を見た。くすっと笑い声が聞こえた。

「まさか、できてるわけないじゃん」

そうだった。しばらく肌も合わせていない。妊娠しているわけがなかった。「そうだよな」と言ったが、口にしてから自分の顔が火照っていることに気付き、目も合わせられなくなった。

二人とも一人っ子で育った。とくに実家が美容院を経営していた真帆は、一人で過ごす時間が寂しかったと話していた。だから結婚したら必ず子供は二人作ろうと話した。

「もし二人目ができたとなると、今度はさすがにやめなきゃいけないかもしれないでしょ?」

「そこまで思い詰めることはないんじゃないか。育児休暇は当然の権利なんだし、二回くらい取るのは今は普通だろ」

「そりゃ今はそうしないと会社が非難されるから、仕方なしに認めるけど、本音をいうなら、まだ子供が小さいからって楽な部署に替えて、仕事を教えて、やっと覚えたと思ったらまた休暇よ。仕事教える方も嫌になるわよ」

「そのうち真帆が教えることもあるわけだし」

「でももういいかな。休ませてもらうのは」

茜を託児所に預けていることを気にしているのだろう。額の傷も関係しているのかもしれない。真帆にはやりたいことを続けてほしいが、本人がもういいと思うのなら無理に続けることもない。

「それならもう仕事はいいと思った時、やめればいいんだよ。別に俺の給料だけでも贅沢しなければやっていけるだろうし、それでまた働きたくなったら出ればいい」

「うん、そうだね。今は人手不足だから、フリーランスでもいくらでも雇われてるし」

「真帆の能力ならどこでも雇ってくれるさ」

ビールを飲み終えた真帆の頬がほんのりと赤く染まり、艶《あで》やかに見えた。「博くんは本当に優しいね」そう言って目をじっと見られた。もしかして久々に誘っているのかな、と思ったが、真帆は細い腕で空になったアルミ缶を力を入れて両手で潰した。

「ありがとう。飲んだおかげで眠れるかもしれない」真帆が椅子から立ち上がった。

「明日も早いの？」

「そうなのよ。入稿が遅れてて、午前中に入れなきゃなんないの」

「それなら俺が片付けておくから、もう寝たら」

「じゃ、お願いして、寝るね」

真帆は手を振って寝室に戻っていく。彼女の後ろ姿を見ながら、博史は自分にできることをもう一度頭の中で考えてみた。

翌日、会社に着いた博史は、自分がこの日座るデスクに荷物を置いた。きょうは文化面担当なので、席も文化部デスクの近く、編集局内でも端の方だ。

荷物を置いてから社会部のヤマに近づいていった。デスクの他に五人ほどの記者がいる。なにかあったら現場に行けるよう待機しているだけなのだが、それでも整理部より活気に溢れているように見えた。

「健一郎《けんいちろう》、ちょっと」

五人の中から新聞を読んでいた松本健一郎を呼んだ。編集局の中では唯一同姓である同期である。

「なんだよ、マツパク」

支局から社会部に上がった最初の部会で、この男が「マツケンと呼んでください」と挨拶したせいで、博史は「マツパク」と呼ばれるようになった。

同期のうち社会部に配属されるのは支局での仕事ぶりが評価された三分の一程度なので、普通は親密になるものだが、健一郎は口も利いてこなかった。それは博史が警視庁の捜査一課を担当させられたのに対し、健一郎は仕事が地味な農水省担当だったことが理由だろう。その証拠に去年夏、博史が整理部に異動した途端、急に「マツパク」と呼ぶようになり、上から目線で見出しに注文をつけたりするようになった。

博史が文化部のある方向の窓際へと歩くと、健一郎も後ろをついてきた。ここなら柱に隠れて社会部からは見えない。文化部の記者は席を外していたので会話を聞かれる心配もなかった。

「健一郎、おまえ、女児殺害事件の取材班に入ってんだろ？」

「そうだけど、それがなんだよ」

「俺の知ってる幹部の自宅、夜回りかけてみたらどうだ」

「幹部って警視庁のサツ官か」

「いや、今は本庁を離れて所轄の生活安全課にいる」

そう言って、ズボンのポケットの中に手を入れた。警察官の名前と住所を書いたメモを入れていたが、メモを摑んだところで「生安なんて全然意味ないじゃねえか」と言われて出しそびれた。

「でも以前は本庁の七係にいたんだぞ」

「もう刑事部から離れた人間だろ？　そんなとこ行ってもしょうがねえよ」

「違うんだよ、今回のことだけじゃないんだ」

ここまで言うつもりはなかったが、まともに聞いてくれないのだから仕方がない。

「健一郎は七年前の事件で、俺たちが二人組って書いたのを覚えてるよな」

「ああ。だけどあれは否定されただろ」

「会見ではな。だけど逮捕されてから半年以上経って、その刑事、うちの記事をまんざら間違いではないと言ってたんだよ」

「そのサツ官、捜査本部に絡んでたのかよ」

「合同捜査本部ができた時から入っていた。警視庁が真っ先に送り込んだくらいだから相当なやり手だ」

「本部にいたんなら、その場で主張すれば良かったじゃないか」

「言えるほどの根拠はなかったんだよ」

「なんだ、根拠なしかよ」

白けた顔をする。

「でもやり手の刑事がそう感じたからには、それなりの理由があるはずだ」

「理由ね」健一郎はにたにたと笑い、本気にしようとしない。

「あの事件については、考えれば考えるほど疑問があった。捕まる前は相当な知能犯ではないかと言われていたのに、捕まったら幼稚な男だった。三件目の藤沢では、女児を丹沢の小屋に連れ込んで買い出しにいって、そこで職質されて捕まったんだ。そんなヤツがあそこまで用意周到に犯行を重ねられると思うか？　今思えば不自然な点も多かったんだよ。三ヵ所で犯行が起きてるのに、中島の目撃談はまったくと言っていいほどなかったわけだし」

「おまえはどうしても二人組にこだわりたいみたいだけど、それがはっきり目撃されたのは埼玉の未遂だけだろ？　足立の現場周辺ではそんな証言出てきてないんだぞ」

暴行跡でいうなら今回は単独犯だ。それは七年前も同じだった。

「それでも足立で手がかりが出ない以上、埼玉の事件も、そして七年前の事件も一応調べる価値はあると思うんだよ。七年前も今回の足立の事件も、犯罪の種類としてはよく似ている。そして七年前が二人組なら、埼玉の二人組が足立の事件に関わっている可能性が高くなる」

「いい加減にしろよ。そもそも埼玉と七年前とを結びつけることからして無理があんだよ。埼玉は未遂だ、殺人事件と一緒にするな」

「たまたま女の子が逃げたせいで未遂で済んだだけだ。運が悪ければ埼玉の二人も連れ去られて殺されていた」

博史が口調を強めたことで、一瞬、黙り込んだ健一郎だが、すぐに目尻に皺を寄せた。

「マッパク、おまえ、もしかして社会部に戻りたいのか？」

「別にそんなことは考えてないけど」

「それなら余計なことを言わない方がいいんじゃないのか。今さらアピールしたって仕方がないし、おまえはもう社会部じゃなくて整理部なんだし」

「別に俺はアピールしてるつもりでは……」

言っている途中で、健一郎は「じゃあ、いいじゃないか。こんなところでわざわざ出しゃばらなくても」と言ってきた。「俺はこれから捜査本部に行く。悪いけど時間がないんだよ」

そう言われると、これ以上話す気も失せた。

松本健一郎は得意顔で背を向け、社会部の席に戻っていく。同期の背中には自己顕示と優越感が溢れているようだった。

その背中を見ながら、博史はポケットの中で掴んでいたメモを力一杯握り潰した。

23

女児の遺体が発見されて四日目の朝、豪太郎はいつものようによく冷えたアイスコーヒーを胃に流し込んでから、埼玉県警の捜査一課長宅に向かった。すでに他紙もキャップクラスが顔を揃えていた。

一課長は口が堅いので、話したところで成果がないのは分かっている。それでも豪太郎が来ているのは、どうしてもぶつけたいネタがあったからだ。

昨夜、久喜の刑事課長宅に夜回りをかけた藤瀬が興味深いネタを持ってきた。

「関さん、埼玉県警が警視庁に人を派遣するみたいですよ」

「協力態勢を取るってことか」

「実際に捜査に関わるのか、それともオブザーバーみたいなものなのかは、課長は分からないと言っていました。でもすでにきょうから人が入っているようです」

すでに入っている――うちの警視庁担当はなにをやってるんだと思ったが、多数の捜査員の中に他県の捜査員が入っても分からないのかもしれない。

「それって、どっちから言い出したんだ」

「当然、警視庁が要請したのだと思いますけど」

藤瀬が、「和手さんとの情報交換で伝えますか」と聞いてきたが、豪太郎は「明日、一課長にぶつけてからにしよう」と言った。

いつものように官舎の外で待って、順番で聞きに行くことになった。豪太郎は最後になった。

毎朝新聞のキャップが話し終えたので、入れ替わりで官舎の敷地内に入っていく。

「おはようございます」

真夏にもかかわらずネズミ色のスーツをまとった一課長にお辞儀をした。向こうはけっして頭を下げてはこなかった。

「例の助手席に長身の男が乗っていた黒い車、その後、Nシステムで引っかかりましたか」

「それは昨日もここで答えたはずですよ」

「ですけど、お答えいただいてから一日経ってます」

口調がきつ過ぎたのか、一課長がメタルフレームの眼鏡のブリッジを持ち上げ、睨んできた。

「すみません。うちとしては書いてしまった以上、追いかけなくてはならないネタなもので」

「あなたたちが早とちりするからですよ」

「そうですね。警察が捕まえたのが小柄な二人組だったらと想像すると、寒気がします」

「でもあなたが追いかけているのは、七年前の事件の二人組のことでしょ」

予想もしていなかったことを口に出され、少し驚いた。

「よく分かりましたね」

動じていないと見せるように意図的に笑みを浮かべて答えた。背後では他紙のキャップ連中が、豪太郎たちがどんなやりとりをしているかじっと観察している。豪太郎は背を向けており、一課長もあまり口を動かさずに小声で会話してくれているが、それでもおかしな反応をすれば余計な勘繰りをさせてしまう。

「あなたが七年前に二人組と書いたんですってね。あなたはその線をまだ消してなくて、今回も同一犯だと決めつけておられるんでしょ」

「別に決めつけているわけではないですよ」

「でも、その線で探っておられるのは事実でしょ」

「ええ、可能性があると考えていることは否定しませんが」

一課長は誰から聞いたのか。七年前の事件を持ち出して話した相手は数人しかいない。捜査一課の知り合いの刑事と、藤瀬祐里に任せている久喜署の刑事課長、そして山上管理官……知り合いの刑事や所轄の刑事課長が本部の一課長に進言することはないだろうから、考えられるのは山上一人だけだ。

「課長はどなたから聞かれたのですか」一応聞いてみた。

「そんなことは言えませんよ。あなたたちだって私たちが聞いたらそう答えるじゃないですか」

一課長はすげなかった。

「でしたら僕の方でもう少し本音を話します。七年前のネタ、書いただけでなく、聞いたのも僕なんです。藤沢の事件現場周辺で、小学二年生の男児が、二人乗っていたのを目撃しています。運転手の人相は、逮捕された男とよく似ていました」

男児の好きなお笑いタレントに似ていたことで印象に残っていた。ただしはっきり中島と断定できたわけではない。

「その子供、後の警察の調べでは発言を撤回していますよね」一課長は他県の捜査までよく調べていた。

「撤回したわけではないです。よく覚えていないと言っただけです」

豪太郎は言い返す。もう一度会おうとしたが、親が会わせてくれなかった。

「しかもその子、警察の調べに助手席に乗っていた人間の顔はよく見ていないと言ったんでしょ。そんなに背が高ければ子供だって気にするんじゃないですか」

「運転していた中島に気を取られていたようですから、よく見ていなかったということもあるかと」

「気を取られていたのなら、助手席に人が乗っていたことさえ見ていなかった可能性があるんじゃないですか」

しっかり理論武装してきたようで、一課長は豪太郎が反論しづらいところばかりをついてくる。

「でも見たと証言したからには見たんだと思います」

「子供の証言をそこまで信用していいんですかね」

「では課長、率直にお聞きします。課長は僕の取材が危険で見当外れだと思われますか」

「危険ですね」少しは悩むかと思ったが、すぐに言われた。「七年前は管轄でなかったですからとくに何も言えませんが、それを今回に結びつけるのは少々強引すぎると思いますよ」

「そうですかね」

「もしあなたがそんなことを紙面に書いたら国民は混乱するでしょう。なによりも七年前の被害者だっていい気はしない」

「まぁ、それは分かります」

一課長の目をよく確認する。レンズの奥の細い目には変化がない。埼玉県警がよく調べた上で、七年前は単独だったと断定できたのか、それとも少しくらいは疑っていて、捜査妨害されないように嘘をついているのか、目を見ただけでは判断がつかなかった。

「では質問を変えます。昨日から埼玉県警の捜査員が警視庁に入っているようですが、捜査員を派遣したということでよろしいですか」

「派遣じゃないです。情報提供に出しただけです」

今度もまた、目が泳ぐことはなかった。

「別に合同捜査とは書きませんよ。でも派遣をしたのなら、それは捜査が一歩進展したことに繫がります」

「進展したなんて書かないでください。そんな大袈裟なものではないですから」

「お互いが協力して解決に向けて努力している、と書くくらいならいいのではないですか。埼玉の警察官が、東京の事件のために汗水垂らして働いていると知れば県民も納得するでしょうし」

「それも困ります。あくまでも事務的なものですから」

「本当に事務的ですか」

「このレベルでの協力というのは、どこの都道府県警でも頻繁にやっていることです」

「僕はあまり聞いたことはありませんが」

「いちいちあなた方に伝えていないだけです。警視庁がなにか発表したわけではないのに、うちの県からそんな事実が出たら、向こうに迷惑がかかります。少なくとも警視庁が発表する前に書くのはやめてください」

「分かりました。質問は以上です。ありがとうございます」

これ以上話しても無駄だと豪太郎は退いた。

歩きながら一度だけ振り返る。一課長は眼鏡の位置を直していたが、やはり表情は変わっていなかった。


夜、豪太郎は山上管理官の自宅に向かった。

さすがに二度違反切符を切られるわけにはいかないとタクシーを使う。十五分ほどで山上は帰ってきた。「疲れてんだ。きょうは短めにしてくれ」山上は立ち話での取材を望んだ。

「今朝、一課長からうちが七年前の事件と関連付けて取材していると言われました。それを一課長に伝えたのは管理官ではないですか」

官舎の薄い街灯の下で山上の顔をしっかり見て疑念を吐き出した。

山上は威圧感のある目で豪太郎を見返してきた。豪太郎も気圧《けお》されることなくその目を見返す。

「言ったのは俺だ」

あっさり認めた。覚悟していたとはいえ、ショックだった。記者はネタ元を明かさない。そして記者との信頼関係を築いた警察官もまた、たとえ上司に聞かれようが記者が来たことは知らせない。なのに山上は豪太郎の名前まで明かした……。

「どうしてですか。僕は管理官がそんな軽い人とは思わなかったんですけど」

軽いと言ったことに、暗がりで眼が光った。だが言葉はない。

「なんとか言ってください。僕は管理官だから話したんですよ」

「あんたはどうしてそこにこだわるんだ。自分が昔書いた記事が誤報だと言われたからか。書いた記事が正しかったと証明したいのか」

「もちろんその気持ちはあります。でも証明したいだけではありません。むしろ僕が感じているのは責任です」

「どういうことだ？」

「二人組だと書いておきながら、もう一人の犯人についてそれ以上追及しなかった。だからもしもあの時の片割れが今回の事件を起こしたのなら、それは新聞の責任であると思うんです。いえ新聞ではありませんね。書いたのは自分ですから、僕の責任です」

「そりゃ大した正義感だな」

「書いておきながら、たった一度否定されただけでほっぽってしまったんですから、怠慢と言ってもいいくらいです」

実際は誤報で一課担から外されたため、それ以上取材ができなかった。それでも再調査を頼まずに放っておいたのだから同じことだ。

「管理官が僕のことを話された理由が、僕と同じく七年前との関連を疑われているからであり、警視庁や神奈川県警に協力を要請するため、あえて一課長にご忠言した。そうおっしゃるのでしたら、僕だって納得しますが」

「馬鹿なことを言うな。捜査はそんなに簡単にいくものではない」即座に撥ね返された。

「それに俺はあんたの説を完全に信じているわけではない。他県のこととはいえ、警察がそんな杜撰《ずさん》な捜査をするとは思えん」

「それならどうして一課長に話したのですか」

ポイント稼ぎですか？　そんな言葉も浮かんだが、さすがに飲み込んだ。

「課長に連絡があったんだよ」

「連絡って、どこからですか」

「警視庁だろう。課長から、埼玉で七年前の事件について嗅ぎ回っている記者がいるかと聞かれたから、俺は『います』と答えただけだ」

「警視庁が本気になって七年前の事件と関連付け始めたということですか」

「それはない。それなら向こうがこっちにも出向いてくる」

「じゃあ、なぜ埼玉に連絡してきたんですか」

「あんたみたいな記者が東京にいて、警視庁にぶつけたんじゃないのか」

東京でも同様の取材をしているということか。だがそれがどこの誰か想像もつかない。

「それなら少し理解できました。一課長に聞かれて、いると答えたのは分かります。でもなにも僕の名前まで出すことはないんじゃないですか」

「そこまで聞いて名前を聞かない人間がどこにいる。あんたたちだって、そういう問答になったら、同じことを突っ込むだろう」

「それなら、僕の名前を出した時の一課長の反応はどうだったんですか？　七年前の事件に興味を持たれましたか」

「課長の反応まであんたに言うわけにはいかん」

「それはないでしょう。僕の名前を出しておいて」

「俺は警察官だ」

つまり一課長は身内だが、記者は他人だと言っているのだ。

「では管理官ならどうされますか。さっきは僕の説を完全に信じているわけではないと言いましたが、じゃあ無視ですか」

「無視ではないが、そういう意見もあると頭に入れる程度だ」

「では足立の事件との結びつきはどうですか。埼玉の二人組の仕業とは考えていませんか」

「捜査本部は東京だ。俺が個人的な見解を言うわけにはいかん。話すのは合同捜査本部になってからだ」

「合同捜査本部はできますよ」

豪太郎が断言すると、山上は目を剝《む》いた。

「被疑者はすでに次を考えています。東京は捜査の手が回っているから、被疑者は必ず埼玉に戻ってきて次の罪を犯します」

半分はハッタリだった。だが、そう思う気持ちは強い。七年前がそうだった。神奈川─東京─神奈川、警察が追いかけていく逆手をつかれた。

「管理官だってそう考えて警戒されているんではないですか」

「適当なことを抜かすな」

「適当ではありません。記者の勘です。刑事に勘があるのと同じです」

「俺たちは勘などで捜査はせん」

「では勘ではなく備えという言葉に言い換えます。僕ら支局記者にとっても埼玉は縄張りです。自分の縄張りでまた同じ事件が起きたら、僕らの恥でもあります」

「それは俺たちに対する皮肉か」

「お巡りさんが県内の幼い子供がいる家庭を一軒一軒訪問しているのは知ってます。パトロールに人数をかけてるのも、刑事がいまだに現場周辺を歩き回って聞き込みをしてるのも聞いてます」

「知ってるなら余計なことは言うな」

「おまえらは邪魔だからなにもするな、なにも書くなと言いたいんですか。そういう態度に出られたらこっちだって協力できることもできなくなりますよ」

さすがに最後は言い過ぎたと口にしてから反省した。朝からずっと心の中がもやついていて、ふとした弾みで余計な言葉が出てしまう。その時になって山上の大きな涙袋が普段にもまして黒ずんでいることに気づいた。目も充血していた。それでも豪太郎は質問を続けた。

「ところできょうここに来たのは、お聞きしたかったことがもう一つあるからです。警視庁の捜査本部に県警から捜査員を派遣されましたね」

一課長に聞いた後、豪太郎は改めて調べた。待機中の班から班長が一人、その下の有能な巡査部長二人の合計三人が派遣されていた。なにが情報提供だ。捜査本部入りと書いても語弊のないほど、三人とも埼玉が誇るトップ級の戦力だった。彼らはしばらく専従するようだ。

山上の返事がないので「誰が派遣されたかここで名前を言ってもいいんですよ」と言った。

「そのこと、課長にぶつけたか」

「確認しました。派遣ではなく情報提供に出しただけと言われました。このレベルでの協力は、どこの都道府県警でも頻繁にやっていると。警視庁がなにも発表していないのに、新聞に出たら向こうが迷惑するから、なにも書くなと言われました」

「そこまで言われたのなら書かないのが賢明だ」

「僕は嘘をつかれたようなものですよ。一課長は、事務的なものだと言いましたが、取材して摑んだ三人は事務レベルの職員ではありません。彼らの優秀さは管理官が一番分かっているでしょう」

「行ったからって、どこまで捜査に加えるかを決めるのは警視庁だ」

「ですけど捜査員たちは、これは協力なんかじゃなく、合同捜査だと思って向かったはずです」

「指示を出したのは課長だ。聞きたきゃ課長に聞け」

聞けば聞くほど意固地になっていくようだった。

「では最後にもう一つだけ、例の目撃談の続報を教えてください」

豪太郎は高身長の同乗者について聞こうとしたが、先に山上が話を替えた。

「これから言うことはまだ書くなよ」眉間に深い皺が寄る。

「内容にもよりますが」豪太郎は断りを入れたが、山上が「じゃあ喋らん」と言ったので
「分かりました。しばらく待ちます」と承諾した。

「あんたの言う、黒の中型セダンをNシステムで徹底的に洗っている。場所は……言わなくても分かるよな」

「埼玉東部から足立区に向かう幹線道路ですね」

「黒いセダンなど何百、何千台もあった」

「他にも特徴をお伝えしました」

「ああ、助手席に明らかに高身長の男が写っていた車種があった」

「本当ですか」声が裏返った。「いつですか？　時間は？　女児が祖父母宅から帰った時間帯ですか？」

「…………」

「場所はどこですか。綾瀬周辺ですか」

「…………」

再び沈黙になる。

「ナンバーから所有者の割り出しはできたということですよね」

「……その車は盗難車だった」

「盗難車ということは、犯罪に使われていた可能性が高いってことですね」

「今回の犯罪と関わったかどうかは断定できん」

「盗難自体、立派な犯罪ですよ」

久喜の連れ去り未遂事件の怪しい車は盗難車だった——それだけでも県版ならトップを張れる。

「おい、書かないと約束したはずだぞ」胸の昂《たかぶ》りを読まれたかのように機先を制せられた。

「そうでしたね」

新聞に出た途端に容疑者はその車を乗り捨ててしまうだろう。

「目撃談を取ったのはあんたが先だった。だからその借りを返した。勘違いするな」

「ありがとうございます。そのことは、頭に入れるだけにしておきます」

「他の夜回り先で当てさせたりするなよ」

「部下にも言いませんよ」

信頼できる仲間にはネタを回すのが豪太郎のやり方だが、このネタだけはそういうわけにいかない。

「お疲れのところ、ありがとうございます。では警視庁の捜査本部に捜査員を派遣したことだけを書かせてもらいます」

「おい」眼が光った。「課長に口止めされたんだろ？　それを書けば、二度と俺の元にも来れなくなるぞ」

脅しか？　いや、一課長に自分の元に中央新聞の関口が来ていると伝えているのだ。書けば本当に門前払いされるだろう。

「それでも管理官が業務上、仕方なく僕の名前を一課長に出したように、書くのが僕らの業務ですから」

「捜査妨害になることでも書くのか」

「明らかに捜査妨害になることでしたら考えます。ですがこれは捜査妨害ではなく、警察のメンツの問題です。一課長は、捕まった被疑者が埼玉の未遂事件と無関係だった時のことを恐れているだけでしょうから」

「それが捜査妨害だと言うんだ。警視庁に出向いたうちのデカが仕事しづらくなることも考えろ」

「それはよく精査します。でも捜査妨害になるか判断するのはうちの仕事ですので」

山上の眉がさらに吊り上がった。見開いた目で豪太郎に視線をぶつけてくる。だが強い怒りを感じたのはそこまでだった。

「勝手にしろ」

そう言って、山上に背を向けられた。

官舎の前の細い夜道を、大通りの方向へと歩いた。

書けばせっかく築いた山上との関係が潰れてしまうかもしれない。それでも豪太郎は記事にするしかないと思っていた。

新聞記者に武器があるとしたらそれは書くことだ。取材相手にしてみたら、教えても許可なしには書かない記者の方が安心して何でも話せるに違いない。だが今まで取材相手に対して、書かないと約束して質問したことはなかった。言っても今日のように「しばらく待ちます」程度だ。

書くから記者だ。そして書くために質問している。取材相手にしても、書かれる可能性があるからいい加減なことは口にしないのであって、通常の取材とオフレコ前提の質疑応答とでは、緊迫感も発言への責任も異なる。いつでも書くぞという姿勢を見せつけるからこそ、記者は真実を摑むことができるのだ。

「もしもし、関口ですが」須賀に電話をかけた。

〈お疲れさま、どうした〉

温和な声に尖った心が癒される。

「今、幹部宅の取材を終えたのですが、もう県版は突っ込めないですよね」

時間は十時を回っている。降版時間は過ぎている。

〈県版はとっくに下ろした。内容によっては社会面に載せるよう本社に連絡するが〉

一応、埼玉県警が警視庁の捜査本部に三人の捜査員を常駐させた件を伝えた。社会面で突っ込むかどうかの微妙なレベルだ。それでも載せるなら、社会面の方がありがたい。東京側から漏れたという捉え方もできる。

須賀は悩んでいた。静寂の中に微《かす》かに唸り声が聞こえた。それほどのネタではないと感じているようだ。

「それでは明日の県版にしましょう。もしかしたら昼間に会見があって、県警が発表してしまうかもしれませんけど」

〈いや、俺が社会部にかけ合ってみるよ〉

「ありがとうございます。それなら先に警視庁クラブにも伝えないとまた叱られますから、今すぐ藤瀬に電話させます」

〈ああ、そうしてくれ。その方が俺も後でごちゃごちゃ言われずに済む〉

「ところでデスク、今、取材した幹部に言われたんですけど、警視庁でも記者が七年前の事件との関連性を探っているみたいです。それってうちですかね」

〈聞いてないな。もしそうならおまえにも伝えてくるんじゃないか〉

「そうですよね」

辻本は二人組には興味を示したが、埼玉と足立区の事件が同一犯の可能性があるということには半信半疑だった。辻本に渡したメモにも七年前の事件との関連を疑っていることは書いていない。

だが自分の会社だと思うことからして、自分に都合のいいように考えているのだと反省した。こういう時は他紙も同じことを考えて動き出していると警戒した方がいい。

〈社会面で載せてくれることになったら、すぐに関口に連絡を入れるよ〉

「その時はすぐに原稿を書きます。それでは、きょうはこのまま帰ります」

〈お疲れさん。とりあえず警視庁への連絡だけは忘れないでくれな〉

「分かっています」

ちょうど目の前の通りを空車のタクシーが通りかかったので、手を挙げた。

豪太郎はタクシーに乗り込み、すぐに藤瀬に電話をかけた。用件を伝え「こんなことでいちいちおまえを使って申し訳ない」と謝ると藤瀬からは〈いいですよ〉と言われた。電話を切ると背中をシートに預けた。山上と渡り合った疲労がどっと出てきた。

取材には、その相手を信じるか信じないかという二つの疑念が常につきまとう。疑念なしにすべてを鵜呑みにしては、ジャーナルではなくなってしまう。

嘘をつかれたくないから、毎回真剣勝負になる。向こうが言ってきそうな言葉を先読みし、態度一つになにか意味が込められていないか必死に探る。

警察にも事情があるのは分からなくはないのだが、一度嘘をつかれたら、次に真実を語ってくれるとは思えなくなり、その相手から足を遠ざけてしまう。昔から一度裏切られると、簡単に水に流せないのが自分の欠点だ。

だが、こんな愚痴を父に言ったら笑われそうだ。

サツ官だって所詮は人間だ。騙されても気にせず、翌日いつもと同じ顔をして会いにきゃいいんだ。そうすりゃ向こうだって昨日は悪いことをしたとリップサービスをするものだと。

周りからは図太い神経をしていると言われるが、自分は父とは比べものにならないほど、繊細で器が小さいのかもしれない。

24

「ああ、松本さん、久しぶりだな」

女性警察官の案内で生活安全課に通してもらうと、マッシュルームカットのような髪型をした中年男が、課長の札が立った席に座っていた。

坂洋文《さかひろふみ》、以前は警視庁の捜査一課にいた刑事である。

七年前の女児殺害事件の二件目、八王子の事件現場でよく会った。何度か顔を合わせるうちに「おはようございます」と言うと「きょうも寒いな」などと声をかけてくれるようになった。

ただしそこで事件について尋ねても「本庁に聞いてくれ」と相手にされなかった。それでも脈はあると、博史は自宅を調べて夜回りをかけた。ランニングシャツにステテコ姿で玄関先まで出てきた坂は、博史が出した名刺を見て「ヒロシでなくてヒロフミと読むのか。俺と同じ名前だな」と言った。運もあった。二回目からは玄関の中まで入れてくれるようになった。

「こんなところだけど、まあ、座ってよ」

坂は立ち上がって、生活安全課の真ん中にあるソファーに手を添えた。向き合って座る。事件が未解決の間は厳しい顔をしていたが、終わってからは、いつも大声で、終始笑いながら接してくれた。

真面目に話していても冗談で返されることが多いのだが、付き合っていくうちに分かった。この人は刑事としてのプライドや倫理観を強く持っている。

一度、外で飲んだことがあるが、「記者に金は払わせられねえ」と支払いは坂がした。土産くらいは受け取る警察官が多いが、坂は買っていったケーキに「こういうのはやめてくれ」と険しい顔で言い、突き返された。

坂は「一応渡しておこうかな」と名刺を出した。

立川《たちかわ》署生活安全課課長　警部

考えてみれば、捜査員時代は名刺を貰ったことはなかった。現場を歩く刑事は名刺をくれることはない。だから持っている警察官の名刺はほとんどが警部以上だ。

「すみません。僕は名刺を持ってきてなくて」

整理部員も名刺を配付されるが、人と会うことがないため定期入れを確認してこなかった。一枚だけあった名刺は受付で渡してしまった。

「いいって、いいって。顔も名前も覚えているよ。なにせ俺と同じヒロフミ君なんだからさ。それよりどうしたのよ松本さん、スーツ姿で。きょうは仕事じゃないんでしょ？　ビックリすんじゃない」

会話の最後に、必ずハハッと砕けた笑い声が入る。

「ええ、まあ、でも警察署に私服で行くのもどうかと思いまして」

自宅に行こうと電話をしたのだが、坂の方から署でいいよ、と言われた。その時は、課長として部下を叱り飛ばしている姿を見せたいのかな、とも思った。ちょっとカッコ付けるところも坂の人柄のいいところである。

「そんな気にしなくていいんだよ、警察は別に堅苦しい場所じゃないんだから」

「でもジーンズできたら、ダメでしょう」

「ジーパン、いいじゃないの。俺なんか家ではいっつもジーパンだよ、娘に全然似合わないよって怒られるんだけどさ」

崩れた顔のまま、冷蔵庫に行き、リポビタンDを二本持って来た。

「飲んでよ」と言われたので、いただきますと返事をしてきんと冷えた中身を口に含んだ。

懐かしさが込み上げてきた。家に初めて上がらせてもらった時も、緑茶ではなく栄養ドリンクが出てきた。

「遅くなりましたが、課長就任おめでとうございます」

一口飲んでから、博史は背筋を伸ばして言った。立川署の生安課長になったことを電話で知った時もお祝いを言ったが、面と向かって言ったのは初めてだった。

「これはわざわざ、どうもありがとうございます」

坂も姿勢を正し、頭を下げたが、すぐに顔を緩めて「いやいやいや、全然おめでとうじゃないよ。面倒な仕事ばっか押し付けられちゃってさ」と甲高い声をあげた。

本当に相変わらずだ。これだけ気さくで話しやすい刑事は他にいなかった。

「課長って呼ばないといけないんですね。ついつい班長って呼んでしまいそうになります」

「班長でも全然構わないって。その方が帳場を思い出して俺も張り切っちゃうしさ」

「まだ三十九歳ですよね。その歳で課長は早いんじゃないですか」

「全然、そんなことはないよ。今は三十三、四で警部試験に通って課長になるのもざらにいるからな。まあ、そういうヤツは初めからココのデキがちょっと違うんだけどさ」側頭部を指で突きながら言った。

「ここで生安課長やって、今度は刑事課長ですか。それともまた本庁に戻るんですか」

「それはねえな。俺はほら、もともと生安出身だから」

「そうでしたっけ」

「あれ、話してなかったっけ。交番から上がってずっと生安だよ。刑事課の人手が足んなくなったんで、一番暇ぶっこいていた俺が行かされたんだよ。なんだかんだ言ってるうちに、スイスイと本庁まで呼ばれたってわけさ。本庁もよっぽど人がいなかったんだな」

　また甲高い笑い声が出た。

　それは本音ではないだろう。使えるから本庁の捜査一課に上がったのだろうし、坂は強行班の刑事として誇りを持っていた。

　だけど、ここでそう言ってしまうのは、生安課長のポストを得た坂のプライドを傷つけるような気がして、「生安もいろいろ事件があるから大変ですよね」と合わせた。

「大変だよ。一昨日も家庭内暴力の通報があって、宿直が駆けつけたら、その家に未登録の日本刀があったんだよ。それで銃刀法違反で検挙したんだけど、あれだって、もし事件にでもなっていたら、俺の首が危なかったからねえ」

話し振りだけ見ていたら本気で心配しているようには見えないが、この人のことだから部下にどうして未登録の日本刀があることに気付かなかったんだと叱責したのではないか。捜査一課時代も「ぐだぐだ言ってねえで、早くやってこいよ」と後輩の尻を蹴飛ばしている姿を見たことがある。顔は笑っていたが、足には結構な力が入っていて、後輩の刑事はしばらく尻を押さえていた。

そう思いながらも当時とは坂との間に生じる空気が違うように感じる。馬鹿話をしていても、おかしなことを言えば叱られそうな緊張感があったが、今の坂は穏やかで、なにを言ったところで笑って済ませてくれそうな気がする。博史は目の前の応接ソファーに座る坂の足元に目を留めた。

「あれ、課長、サンダル履いてるんですね」

「ああ、これね、楽ちんだかんな」

「課長が外に出て捜査することもないですものね」

話は合わせたが、心の奥で落胆してしまった。昔の坂はけっしてサンダルなど履かなかった。「俺は身だしなみには厳しいから、だらしねえ格好してたらぶん殴ってやるよ」と言っていた。

――この前、藤沢西署に顔を出したんだけどさ、いやぁ、驚いたわ。刑事がみんなサンダル履きなんだよ。

藤沢西署のトイレに籠った時は、坂の言葉がヒントになった。あの時間帯に革靴の足音がしたら副署長である可能性が高い、それが分かったから待つことができたのだ。目の前の坂を見る限り、管理職になって刑事時代のプライドも消えてしまったように思えた。博史だって記者に対する情熱は消え、整理部に異動してしまったのだから人のことは言えないが。

博史が黙ってしまったことで、坂の方から「で、どうしたのよ、急に会いたいなんてさ」と聞いてきた。

坂には、今は社会部を離れて内勤になったことを伝えてある。しかし坂のことだから顔を見るためだけに来たわけではないとは感じているだろう。

部屋には女性の職員が一人いるだけだった。離れた場所に立っていたので、少し声を落として「女児の殺害事件が起きたじゃないですか」と話を始めた。

慎重な物言いになるかと思ったが、坂は相変わらずの調子で「ああ、大変みたいだな。綾瀬署は」と大きな声で答えた。

「警視庁もじゃないですか」

「そりゃそうさ。今は必死になって、あっちこっち探しまわってんじゃないの」

あまり意味がなさそうだったが、「その前に埼玉で二件未遂事件が起きてるんですよね。そっちは二人組の犯行らしいですが」とさらに声を下げて口にした。

「相変わらずよく取材してんじゃないの」

「取材してるわけではないですけど、僕が警視庁にいた時の上の人間が、今、さいたま支局にいるもんで。今回の事件、まさか七年前と関係したりしてないですよね」

「なんだよ、唐突に」

思い切ってぶつけてみたつもりだったが、坂の表情も声の大きさも変わらなかった。

「だって昔、班長も言っていたじゃないですか。うちが書いた記事、俺はまんざら間違いではないと思っていたって」

「そんなの言ったっけ？」

「言いましたよ。初公判の日、家に上がらせてもらった時に」

「ああ、言った、言った。あの日、松本さんと酒を飲んだんだよな。だけどジョークって言わなかったっけ？」

確かに博史が驚きで言葉を失ったところで、坂は甲高い笑い声で言ったことを掻き消した。

「でもあの時の班長、結構刑事の目になってましたから」

「刑事の目って、松本さん、ドラマの見過ぎじゃないの」

気を良くしたのかいっそう大声で笑った。これではせっかく博史が小声で話していても意味はない。同時にもう一つ、当時より遠くなった坂との距離感を感じた。以前は「松本君」だったが、今は「松本さん」に変わっているのだ。

もしかしたら刑事部とは異なる部署で課長になった坂は、事件とは関わりたくないのではないか。新聞記者とも距離を置きたい。だから家ではなく署に呼んで、しかも周りに聞こえるように大声で話しているのか。坂だってようやく管理職になれたのだ。余計なことに関わって、役職を外されたくないのかもしれない。

とはいえせっかくここまで来たのだ。聞きたいと思っていたことを話してみることにした。

「班長、もし本当に僕たちが考えていた説が当たっていたとしますよね。そうしたら警視庁は本気で捜査しますかね」

「当たっていたって、あの時二人組だったたってことかい？」

「はい。今回の事件も、二人組の生き残った一人が関わっているということです」

「難しいこと聞くねえ、松本さんも」

背もたれに体を倒して首を捻るが、顔は緩んだままだった。

「すでに事件は単独犯として結審しているわけです。死刑も執行されました。だから本来ならあってはならないことですし、僕も警察がそんなミスをするとは思いません。でもいくら完璧な捜査だって、見過ごすこともあるかもしれません」

博史の説明を、坂は口を挿《はさ》むことなく聞いていた。

「今さら、あの事件が二人組による犯行だなんてことが分かったら、警視庁の沽券《こけん》に関わる大失態になりますよね」

「まぁ、当然、なるわな」

「それを恐れて、あえて避けて通ったりはしないですかね」

「もう一人容疑者がいたことを知ったのに、そいつがやった過去の罪には目を瞑《つぶ》るってことか」

「目を瞑るっていうのは言い過ぎですけど、でもまあ、そういうことになりますかね」

今回の事件だけに絞って供述を引き出す。それくらいの隠蔽は、警察はやりかねない。

緩みっぱなしだった坂の表情が、いつの間にか強張っていた。「松本さん、警察をみくびったらいけねえよ」口調が変わった。

「い、いえ、みくびっているわけではないですけど」威圧されたのか自分の声が小さくなってしまった。

「もし犯罪に関わっていることを知ったら、とことん調べんのが警察だよ。だってそうだろ？　過去にもやっていたとしたら、この何年かの間も、表面化していないだけで、どこかで犯罪をおかしていたかもしれないってことじゃないか。避けて通るってことはそこで起きていた事件も無視するってことだぞ、松本さん」

「そうですね」

失礼なことを言ってすみませんと謝ろうとしたが、先に坂の表情が戻った。

「まっ、そうは言っても上の方は、そんな事、想像もしてねえだろうけどな」

険を見せたのは一瞬だけで、また甲高い声が部屋中に響いた。

坂は急に口に手を当て「こんなこと、聞かれたらまずいな」と女性職員に顔を向けた。

いつもこんな調子なのだろう。女性職員は苦笑いで頷いていた。

どうも摑みどころがない。だが管理職になっても、刑事部から離れても、坂が現場を歩いた誇りを持ち続けているのは伝わってきた。

博史は残りの栄養ドリンクを飲み終え、「これ、どこに捨てればいいんですか」とゴミ箱を探した。女性職員が「私が捨ててきます」と取りに来てくれた。

「みーちゃん、ついでにお茶、入れてよ」

「はい」

返事をした女性職員が急須を持って部屋を出ていく。聞くなら今だと思って博史は体を前のめりにした。

「もし坂さんが今の一課にいたら、七年前の事件をもう一度洗い直していますか」

「そんなまさかの話、分かんねえよ」と笑いながらかわされる。だがもう一度、「どうしますか」と押すと、顔は緩んだままだったが、「そうするかな」と言った。

「そうするって、調べ直しましょうと、上に進言されるってことですか」

「進言というのは大袈裟だけど、でもちょっと調べて、ありえそうだと思ったら上に言うか。それって進言と同じだわな」ハハッと笑い声をつける。「けど、そういうのはなかなか聞いてくんないんだよ。おまえ、いつの話してんだって、蹴飛ばされておしまいよ。そうなるとしんどいんだよな。刑事ってのは、調べさせてもらえずに決めつけられるのが一番歯痒《はがゆ》くなるんだ。とくにこういう悲惨な事件は、早く捕まえないことには次の事件が起きちまうだろ。起きた後に悔やんだところで失った命は戻ってこないわけだからさ」

架空の話から現実の話になった——博史はそう直感した。

「もしかして、今の捜査員の中にそのようなことを進言された人がいるってことですか」

当てずっぽうで言ったが、図星だったようだ。坂の瞳が次第に膨らんでいくように感じた。

「……俺の相棒だった男がそんなことを言ってたんだよ」

「その人が上司に言ったわけですか」

「内容まで言って却下されたか、言っている途中に聞き流されたかは分かんねえけど」

「調べ直したいと思っていたのは事実なんですね。でもそれは阻止された？」

「阻止ではないな。そいつは今回の捜査本部には入ってねえから」

「そうなんですか」

捜査とは無関係……でも意見しようとしたのは事実のようだ。

「その人、班長とは今も親しい間柄なんですね」

「そりゃ相棒だったからな。そいつが電話を寄越して嘆いていたわけよ。坂やん、前ばっかし見てもなにも見えないんだから、ちょっとくらい振り返ってもいいんじゃないかと思ったけど、聞いてくんねえなって。だけど言われたのはそれだけだよ。誰に、なにを振り返れと言ったかまでは俺は聞いてない」

振り返る——あやふやな言い方だが、坂はそれを七年前の事件だと感じている。

「言われた方も困るだろうけどな。なにせやることは山ほどあるんだからさ。それを部外者にああせえ、こうせえって言われたら、俺だったらうるせえって怒鳴り返してるよ」

「なのにその人は言ったんですか」

「俺と違って正義感が強えかんな。色男で一見、女泣かせのいい加減風な男に見えるけど」

それなら坂も同じだ。昔のフォークシンガーのようで、喋り方も軽い。それでも一本芯が通っているのは、付き合うとよく分かる。現場を隈なく歩き、目撃者を探し、見つけた証拠を一つずつ塗りつぶしていく作業が似合う刑事だった。

そこで女性職員が戻ってきた。坂の声がまた大きくなった。

「まぁ、松本さん、事件捜査なんてものはそういうものよ。自分のパートをみんながそつなくこなしてようやく大きな事件の解決に繋がるわけだからさ。組織の中で勝手なことをやられたら収拾がつかなくなるだろ。俺みたいな好き勝手するヤツは、おまえは所轄で留守番役してろって言われるのがオチさ、ハハハ」

当たり障りのない内容になり、語尾の甲高い笑い声まで戻った。

「……そのパートナーの人、名前だけでも教えてもらえませんか」声を殺して尋ねたが、笑い顔のまま無視された。「……けっして班長から聞いたなんて言いません。捜査一課の刑事さんなら、僕らが取材にいってもなんら不思議はないわけですし」

女性職員に聞かれないようにさらに声を絞った。

「うえのまなぶ」

顔は緩んだままだったが、口だけが動いた。微かな声だったが、博史にはそう聞こえた。

「上野《うえの》駅の上野、学習の学」

また口が動く。

それで十分だった。今度は博史が坂に負けないほどの大声を出した。

「いやあ、課長。きょうは忙しいのにありがとうございました。今度ご飯行きましょうよ」

「そうだな、行こう、行こう」

博史が席を立つと、坂は顔をくしゃくしゃにして立ち上がった。

もう一度お辞儀をして部屋を出る。上野学という名前を頭の中に叩き込みながら廊下を歩いていく。

疑念を抱いている捜査員がいる――その名前まで聞き出したのだから十分成果があった。その刑事に、どうしてそう思ったのか、誰に話したのか、聞いてみたい。

問題は誰が会いに行くかだ。自分が行くのが一番だが、今の博史は社会部記者ではない。坂の紹介だと言えない以上、整理部と書いた名刺を渡した段階で相手に怪しまれるだろう。

関口豪太郎に直接伝えるという選択肢は端《はな》からなかった。関口に言えば、おまえが行けと言われるに決まっている。あの人に振り回されるのはごめんだ。

となると社会部しかない。松本健一郎？　あいつはダメだ。警視庁？　社会部デスク？　どっちにしても話した時点で外山部長に伝わるだろう。まだ豪太郎と付き合っているのかとおかしな勘繰りをされるに違いない。そもそも話してくれた警察官は現在所轄の生活安全課の課長で、上に進言した刑事も今回の捜査本部には入っていない……そんな部外者たちが怪しんでいるというだけで、社会部が本気で動いてくれるとは思えなかった。

候補を消去していくと、一人しか残らなかった。

ポケットから取り出した携帯電話のメール画面を開き、指を叩くようにして頭で覚えたことを打ち込んでいった。

25

「はい」と豪太郎が挙手すると、広報課の係長はまたかと渋い顔をして「中央新聞さん」と豪太郎を指した。

「もう一度、一課長に確認させていただきますが、今朝の東都新聞に出ていた、最初の松伏の事件の二日前に黒い車が人身事故を起こしかけて逃走したという報告は、本当に課長は受けていなかったのですか」

埼玉県警の捜査一課長は明らかに不快な顔をした。

「さっきも説明したではないですか。私の元には上がってこなかった。おそらく所轄の交通課も本庁の担当者も、今回の事件とは関係がないと思ったからでしょう。ただ、昨日になってそういう事件があったということに気付いて、私に連絡をしてきた。私の方でもう一度確認させた上、連れ去り未遂事件に関わりがある可能性もあるとし、こうして発表することに至った次第です」

つい数分前の答弁と同じことを言った。だがその時は、「もう一度確認させた上」とは言わなかった。

「昨日って、昨日のいつですか」

「昨日と言えば昨日ですよ」

「午前ですか、午後ですか」

「午後です」

「午後の何時ですか」

「そこまで答える必要はないのではないですか、中央新聞さん」

横に立つ広報係長が口を挿んできた。

「僕にとっては重要な問題です」豪太郎は広報係長の顔も見ることなく、一課長に言った。

「私がそっちに連絡を入れたのは夕方五時頃だったかな?」一課長が広報係長に顔を向けると、「そうでしたね」と答えた。「それならその時間の少し前だな」一課長が適当に言ったことに、広報係長が調子を合わせているのは明らかだった。

「その運転手は長身だったのではないですか」

「東都新聞にはそこまで書いていなかったはずですよ」むっとした顔のまま一課長は言った。

「警察が本気で調べれば、それくらいは分かることではないですか」

「そういったことも含めて、捜査に全力を尽くすよう指示を出しています」

「その時は正確なお答えをよろしくお願いします」

正確などという言い方が気に食わなかったのか、エリート顔がいっそう強張った。

今朝の東都新聞に、最初の未遂事件が起きる二日前の十二日、松伏町に隣接する春日部《かすかべ》市内で、不審な車が目撃されたと書いてあった。

黒いセダンが路地から出てきた自転車の男の子を轢《ひ》きそうになった。接触はなかったが、男の子は肩から転倒してケガをした。近くにいた大人が駆け寄ったが、運転手は降りてもこず、猛スピードで走り出したという。黒のカローラのような大衆車で大宮ナンバーだったと書かれてあった。

豪太郎はそのことを、一昨日の夜、懇意にしている一課の刑事から聞いた。「降って湧いたようにその話が出てきて、今、上層部は激怒してるぞ」と。そして昨日の朝の取材で一課長に直接当てた。

だが一課長は「不審車という認識はありません」と否定した。

そこまで断言したのだから、すでに逃げた男が割り出されていて、連れ去り未遂事件と無関係であることまで判明しているのかと思ったのだが、そうではなかった。

今朝の東都新聞にそのことが出ていたのだ。

昨夜、一課長宅に取材をかけたのは木原だった。木原によると、東都のキャップは一課長と決めた制限時間ギリギリまで話していたそうだ。そこでぶつけたと想像はつく。一課長は朝の取材で豪太郎には否定しておきながら、夜、東都には認めたということだ。

会見が終わって部屋から出ていこうとすると、後ろで会見を見ていた広報課長から「中央さん、ちょっと」と呼ばれた。

「なんですか」

「ちょっと、相談したいと思って」

「広報課長と相談することなんて僕にはありませんけど」

「まぁ、そうおっしゃらずにお願いしますよ」

小部屋に連れていかれる。

「中央さん、一課長は相当怒ってますよ」眉根を寄せた顔で言われた。「会見の前からずっと不機嫌でしたけど、今のあなたの質問で、今頃刑事部で爆発してるんじゃないですかね」

穏やかな物言いだが、脅しているように受け取れた。

「怒ってるのは僕の方ですよ。僕は嘘をつかれたんですからね」

「嘘だなんて」

「爆発どころか、一課で得意になってるんじゃないですか。『俺は中央の関口を騙してやった。そしたらあいつは会見でムキになってきた。ざまあみろ』って」

話がおかしな方向に行きかけていると感じたのか、広報課長は眉根を戻して修正を始めた。

「そんなこと言うわけありませんよ。実際、今の会見でも一課長は質問にきちんと回答されていたじゃないですか。最後は確かに熱くなられていましたけど、それだって中央さんが同じ質問をされたからですよ」

「一課長が僕に嘘をついたのは今回が初めてではないんですよ。警視庁への捜査員の派遣の件でもやられました。しつこく念を押しとかないと、うちはまた酷い目に遭います」

「警視庁への件なら一課長から聞きましたけど、一課長はあなたの質問を認めたと言ってます。ただし書かないでくれと頼んだそうじゃないですか」

「言われましたけど、一課長は、ただ事務的なものであり、このレベルでの協力はどこの都道府県警でも頻繁にやっていることと言いました」

「課長が言うなら、そうなんじゃないですか」

「識鑑経験のある捜査官を常駐で投入しておいて、事務的な協力はないでしょう」

「警視庁の要請があってのものだし、それに応じる側のうちが漏らすわけにもいきません。あなただってそれくらいの事情は分かるでしょう」

「それなら曖昧な言い方をして、僕を騙さなければいいんです。僕は誰が派遣されたかも分かっています。広報課長だってご存じでしょう。皆、エース級なんですから」

「私は……」言葉を濁して視線をずらした。さすがに知らないと言い張る気にはなれなかったようだ。

山上の家にいった後、須賀がかけ合ってくれ、〈埼玉県警が捜査員を警視庁の捜査本部に派遣〉という記事を、社会面で掲載した。二段見出しの小さな記事だったが、それでも一課長の目には留まったのだろう。翌朝、取材に行った時は腸《はらわた》が煮えくり返った顔をして出てきて、「きょうは時間がない」と豪太郎どころか全社相手にしなかった。

「まぁ、僕が、一課長が書くなということを書いたんです。一課長が気分を害しているのは分かっていました。だからといって今回の件はないです。一課長が『不審車という認識はありません』と答えれば、僕らはそれを信じてしまいます」

実際はただ信じただけでなく、昨日一日、その事実確認で潰した。だが支局総出で調べても交通課が不審車の身元を確認しているという事実は出てこなかった。考えてみれば出てこなかったのも当然だった。おそらく交通課に一課長から箝口令《かんこうれい》が出ていたのだ。

「ですけど、あなたが聞いたのは昨日の朝でしょ。課長は午後に報告が上がってきたと、今の会見で答えていたじゃないですか」

「午後だろうが、その日の朝に否定したことです。昨夜、東都新聞の後に、うちの木原が一課長と話しました。常識のある人だったら、今朝質問してきたきみのところのキャップに伝えておいてくれ、と気を回すものじゃないですか」

「そうするかどうかは人それぞれでしょ」

「人それぞれなんて言ったらおしまいですよ。広報課が我々にいつもおっしゃるように、警察と記者は信頼関係で成り立っているわけですから」

「ま、まあ、そうだけど」広報課長は渋い顔のまま口を濁した。

「ですが広報課長、僕は昨日の午後に一課長の耳に入ったということも眉唾ものだと思っています。昨日の朝から知っていて、わざと知らないと言ったんですよ。僕は捜査員派遣のことを書いた報復だと思ってます」

「報復だなんて……」

「一発で済まずに、もう一発かまされたらたまったもんじゃないですからね。だから僕も今の会見で釘を刺しておいたんです」

沈黙された。どうこの場を収めようか必死に頭を巡らせているように感じた。

「大丈夫ですよ。僕は今の会見で言いたいことを言わせてもらい、少しは気分も収まりました。だからこれ以上根に持ったりしませんと一課長に伝えておいてください。ただし二度と嘘はつかないでくださいとも伝えといてくださいね」

「伝えるって、別に私は一課長に頼まれてきたわけじゃないですよ」

「一課長から中央の関口を注意してくれって言われたんじゃないですか」

「全然違いますよ。なにか言いたいことがあるのなら、あなたの方から直接言ってくださいよ」

「そうでしたね。呼ばれたのは注意ではなく、相談でしたね。すみません」

わざとらしく詫びた。そこで広報課長は咳払いを入れた。

「いずれにしても、もう少しうまくやってください。一課長は皆さんの自宅取材に応じていますけど、それは職務に含まれているわけではありません。歴代の課長の中には自宅取材を受けない人もいたんですから」

たいした話もできないのだから取材を拒否されようが一向に構わなかったが、ここでそう言うのも大人げないと思い、「分かりました」と頷いた。

「では呼び止めてすみませんでしたね」

広報課長が頭を下げたのを見て、豪太郎は記者クラブに戻った。

最後は自分から引いたが、嘘をつかれた不愉快さは消えていなかった。権力相手の取材というのは、時々こうした壁にぶち当たる。

今回の報復など可愛いものだ。特ダネといっても、東都新聞も県版にしか掲載していないローカル記事で、本文にも足立区の事件との関連はひと言も書かれていない。豪太郎が書いていたとしても扱いは県版だっただろう。

だが取材で否定されたネタが他紙のトップ面で報じられたら、嘘をつかれた記者はひとたまりもない。

まだ「報復だ」「仕返しだ」とやり合っているうちは可愛いものだ。権力が本気でかかってきた時、新聞社が太刀打ちできるのかどうかは分からない。新聞社だってそこで働く人間全員が正しい行動をしているわけではない。工場、販売所を含めたら何百、何千もの従業員、及び関連会社の社員、非正規社員がいて、叩けば埃《ほこり》が出るのはどこも同じだ。一昔前までの警察は、新聞社の犯罪は身内同然だと広報を控えてくれた。だが最近は新聞社員の喧嘩や小さな交通事故にしても容赦はない。それも警察からの発表ではなく、ライバル社にスクープさせる。これもメディアが、警察の裏金作りなどの古くからの慣習を、さも今になって知ったかのように正義を振りかざして書き始めたからだ。

これが検察や国税、さらに政治家となると、会社ごとひっくり返されそうな大騒ぎになる。

豪太郎が新人の頃、ある大物政治家がオフレコで開いた記者懇談会の内容が週刊誌に漏れた。大物政治家は犯人探しのため、週刊誌を出している出版社に国税を入れた。そして帳簿から週刊誌にネタを売った記者を突き止めただけでなく、他にも多くの記者や幹部クラスまでが、過去に週刊誌にネタを流して金を受け取っていたことを知ったのだった。政治家は新聞社の社長と会い、そのリストを見せた。その時点で、その新聞社は、大物政治家に対してジャーナルではなくなった。

——豪太郎君、きみのお父さんは頑固でしつこい記者だったよ。

父の葬式の時、父が親しくしていた同僚の記者が教えてくれた。

豪太郎がまだ幼い頃、父は、改造オートバイに乗っていた若者を検挙した白バイ隊員が、若者を殴ってケガをさせたというスクープ記事を書いた。警察は先に若者が手を出してきたのだと抗議した。訂正記事を載せなければタブロイド紙の取材だけでなく、親会社の全国紙の取材も受け付けないと通告してきた。

若者といっても、改造バイクに乗るような不良少年だ。会社はその程度の記事で権力と喧嘩する必要がないと考え、謝罪する方針を固めた。だがいくら説得しても父は頑として訂正記事を書かなかったらしい。

警察は明日が最終期限だと通告してきた。上司が父を重役のもとに連れていき、「自分のミスでご迷惑かけて申し訳ございませんでした、と謝罪しろ」と命じた。重役の前でも父は「クビにするならしてください」と言い放ち、詫び一つ言わなかったそうだ。

そんな矢先、普段から父の熱心な取材姿勢を見ていたテレビ局の記者が事件に関心を持ち、地元の人々に聞いて回った。そして、目撃談をテレビの報道番組で流した。

テレビに出てきた地元の中年男性は「若者はなにも手を出していないのに、白バイ隊員が若者のヘルメットを奪い取って、顔面を殴りつけた」と顔を出して証言した。

携帯電話の動画カメラも、画像投稿サイトもなかった時代だ。人間がきちんと顔を出して語ることに、なによりも重みがあった。

同僚記者は、その後父が上司をぶん殴りにいくのではないかと案じたそうだ。父は文句一つ言わずにしれっとした顔で現場に戻った。ただ、しばらくの間は、飲み代として経費を使いまくったようだが。

父は気概がなければ本当のジャーナルは貫けないと考えていたのだろう。だから取材相手に屈することもなければ、妥協することもなかった。魂の消えた記者の書いた記事など、読者がいち早く感づいてしまう。

いくら相手が捜査一課を仕切る一課長であろうと、エリート官僚であろうとも、取材相手に真っ向から挑むという精神は同じだ。記者クラブにも入れなかったタブロイド紙の父が、最後まで信念を貫いたように、取材対象と記者はつねに対等なのだと肝に銘じ、しつこく食い下がる。嘘をつかれても仕方がないと思っているような記者は、ジャーナルを語る資格はない。

記者クラブに戻ると岡田が「キャップ、大丈夫でしたか」と不安そうな顔で聞いてきた。

会見中に仮眠を取っていたのか、天然パーマの髪が乱れ、額が赤くなっていた。連日、朝から真夜中まで働いているため、うたた寝してしまうのは仕方がない。むしろこういう時間に体力を回復しておいてくれた方がいい。

「他紙が噂してたのか」

広報課長に呼ばれた時、近くに毎朝や東西のキャップがいた。

「おたくのキャップがまた噛み付いてたぞと言われました」

「まるで狂犬みたいな言われ方だな」

実際、そう見られているのかもしれない。入社三〜五年生がキャップをやっている他紙とは異なり、豪太郎だけが中堅のBBだ。経験も違うから、警察がごまかそうとすることも自ずと見えてくる。質問も厳しいものになるし、向こうが喧嘩を売ってくれば本気で楯突く。

それでも足立区の女児の遺体が発見されて以来、各社とも増員し、知らない顔が会見場に顔を出すようになってきた。東都新聞がこの日の会見に出したのは豪太郎より年上らしき記者だった。彼が春日部の不審車のネタを抜いたのかもしれない。

「藤瀬はどうした？」クラブにいると話していたが見当たらない。

「それが急に、取材先を見つけたから東京に帰ると言って出ていきました。あとでキャップには電話を入れるそうです」

「そうか」

藤瀬にはすべて任せている。伝えるべきネタだと思えば男顔負けの大声で連絡してくるし、たいしたことがなければ知らん顔をしている。

「なんか疲れたな」

記者クラブは冷房が効いていたが、涼しさは感じなかった。冷たいものでも飲まないことには、熱くなった頭は冷めない。「ちょっとコーヒーでも飲みに行くか」と岡田を誘う。岡田は「はい」と返事をして後ろをついてきた。

県警の隣のビルにある喫茶店に入ると、顔なじみのウエイトレスから「アイスコーヒーですね」と言われた。

「岡田はなににする?」

「僕はフレッシュオレンジジュースで」

岡田はコーヒーどころか炭酸も飲まない。飲むのは果汁の入っているジュースかヨーグルトか、それがなければ水だ。

注文したものはすぐに出てきた。豪太郎はアイスコーヒーからストローを抜いてがぶ飲みした。

「ところで岡田、例の所轄の刑事のところは行ってるのか」

「行っているんですが、相変わらず相手にしてくれません」ストローでジュースを吸いながら岡田は答える。

「無視か」

あまり行っても無意味そうなら諦めろと言おうとしたところ、「でも最初は完無視だったのが、最近は少しだけ反応してくれるようになりました」と言った。

「挨拶くらいはしてくれるってことか」

「挨拶まではいきませんけど、目礼というか……いや、礼ではありませんね。そういう人ではないですから」

「どういう反応なんだよ。おまえの説明じゃさっぱり分かんねえよ」

「前は目を合わせても、そこに僕は映っていなくて、空気みたいな扱いでした。それが最近は目が合って、しばらく外して、また合うっていうか……」

「全然意味分かんねえな」

「僕もよく分かんないんですけど」

「おまえが分かんないじゃダメだろ」

「そうですね」ひと事のように笑う。

「他の記者はいないんだろ」

「来ていません」

　刑事は階級は巡査部長だが、あの年齢で現場に出ているとすると、久喜署の強行犯係では顔的存在なはずだ。もし岡田が一人で親しくなることができれば大きなネタ元になると思って通わせていた。そういう偏屈な人間だから、他紙は諦めて行かせなくなったのだろう。

「岡田が効果があると思っているなら続けろ。もう無理だと思ったら、諦めて違うネタ元を探せ。感触はおまえしか分かんないんだからな」

「じゃあ、もう少し頑張ってみます」そう言ったが、自信があるようには見えなかった。

「車、家の近くに停めたりはしてないだろうな」

「はい、近くに公園があるんですけど、その裏に大きな木があるんで、木の陰に停めています」

「それはいい心がけだ。だが他紙も似たことを考えるからな。昔、俺も取材先の裏にあった藪の中に車を隠そうと思ったら、すでに毎朝の記者の車があってビックリしたことがあった」

「そうなんですか」

「もし他紙が来てたらその日は顔を見せずに帰ってこいよ。せっかく刑事が喋ってくれるようになっても、よそが押し寄せてきたら無意味だからな」

岡田は音を立ててストローを吸いながら「はい」と返事をした。金沢や前橋にいた頃の新人は、豪太郎の前では萎縮して、飯もなかなか食えなかった。前橋の新人などは、説教をしていたらしゃっくりが止まらなくなったこともあった。岡田も風貌は頼りないのだが、叱ってもへこたれないのだから、意外に神経は太い。

「それと、前にキャップから言われたように、刑事が行きそうな現場にも顔を出しています」

一緒に汗をかいているのを見せておけと、支局に来たての頃に指導した。ただ、現場と言われても場所がピンと来ず、「どこに行ってんだ」と聞き直した。

「久喜の現場ですよ」

「久喜署の刑事たち、また聞き込みを始めたのか」

「そうです。この前たまたま現場に行ったら、あの酒屋みたいなコンビニに車が停まっていたんで」

「河村さんから聞いた助手席の男の件はぶつけたか」

「他に目撃者は出てないか聞きましたが、『ないない』って手を振られて否定されました」

「その刑事にか？」

「いえ、相棒の若い刑事にです」

「刑事たちはコンビニに車を停めて回っているのか」

「はい、あのあたりは道が細くて、車を停められませんから」

「当然、岡田は刑事より先に現場に行ってるんだよな」

「いいえ、僕の方が遅いです。刑事たちはいつも缶コーヒーを買って仕事をし出すんですが、そこに僕が行って挨拶する感じです」

「向こうが仕事を始める時に、おまえがのこのこ現れるわけか」

「のこのこってわけじゃないですけど」悪びれることなく言った。

「そういう時は、先に着いて、刑事が飲むコーヒーでも買っておいて、『どうですか』って渡すんだよ。まったく、おまえは気が利かねえな」

「そんなことしてもあの刑事は受け取らないですよ」

「受け取らなくてもいいんだよ。そういうのがいつか効いてくるんだ」

「じゃあ、今度やってみます。でもベテラン刑事ではなく、相棒の刑事の家にも行った方がいいですかね。家は分かったんですが」

「それはやめておけ。相棒も所轄の刑事だろ」

「はい、同じ久喜署です」

「そこに行ったのがベテランに知られたら気を悪くされる。こういう時は立場の上の人間に行くのが賢明だ」

「分かりました。そうします」

答えてからまたストローでジュースを吸った。まだ下の方にジュースが残っているのに、途中で飲むのをやめた。奢ってやるのだから最後まで飲めよと文句を言いたくなったが、小言を言っても仕方がない。

「なあ、岡田、これだけは忘れるなよ。真実というのは常に闇の中にある。それを探し出すのが俺たちの仕事だ」

「はい、分かってます」

「警察官への取材にしてもそうだ。彼らは本当のことを教えてくれることもあるが、嘘もつく」

「はい。だから嘘をつかれないように普段から取材相手にはきちんと接し、信頼関係を築くようにしています」

「いや、そうしたところで嘘はつかれるんだ。彼らだって本当のことを喋れない時がある」

「なら、どうすればいいんですか」

「取材して真実だと思えばそれを書けばいい。嘘だと思ったら何度も食い下がって本当のことを言うまで聞き続けろ。しまいには向こうも音を上げて真実を話し出す」

岡田は口を開けたまま返事をしなかった。理解しようとはしているのだろうが、本当にそんなことができるのか想像がつかないのだろう。豪太郎にしても、記者になりたての頃は話してくれたすべてが本当のことだと、自分の都合のいいように思い込んでいた。

「じゃあ俺は一度、支局に戻って、デスクと打ち合わせしてくる。おまえはしばらく記者クラブに残って、夜はいつも通り頼むわ」

豪太郎は伝票を握って立ち上がった。

26

祐里はＪＲ板橋《いたばし》駅から徒歩十分の一軒家の前で待っていた。

門に「上野」と表札がかけられていた。警視庁捜査一課の巡査部長だ。先ほどインターホンを押したら、妻らしき女性が出て「間もなく帰ってくると思います」と言われた。どんな刑事に対しても初対面は緊張する。しかも今回は後輩のマツパクからメールで名前を伝えられただけで、住所を探すのに精いっぱいだったため、どんな刑事なのか下調べする時間もなかった。

〈七年前の事件の捜査員が当時から二人組の犯行ではないかと疑っていた。その捜査員は今回の事件後に七年前の事件との関わりを上に進言したが相手にされなかったよう。捜査一課の上野学。立川署の生安課長・坂警部から聞いたが、そのことは出さずにうまくごまかしてほしい〉

昼間、突然マツパクから来たメールは、電報のようなよそよそしい内容だった。

どうやらマツパクは警視庁捜査一課を担当した頃に仲が良かった刑事の元に行ってくれ

たようだ。それが坂という生活安全課の課長なのだろう。

電話で詳しく聞こうかと思ったが、メールで寄越したくらいだから、あとは一人でやってくださいという意味なのだと理解した。だから豪太郎にもどこに行くかは伝えずに、東京に戻った。

五分ほど待っていると、長めの髪をした中年男がポケットに両手を突っ込み、がに股で歩いてきた。開襟のシャツに白系のコットンパンツ、靴は明るい茶色で先が尖っていた。

祐里の顔を見るや「なんだ、記者さんか」と言った。

「はじめまして。私、中央新聞社会部の藤瀬祐里と申します」

名刺を出してお辞儀をした。受け取ってくれない刑事も多いが、上野は表札を照らすライトに祐里の名刺を翳してから、ポケットにしまった。

「で、なんの用だ」

「綾瀬の女児殺害事件の取材をしています」

「それならお門《かど》違いだ。俺は関係ない」

ポケットに手を戻して、祐里の傍らをすり抜けていこうとした。祐里は行く手を阻もうと体を前に入れた。

「上野さんが捜査本部に入っていないのは知ってます。そのことではなく、七年前の連続女児殺害事件について聞きたくて来たんです」

遊び人風の緩んだ顔から皺が消えた。しばらく祐里の顔を確かめるように見ていたが、「ここではなんだから」と前を歩き出した。

ただいま、と言いながら玄関のドアを開ける。奥から「おかえりなさい」と女性の声がした。居間へと続く扉の向こうで細身の女性の影が見えたが、上野は「ちょっと人が来たんで、出てこんでいい」と返した。

着替えてくるのかと思ったが、上野は三和土《たたき》から上がっただけで振り返った。

自宅取材ではよくあることだが、廊下は高くなるので余計に刑事の威圧感を感じる。上野は一七〇センチ台半ばくらいと平均的な身長だが、祐里より三十センチは目の位置が上がった。こういう時、自分は一六〇あってよかったと思う。小柄だったら、萎縮していただろう。

「七年前の事件って、なにを聞きたいんだ」顔に警戒心が滲み出ていた。

「私、七年前に警視庁の一課担をやっていました。私たち中央新聞が、逮捕直前に容疑者は二人組だという記事を書いたんです。覚えていらっしゃいますか」

「覚えてるよ」

「あの記事は会見でも否定されましたし、裁判でも出てきませんでした。ただ、中島が逮捕直後にもう一人いると口にしたのは事実です。残念ながらその供述は、うちの新聞を家が購読していて、それを読んで適当な自供をしたと思われたようですが」

「そんな話、あったな」

「その時は誤報だったと諦めたのですが、その後、検証取材をしている中で、何人かの捜査員が二人組の可能性も否《いな》めないという考えを持っていたと聞いたんです。その中に上野さんの名前がありました」

上野の目つきがさらに鋭くなった。今の話はデタラメだ。当時の祐里が取材した相手は全員が否定だった。

黙っている上野に「違いますか？」と念を押した。

ここで違うと言われたら、すべてが台無しになる。祈る思いで目をじっと見つめた。玄関の灯りの下で上野が微かに顎を引いた。

「やっぱり上野さんはその疑念を持たれていたんですね。良かったです。その根拠を教えてもらいたくて来たんです」

「だけど俺が言ったのは七年前ではない。今回だ」

今度は祐里が口を閉ざした。

「誰に聞いた？　中根《なかね》係長か、島《しま》さんか、それとも安川《やすかわ》さんか」知らない名前が出てきた。「さては、坂やんだな」

マツパクのネタ元の名前が出たが、祐里は表情を変えなかった。

「坂やんしか考えられん。そうだろ？」しつこく聞いてくる。

「誰に聞いたか答えてしまうとその人への信義に反しますし、上野さんの中でも、この記者はいざとなったら他人に取材源を喋ってしまうと疑念を持たれると思いますので……」

目元に力を入れて答えた。こう言って返答を拒否したことで、会話を打ち切られた苦い経験が過去にある。だから平気で取材先や仲間の記者を売る記者もいるが、祐里はそれだけは絶対するなと教えられてきた。

「分かった。それは聞かない。だけど俺に確かな根拠があったわけではない。昔一緒に仕事をしてた相棒がそう言ってたんだ。その相棒は、あんたんとこの記事が出る前から、ここまで計画的にやるのは相当な知能犯だとずっと言っていた。確かにそうだろ。二件は神奈川だが北と南に離れてるし、もう一件は八王子だ。八王子といってもほぼ神奈川との県境で、被害女児はＪＲ横浜線で神奈川の私立小学校に通っていた。当然のことながら神奈川県警はこの事件も自分たちが主導だと言い始めた。だが自宅も連れ去り現場も東京だったから俺たちが出動した。つまり被疑者は警察が縦割り社会で、犯罪地域を広げれば主導権の奪い合いが起き、捜査が混乱するということまで考えているのだと俺たちは思っていた。なのにいざ捕えたら、容疑者はいかにも頼りなさそうな男だったからな。相棒もそうだったけど、俺もこんなヤツがやったのかと、呆気に取られた」

「その人は捜査本部で複数犯説を主張したのですか」

「言ったけど相手にもされてなかったな。幼児や少女を暴行するなんていう最低の性癖、人に知られたら一巻の終わりだ。だからその手の犯罪者は仲間を探さず、一人で実行するのが普通だからな」

「だけど例外はあるかもしれないじゃないですか。今はそういった人間が集う闇サイトがあるかもしれないし」

「それくらい俺たちだって考えたさ。実際、逮捕前の会議では俺たち以外にもそう唱えた捜査員はいた。だが逮捕後は一切出なかった。あれだけ聞き込みして、二人組の目撃談が取れなかったんだからな」

「それでもその相棒の方は納得しなかったんですね」

「連中が常に二人で行動していたのなら、目撃談が取れないのはおかしい。だけどもし一人で行動してたらどうだ、と俺に言ってきたよ」

「別行動していたということですか？」

「どちらかというともう一人の男が下調べをしていたってことかな。確かに中島のような風貌をした人間がうろついていたという目撃談は、伊勢原と藤沢で僅《わず》かに取れただけだった」

それは当時の祐里たちの取材でも同じだった。

「その疑惑を、上野さんはずっと持ち続けていたわけですね」

捜査ミスだったかどうかという疑問だ。上野にも意味が伝わったのか、彼はしばらくの間、返答を考えていた。

「……いいや、俺は正直忘れていた」

「本当ですか」

「嘘ではない。当時はそういう推測もしたけど、考え過ぎだと反省した。なにせあの頃は、神奈川県警がなんでも勝手に進めて、俺たち警視庁組はないがしろにされていると怒っていたからな」

「合同捜査本部になった場合、警視庁が主導権を握ることの方が多いじゃないですか。どうしてそうならなかったんですか」

「それは事件にもよるし、人にもよる。うちのトップは穏健な人だったからな。さっき名前を出した、当時管理官だった安川さんだ。今も一課にいる。強行班ではなく、特殊班で誘拐捜査のプロパーだ。一方の神奈川はバリバリの強行のエースが仕切った。確かにやり手だったよ。だけど俺たち警視庁の平刑事を顎で使うようなところがあったから、難癖つけたくなるのも分かるだろ」

「埼玉で二人組の連れ去り未遂事件が起きたことで、そのことを思い出されたということですか」

「そうだ」

「上に意見されたんですよね」マツパクのメールにはそう書いてあった。

「そんな大袈裟なものではない。調べてみたらどうですか、と言っただけだ」

「誰におっしゃったのですか」

「捜査班にではないぞ。他の班が口出ししたら気を悪くするからな。うちの班長の島警部補だ」

「反応はどうだったんですか」

「班長は真面目に聞いてくれなかった。だけどたまたま近くにいた中根係長が興味を示した」

「係長がですか？」

「当時は中島が誰かと連絡を取り合った形跡はなく、それが複数犯説を否定する根拠になった。だけどその後、ネットは急激に進化して、裏サイトや隠語や通符丁《とおりふちょう》も出てきた。警察が分析してもまた新しいのが出てくるから、いたちごっこだ。たまたま当時の俺たちが知らなかっただけで、七年前から極秘に連絡を取り合える手段があったのかもしれないと、係長は言っていたよ」

「それは言えますね。サイバー攻撃や遠隔操作も、身近に感じ始めたのはつい最近ですから」

「でも、それだけで捜査員を回すわけにはいかない。今は二班態勢で必死にやってるんだからな」

「本当にそれだけなんですか」

「それだけって。どういうことだ」

「上野さんが七年前の事件との関わりを疑った理由です」

今回が二人組だったからといって、それだけでずっと忘れていたことを上司に言うだろうか。上野は坂という元同僚にも話している。根拠がなければわざわざ伝えないはずだ。

「これは書くなよ」

「え、は、はい」

「中島が騒いでたんだ」

「騒いでたって？」

「拘置所でだよ」

初耳だった。逮捕後に中島を取材したノンフィクション本も読んだが、抵抗したり供述を否定したりしたという記述はなかった。

「俺の高校の同級生が刑務官をやっているんだよ。そいつがいるのは中島が収監されていた拘置所とは違うんだけど、刑務官同士では噂になっていたらしい。死刑が決まってから往生際が悪いって誰にも相手にされなかったらしいけどな」

「なんて騒いでたんですか」

「やったのは俺だけじゃない。俺だけが殺されるなんておかしいって」

「それって共犯がいることを伝えていたんじゃないですか。どうして刑務官は聞かなかったんですか。そこまで言えば弁護士を呼ぶとかしてもいいんじゃないですか」

自分の声が震えていた。鳥肌が立った。中島は共犯者の名前を出そうとした。だが話は聞いてもらえず彼は死刑になった……唇の震えは止まらなかった。

「聞いたさ」上野が言った。

「聞いたって、刑務官がですか」

「そうだ」

「で、中島はなんて答えたんですか」さらにすぐ「共犯者は誰だって言ったんですか」と矢継ぎ早に質問した。

「答えるどころか、ヤツは苗字さえ言えなかったそうだ」

「言えなかったって、どうしてですか」

「分からんよ。だけどヤツがなんて言おうが、暴行したのは中島だし、絞殺したのも中島だぞ。それらは証拠として出ている。刑務官に信じろということじたい無茶な話だ」

「でも上野さんは嘘ではないと思ったわけですね」

「それは俺が捜査本部に入っていたからだ」

「捜査本部にいたからじゃないですよね。捜査しながら二人組だと思っていたからですよね」

まだ話そうとしていた上野を遮り、祐里は言葉を重ねた。上野はへし口になり、顎にいくつもの皺が寄った。

「あんたの言う通りだ。俺は複数犯だと思って捜査していた」上野は認めた。

「拘置所でのこと、中根係長には？」

「言ったよ」

「反応はいかがでしたか」

「正直言うと、そのことがあって興味を示したというのが正解だ。調べてみると言っていた」

「では係長の指示で、拘置所にも人を出しているんですね」

刑が執行されて中島はこの世にいないが、関わった刑務官は多数いる。もやもやしていた胸の中が解けてきた。だがそこで上野の顔は急に歪み、ゆっくりと首を左右に振った。

「残念ながら途中で止まってしまった」

「止まった？　聞いてる途中でですか」

「聞く前だ。捜査一課長に話したところでストップした」

「どうしてですか」

「……今の刑事部長の親分が、今サッチョウの刑事局長なんだが、その人が当時、警視庁の刑事部長だった」

少し悩んでから言葉を吐いた。当時の刑事部長、大河内というキャリアだ。顔は知っているが、刑事部長クラスになると大物過ぎて、一番機だった祐里は直接取材した経験はない。

「仕切っていたのは神奈川県警とはいえ、警視庁の刑事部長も合同捜査本部に関わっているわけだからな。それを、その程度の根拠で捜査を再開したら、親分のメンツが立たない」

「その程度って、全然、その程度じゃないですよ」

一度は撤回した共犯者がいるという供述を、再び始めたのだ。名前を知らなくとも、特徴は口にしたかもしれない。

「少女がまた殺されたんです。見逃した容疑者がいるかもしれないんですよ」

「その程度の理由じゃ、死刑の執行が迫った中島が悪あがきしただけととられて、捜査には入れん」

「十分な理由だと思いますけど」

「そこまで言うなら、そっちが書いてくれればいいんだよ」少し口元を緩めたニヒルな顔で、上野が言った。

「書くって、今のことをですか」

「そうだよ。中央新聞に出て、そこにテレビや他のメディアが乗っかってくれれば、上だって動かざるをえない」

「さっき、このことは書くなと言ったじゃないですか」

「拘置所でのことはダメだ。中のことを外に漏らすのは職務倫理違反になる。誰か探し出して本人に当てることもするなよ」

「そんな……その根拠がなければ、私だって記事にできませんよ」

「なんのためだろうが、立場の弱い者を追い込んではダメだ」表情は緩めたままだったが、目の奥は険しかった。

「それじゃ、私たちも書けません」祐里は奥歯を噛み締めた。「今度はうちの上司が納得しません」

「まっ、そうなるわな」深い溜め息が聞こえた。

「すみません。勝手なことを言っているのが分かりました」

「勝手なことではないよ。誰だって、こんな酷い事件を起こしてのうのうと生き延びている人間がいるんであれば、捕まえたいと考える」

ここまで話してくれただけでも十分だった。あとは自分たちで探るしかない。刑務官は難しくとも、接見した弁護士や、あるいは家族や支援者など、取材する手段はいくらでもある。

「私たちもその可能性があるのか探してみます。またお邪魔にならないように来ますので、もしその件で動きがあったら教えていただけませんか。けっして上野さんにご迷惑になるようなことはしませんので」

「ああ、いいよ。似たような考えを持っている記者さんがいただけでも、少し気持ちが晴れたわ」

笑顔を広げた。本気で笑ったのだろう。遊び人の風貌が、本物のイケメンに見えた。

「きょうはお疲れのところ申し訳ございませんでした」

祐里は一礼して玄関を出た。門を開けながら、もう片方の手でバッグから携帯電話を取り出し、豪太郎に連絡しようとした。道路に出たところで「あれっ、祐里ちゃんじゃないの」と声をかけられた。少し離れた場所にハイヤーが停まっていて、スーツを着た男性記者が立っている。

東都新聞社会部の巻記者だった。祐里が捜査一課担当だった時、東都の仕切りをしていた。

27

外山は各紙の夕刊を見比べながら、膝が貧乏揺すりをしていることに気付いた。

毎朝も東都も東西も、足立区の女児の事件を一面トップに入れてきた。

東西新聞の記事は、亡くなった高宮まみの祖父母が遺体遺棄現場で合掌している写真つきの大スクープだった。顔は写っていない背後からの写真だったが、外山には二つの小さな背中が揺れているように見えた。祖父母が悲しみにくれていることを知るには十分な写真だった。

遺棄現場には中央新聞も記者を派遣している。うちの記者は現場でなにをぼんやりしていたのか。デスクを叱ると「初めて現場に行った記者だったので遺族と気づかなかったようです」と言い訳をしてきた。初めてだろうが、祖父母の顔を知らなかろうが、注意深く観察していれば、供花する一般人とは雰囲気が違うことは感じるものだ。

外山のように他紙の部長も東西の夕刊を見ながら説教しているはずだ。それでも東都と毎朝の二紙は優越感を持っていることだろう。二紙の夕刊には同じスクープが載っていた。

女児の姿を最後に捉えた友人宅から二百メートルほど離れたコンビニがある。そこから百三十メートル進んだところにプラスチックの破片が見つかり、女児の持っていた小型ゲーム機の素材と同じであることが判明したと書いてあった。

こちらは捜査情報から得たスクープだ。女児がゲーム機を落としたということは、そこが拉致現場だった可能性が高い。

高宮まみは必死に抵抗したのだろう。被疑者は落としたゲーム機を拾ったが、損傷して破片が飛び散ったことには気付かなかった。

警視庁キャップの和手からすみませんと謝罪の電話が入った。

「いったいなにやってんだ、二つもいっぺんにやられやがって」

〈僕自身もこんな恥さらしなことは初めての経験でして。本当に申し訳ございません〉

「まぁ、いい。次になにか抜き返してくれ」

なんとか怒りを爆発させずに堪《こら》えたが、腹の中の燻《くすぶ》りは一向に収まらなかった。

午後四時の紙面会議でも、この日の編集長を務める局次長から「社会部、なにか出るよな」と皮肉を言われた。

直接言われたのは当番デスクである川島《かわしま》とサブデスクの塚田だったが、社会部は外山の部でもあるのだ。部下が責められているのを見ながら、会議の間中、ずっと肩身の狭い思いだった。コの字形に並べられたテーブルの反対側に座っていた政治部長の柳澤が、外山を見てせせら笑っているようにも感じた。

外山は中央新聞に入社以来、ニューヨーク特派員に出た三年間を除けば社会部一筋だ。警視庁の公安をやり、一課担の仕切りをやり、司法クラブをやった。公安では外務省と関連のある企業が極秘に北朝鮮政府と繋がっていて、スパイ疑惑があるというネタをものにしたし、司法クラブでは地検特捜部が極秘に捜査していた商社の不正経理事件をいち早く摑んでスクープした。四十歳という異例の早さで警視庁キャップも任された。

四十四歳で社会部次長、デスクになった。同期では一番の出世だった。当時は、中央新聞に久々に政治部ではなく、社会部から社長が出ると言われていた。

しかし部長に昇格したのは、同期の柳澤が三年も早かった。七年前の大誤報で、六年間も編集委員という冷や飯を食わされたからだ。

今や、外山が社長になると言っている者など社内では皆無だ。それでも社会部長を最後に、大阪や系列のスポーツ紙に飛ばされるのと、編集局長という編集局のトップを経験し、専務、副社長まで昇り詰めていくのとでは雲泥の差である。

外山は受話器を持ち上げて短縮ボタンを押した。警視庁記者クラブに繋がった。生安担当の若手が出たので、サブキャップの辻本に代われと命じた。

〈辻本さんからかけ直すそうです〉と言われた。すぐに携帯に辻本が折り返してきた。

〈すみません、やられっぱなしで〉

怒られることが分かっていたのだろう。辻本はブースの外に出て電話をかけてきたようだ。手で送話口を押さえているのか声はくぐもっていた。

「俺も社会部に長くいるが、こんな惨めな日はそうはないぞ」

〈部長に恥を掻かせてしまい、すみません〉

「ゲーム機の破片の件は事実なのか」

〈その可能性が高いみたいです。でもほんの小さな破片なので、百パーセントの断定はで

きていないようですが〉

「そういうディテールが大切なんだよ。小さな破片でも、読者はそこで女の子が握りしめていたゲーム機を恐怖で落とした姿まで想像するんだ」

〈はい。比屋根《ひやね》にはなんでもいいから咥《くわ》えてこいって発破をかけましたので〉

一課の仕切りの名前を出した。

「比屋根はどうでもいい。それよりおまえが中心になって警視庁記者を動かせ。夜回り前に全員集めて、まずは持ってる情報をすべて出させろ。なにもなきゃ、他紙が行きそうなところに先回りして、ぶつけてきそうな質問を先に聞かせろ。とくにゲーム機の破片は、まだまだ先が出てくるぞ」

〈は、はい〉

「明日の朝刊、他紙の夕刊の後追いしか載っていなかったら、俺は警視庁担当を総取っ替えするからな」

〈なにかやり返しますので〉

やり返しますと口にしたが、辻本がなにか弾を持っているわけではない。あればとっくの昔に、張り切って報告してきている。

「ところで辻本、さいたまとは連絡取ってるんだよな」気になって話題を替えた。

〈毎晩、向こうに残っている藤瀬と情報交換はしています〉

「さいたまはなにも摑んでいないのか」

〈この前、埼玉県警からの捜査員派遣の件で書くと連絡があった以外はとくにありません〉

二段見出しの小さな扱いだったが、それでも独自のニュース記事となった。だいたい足立の事件の第一報からして、支局にやられっぱなしではないか。

「おまえ、関口に都合良く使われているんじゃないのか」

〈そんなことありません〉

「藤瀬を使わずおまえが直接関口に電話をして、ヤツがなにを摑んでいるのか聞き出せ」

〈僕がですか……〉

辻本は不服そうだったが、もう一度「他に誰がやんだよ」と発破をかけると、〈わかりました〉と返事をした。

「じゃあ、頼むぞ」と言って電話を切る。こうしているうちにも関口がでかいネタを取ろうとしている姿まで浮かんでくる。

――外山の出世が遅れたのは、関口豪太郎を手なずけられなかったからだと言われているぞ。

編集委員時代、社会部出身の取締役から言われたことがある。その取締役が言うには、政治部の柳澤が話していたそうだ。

なにが手なずけられなかっただ。それならおまえが関口を扱ってみろ。その時は政治部に乗り込んで怒鳴り散らしてやろうかと思った。

関口は支局にいた頃から、警視庁キャップだった外山に偉そうな口を利いてくるような男だった。外山がデスクに昇格してからも、幾度となく衝突した。デスク命令だ、言うことを聞けと頭ごなしに命じ、それが功を奏したこともある。だが命令を聞かずに関口が勝手に動き、スクープを取ってきたこともある。そんな時の関口は、外山に話しかけてくることもなく、したり顔をしていた。

支局をたらい回しにしたことで、関口の存在を頭の中から消したつもりだったが、ヤツは甦った。事件が関口を生き返らせたのか、それとも関口が自力で生き返ったのか……いずれにしても今の外山の警戒心はかつてないほどだ。デスク席の電話が鳴るたびに、さいたま支局からではないかと肝を冷やす。

俺はもしかして重大な選択ミスをしたのではないか、と思った。柳澤が言っていたように上手く関口を手なずけ、身内に入れるべきだったのではないか。辻本などではなく、関口を……。

しかし、そう考えたところで、関口が外山の指示通りに動いている姿など想像ができなかった。

28

「そんな刑事がいたとは思いもしなかったな」

「はい、私も聞きながら鳥肌が立ちましたから」

時間は午前四時半を過ぎていた。窓から見える空はすでに白み始めている。都内の刑事宅に行った藤瀬から連絡を受けた豪太郎は、予想もしていなかった報告に「直接話を聞きたいから、支局に戻ってきてくれ」と頼んだのだった。

夜回り先から一度は直帰を許した岡田も戻した。この日、宿直だった木原を含めた四人で深夜のミーティングとなった。

「新聞が書いたら警察が動いてくれるなら、書いちゃえばいいんじゃないですか」

岡田が豪太郎に言った。

「中島が死刑直前に叫んでいたことをか？　だけど刑務官が証言したとは書けないんだぞ。社会部がそんな話を信じるか」

豪太郎は首を左右に振った。

「ならそう口止めされた上で刑事から話してもらえたと説明すれば」

「そんなの無理よ、岡田君。言えば意地でもその刑務官を探し出せって言われるわ」

「間違いなくそう言うだろうな」

豪太郎も藤瀬の意見に同意した。中島の話を聞いた刑務官には取材できないと伝えた段階で、そんなネタは信憑性に欠けると社会部は書かせてくれないだろう。

「でしたら埼玉県版だけで載せるのはどうですか。それでも十分、警察を動かす効果はあると思いますけど」

「そんな勝手なことをしたら支局長と須賀デスクはクビだよ」

豪太郎が言うと、隣で何度か欠伸《あくび》を我慢していた木原も「支局長どころか、キャップも俺もおまえも一生地方回りだ」と続けた。地方回りと口にしたところで、豪太郎の視線を感じたようで、木原は「すみません」と謝った。

「別にいいさ。そんなことより藤瀬、その刑事のこと、どうして知ったんだ」

豪太郎は藤瀬に尋ねた。

「……マツパクです」少し逡巡《しゅんじゅん》してから藤瀬が小声で言った。

「松本が知らせてきたのか」

「メールが来たんです。七年前の事件の捜査員が、現在も二人組の犯行ではなかったかと疑っていて、今回の事件との関わりを上司に進言したが相手にされなかったって」

松本とは金沢に異動した頃はよく電話で話した。不在でも彼は必ず「すみません、出られなくて」と折り返しの電話をくれた。しかし次第に折り返しがかかってこないことが増えた。去年、整理部に異動してからは、慣れない仕事で忙しいのだろうと、豪太郎もかけるのをやめた。

「もしかして松本は知り合いの刑事に当たってくれたのかな」

「私はそう思っています。今は所轄の生安課長のようですけど」

「それなら松本に電話して、こっちに呼ぶか。たまにはあいつの顔も見たいし」

「それはやめた方がいいです……」

「どうしてだよ」

「だって今は社会部じゃないですし、小さい娘さんがいて、共働きで大変みたいですし……」

奥歯に物が挟まった言い方をされた。

「それなら、電話だけしよう」

携帯を取り出すと「それもしないでください」と今度はハッキリと制止された。

「マツパクもいろいろ社内で大変なんですよ。豪太郎一派だとか言われて」

「豪太郎一派ってなんだよ。俺は別に派閥なんて作ってないぞ」

「関さんはそう思っていなくても、そういう目で見る人はいっぱいいるんですよ。マッパクはそのせいで相当嫌がらせを受けたみたいですし」

「もしかして藤瀬さんもですか」隣の木原が尋ねた。

「そうなのか？」

「私はそれほどでもありませんけど」

「それほどってことはあるってことじゃないですか」木原が言う。

「誰が嫌がらせすんだよ」

　豪太郎は不快な気分で藤瀬に聞いた。

「誰ってこともないですけど、関さんのことを好ましく思っていない人たちです。例えば外山部長とか」

「外山か、あいつが遺体発見かなんて見出しをつけさせたから大問題になったのに、自分だけ部長になりやがって」

「もしかして、関さん、また外山部長に抗議しようとしてませんよね」

　藤瀬に聞かれ、「別にそこまではしないけど」と答える。言われていなければ朝一番で電話をかけていた。

「やめてくださいね。そんなことをしたらマツパクが迷惑しますから。それにマツパクが整理部に異動願いを出したのは、マツパクなりに悩んだ結果だったと思うんです」

「なにに悩んだんだよ」

「自分が記者で居続けることにですよ」

「記者で居続けることが大事に決まっているじゃないか。記者じゃなきゃ取材もできないんだぞ」

当然とばかりに答えたのだが、藤瀬からは「そこなんですよ、関さんと違うのは」と当惑した顔をされる。

「あの誤報の件では私もマツパクも同じように傷つき、反省しました。関さんだって同じだったと思っています。でもその後始末というか責任の取り方というのは、三人それぞれ違うんです。関さんは違うネタでやり返して、記者としての使命を果たしたいと思ってるんですよね？」

「当然だよ、記者なんだから」

「でもマツパクは自分たちの失敗を取り返すことより、もう攻撃しないことを選択したんだと思います」

「攻撃しないって、誰をだよ」

「新聞によって被害をこうむる可能性のある全員です」

「そんなこと言っていたらなにも書けないじゃないか」

「でもマツパクはそうは考えなかったんですよ」

藤瀬は一息ついてから話を続けた。

「記者の武器はペンである以上、ペンの使い方を間違えば凶器にもなるということです。私たちは七年前、ペンで家族を傷つけてしまいました。だからマツパクは二度とペンは使わないと決めたんだと思います」

「ペンを使わないって、それを放棄したら新聞記者の仕事はできないじゃないか」

「別に現場の記者だけが新聞社の仕事じゃありません。整理記者で紙面をレイアウトすることだって大事な仕事です」

それは分かっている。だが整理記者の経験がない豪太郎には、言葉では分かってもよく理解はできなかった。

「そういう藤瀬さんはどっちの立場なんですか」

木原が藤瀬に質問した。豪太郎も気になって藤瀬の顔を見た。

「私は……」

彼女はそこで言葉に詰まった。記者を続けているが、内心はマッパクと同じなのだろうと豪太郎は思ったが、予想していたものとは少し違った。

「私は新聞記者はまだ世の中に必要だと思っています。ネットが出てきて、もはや新聞に速報の役割が消えたのは事実ですし、購読者も減っています。だけどどんなに伝達ツールが発達しても、現場に出向いて、自分の目と耳で確認する記者がいなければ、間違った情報も拡散されていきます」

「そうですよ。今はポータルサイトのヘッドラインで事足りるって言われますけど、それだって新聞から貰ったり買ったりしているものが多いんですから」

岡田が言うと、木原までが「俺もそう思います。いつか新聞がなくなったとしても、なにかの媒体で責任を持って書く新聞記者の魂のようなものは残り続けると思います」と強い口調になった。

「まぁ、俺たちはその責任の重みに一度潰されたわけだけどな」

豪太郎は奥歯を嚙み締めながら言った。一般ユーザーがブログで生きている少女を死んだと情報を流したら、そのブログは炎上するかもしれないが、書いた人間が責任を取ることはないだろう。それがフリーのジャーナリストなら責任は重くなる。さらに新聞記者であれば、七年前の中央新聞のように、新聞という媒体そのものが信頼を失い、時代遅れの社会悪であるような批判を受ける。

だがそこまで集中砲火を浴びるということは、新聞はまだ、世論を動かすだけの責任を背負っているという意味でもある。

「よし、こうなったら本当に俺たちが間違っていたのかどうか、そして死刑執行直前の中島がどこまで本気でもう一人犯人がいたと言っていたのか、その真実だけでもきちんと確かめよう」

「そうですよ、キャップ。警察が動かないのなら僕らが動くしかないわけですし」

「七年前の事件にもう一人犯人がいたことを摑んだら、それこそ日本中がひっくり返るほどの大ニュースになるだろうからな」

岡田に続いて、木原も言った。

普段は頼りなく思っていた二人までが真相の解明に躍起《やっき》になっている。彼らにそんな熱があったことを、豪太郎は嬉しく思った。

松本が自分の意思で記者をやめたことだけが残念だが、それでも彼はプライベートな時間を使って警察官に会いに行ってくれ、藤瀬が取材する手筈《てはず》を整えてくれた。現場記者ではなくとも、彼にもジャーナルの魂が残っている。

問題は取材先だ。中島の弁護士に会うことも考えたが、さいたま支局の記者が取材をかけていいのか。本社に知られたらまた怒りを買うのは見えている。

それなら警視庁キャップの和手に相談するか。和手なら刑務官の話は会社に通さずに、手伝ってくれるかもしれない。いやダメだ。刑務官の話には納得しても、そのネタをどこから引いてきたかは聞いてくるだろう。そうなれば松本の名前を出さざるをえなくなる。松本が警視庁記者に断りなく刑事を取材したと知れば、和手だって面白く思わない。

目頭を指で摘んで考えるのだが、どう進んでも行き止まりにぶち当たるようで答えが見出せなかった。でもなにかあるはずだ。自分たちが見落としているものがないか、もう一度、考える。

「そろそろ準備しないと、家が遠いサツ官宅は間に合いませんよ」木原が時計を見ながら呟いた。

「もう少し待ってくれ。誰になにをぶつければ道が開けるのか、今考えてる。刑務官が駄目でも、必ずどこかに突破口はあるはずだ」

「でもあの時の共犯が逃げ延びていたとしたら、そいつはこの七年間、いったい何をしていたんですかね」髪が飛び跳ねた後頭部を掻きむしって岡田が言った。

「そんなの決まってんじゃないか。相変わらず変態なことをしてたんだよ」

木原が返答したが、豪太郎は「違う」と否定した。

そうだった——自分たちはどうしてそんな単純なことに気付かなかったのか。こういった性癖を持つ犯罪者は常習性があると聞かされてきたのに。

「どうやら俺たちは大事なことを忘れていたようだ。そいつがこの七年間、何をしていたかだよ」

海外に逃亡していた可能性はある。だがそうだとしてもこんなに長期間、身を隠す必要はない。中島の刑が確定した時点で自由の身だ。

「たとえ前回は暴行に加わっていなかったとしても、こうしてまた事件を起こしたということは、被疑者は相当に歪んだ性癖を持っている。その手の性犯罪者は、ほとぼりが冷めたら、またすぐに次の事件を起こす。だがこの七年間、似た事件は起きていない」

「確かに関さん、あそこまでひどい事件はないですよね。ということは……」

そう言った藤瀬に、豪太郎は頷いた。

「刑務所だよ」

「そうか。刑務所に入っていたなら絶対に犯罪を起こせないですものね」

「よし、きょうからこの七年間の性犯罪者の逮捕記録を当たろう。埼玉、東京、神奈川に限らず全国だ。そして最近出所した人間を絞り込むんだ。未成年を含めて全員だぞ」

「わかりました」

三人が同時に返事をした。

29

「来たか。入れ」

目の前に座っていた部長の外山が腕組みしたまま言うと、男性社員が入ってきた。

「マツパク！」

会議室の真ん中で一人パイプ椅子に座らせられていた祐里は思わず叫んでしまった。

マツパクは祐里の顔を見ようともしなかった。中に入ってきて、不貞腐れた顔で立っている。祐里の前に、取調官のように三人が並んでいる。社会部長の外山、デスクの塩尻、そしてマツパクと同期の松本健一郎である。その松本健一郎が「マツパク、おまえも椅子を出して藤瀬さんの横に座れよ。部長もデスクも時間がねえんだよ」と命じた。

マツパクは無言のまま壁に立てかけてあったパイプ椅子を持ってくる。

椅子を開く時に一瞬だけ目が合った。マツパク、ごめん、申し訳ない……祐里は目で合図をしたが、マツパクに伝わったかどうかは分からない。彼は目を逸らして腰かけた。

祐里は自分がここに呼ばれた理由は分かっている。だがマツパクがどうして来させられたのかは、思い当たる節はなかった。デスクに聞かれて事情は話したが、マツパクの名前だけは口にしていない。

朝方まで豪太郎たちと相談したのち、祐里は久喜署の刑事課長に朝駆け取材をした。豪太郎が言った前科者について、警察がなにか情報を掴んでいないか聞くためだった。刑事課長は興味を示した。話し振りから、埼玉県警も七年前の事件とは関係なく前科者を洗っているが、該当者は出ていないようだった。

その後、県警の記者クラブに戻ろうとしていたところに、デスクの塩尻から電話があった。塩尻はすごい剣幕で怒っていた。

「藤瀬、なに陰でコソコソやってんだ。俺はおまえを社会部員としてさいたまに行かせたんだぞ。支局員にさせたんじゃねえんだ。警視庁担当はおまえが勝手な行動をしたとカンカンだぞ」

勝手な行動と言われ、昨夜上野という巡査部長の家に行ったことだと分かった。帰りがけ、東都新聞の巻という記者に声をかけられた。祐里は「ちょっと挨拶しに来たんです」

とごまかしたが、巻も「俺も久々に上野さんに会いたいなと思ってきたんだよ」と惚けていた。たぶん祐里の行動を怪しんだ巻が、今朝の取材でうちの警視庁担当の誰かに探りを入れたのだろう。

しかしマツパクがどうして呼ばれたのかが分からなかった。電話で塩尻に叱られた時には、嘘をついても仕方がないと刑事に夜回りをかけたことは認めた。だがその刑事の存在を知ったのは「ある人から教えてもらって」と濁し、マツパクの名前は一切出していない……。

「始めろ」

正面に座る外山が塩尻に命じ、事情聴取が始まった。

「マツパク、おまえなぜここに呼ばれたか分かっているよな」

塩尻が問い質すが、マツパクは答えなかった。

左端に座る松本健一郎が口を開いた。

「おまえがこの前、俺に言ってきたサツ官のことだよ。おまえたちが書いた二人組説を信じたサツ官がいると話していたよな」

なるほど、そういう理由か。マツパクは先に松本健一郎に伝えていたのだ。二人は同期だし、松本健一郎は足立の事件の取材班に入っている。

それまで黙っていたマツパクの口が動いた。

「だけど健一郎、おまえは、所轄の生安なんて意味がないと言ってまともに聞かなかったじゃねえか」

今まで聞いたことのないきつい口調に、祐里は驚いてマツパクを見てしまった。目つきまでがこれまでにないほど険しいものに変わっていた。

「別に俺は、おまえの話を聞いてなかったわけじゃない」

「いや、端から聞く気もなかったよ。おまえからは、二人組なのは埼玉の未遂で、足立は単独犯の可能性が高くなったと言われた」

「あの時はその説が主流だったからそう言っただけだ。だけどそこまで自信のあるネタなら、はっきりそう言ってくれりゃ良かったんだ。そうすりゃ俺だってもっと詳しく聞いた」

「言おうとしたけど、その前におまえから、俺が社会部に戻りたいためのアピールだと言われたからな」

「いや、あれは」

「今は整理部なんだから、余計なことはしない方がいいとも言ったよな」

「マツケン、そんなこと言ったのか?」

塩尻デスクに質され、松本健一郎は「い、いえ、それはこいつが……」としどろもどろになる。

「なにやってんだ、おまえは」

塩尻に叱られた松本健一郎は「すみません」と体を縮めた。

そこでしばらく沈黙の時間が流れる。喋り出したのは塩尻だった。

「確かに聞かなかったのはマッケンに非がある。だけどおまえが自分で取材して新しい情報を得たのなら、そのことは藤瀬ではなく俺たちデスクに伝えるべきだろ。それが社会部のルールだ」

塩尻は話の論点をすり替えたが、マッパクが「僕は整理部です。社会部じゃありません」と言い返した。

「でも自分で取材に行ったんだろ。それは社会部の仕事をしたってことじゃないか」

「そりゃ、僕だって社会部に七年いましたから、取材くらいはできます」

「まぁ、百歩譲って取材したのはいい。おまえのネタ元だったんだからな。だけどそれをどうして藤瀬に伝えた。そこは俺たちデスクに報告すべきだろ」

マッパクはそこでしばらく間を空けた。

「それなら塩尻さんに話したら、ちゃんと聞いてくれましたか？」

「もちろん聞いたさ」

「本当ですかね。それって七年前のことを蒸し返すことになるんですよ」

そう言われ塩尻は黙ってしまった。

腕組みして聞いていた外山が「もう、やめろ」と言った。

「身内でそんな言い合いしてなんの意味がある。問題はその刑事がなにを言ったかだ。藤瀬、説明しろ」

今度は祐里に命じてきた。

祐里は「はい」と返事をする。豪太郎の顔が浮かび、どこまで話すべきか悩んだが、自分は社会部の一員だ。中央新聞記者の肩書きがあったから上野にも会えたのだと、聞いたことを順序だてて説明した。

塩尻や松本健一郎はもちろん、憮然として聞いていた外山までが、祐里の話に聞き入っていた。

「それで……関口はどうしようとしてるんだ」塩尻が聞いてきた。

今朝、豪太郎が思いついた、前科者を当たるということを伝えるべきか躊躇してしまう。すぐに迷うことじたいおかしいと思った。社会部もさいたま支局も、同じ中央新聞なのだ。こんなところで競い合い、足を引っ張りあってどうする。

「考えた末、もし七年前にもう一人容疑者がいたのなら、これまでその容疑者はなにをしていたかって疑問にぶち当たったんです」

「そんなの次の事件を起こしたくて悶々としてただろうよ」塩尻が口を挿んだ。

「確かにほとぼりが冷めるのを待っていたとは思います。それでも七年は待たないですよ」

祐里が言い返すと、塩尻は眉を顰めて口をへの字に曲げた。隣の外山は腕を組んだまま、渋い顔をしている。

「考えられるとしたら二つです。一つは海外に逃亡していた。そしてもう一つは、刑務所に入っていた」

「刑務所？」

外山と塩尻が同時に聞き返した。

「そこで、この七年間に性犯罪事件を起こした人間を洗おうってことになったんです」

「関口はそれを調べているのか」

「はい。埼玉でも全国で起きた犯罪のデータベースは調べられますが、時間がかかります。警視庁担当やサッチョウの二階さんも加わってくれるとスムーズにいきます」

「関口の指示に従えということか」

塩尻が不満を垂れたが、すぐさま外山が「塩尻、おまえから和手に連絡しておけ」と命じた。

「そんなこと言えば、さすがの和手も怒りますよ」

「怒ろうが関係ない。こんなネタ、もし関口に取られたら警視庁担当の恥だと言っておけ」

怒声に塩尻は「はい」と返事をした。

外山は祐里に目を向けた。

「それからその話をした二人のサツ官にも取材に行ったほうがいいな。藤瀬が行ったサツ官は引き続き藤瀬が行け。問題は最初に疑問を覚えたサツ官だが……」

「そうですね……」塩尻はマツパクに顔を向ける。「マツパク、その所轄のサツ官の名前を教えてくれ」

だがマツパクの目は外山に向いていた。

「それは僕からは言えません」

「どういうことだ」外山が目を光らせた。

「ネタ元が誰かというのは、社内だろうが、言ってはいけないことですから」

「俺たちは同じ会社だ。言っても問題ない」外山の顔が険しさを増していく。

「言えません。僕はそう教わってきましたので」

「マツパク、おまえ、俺には教えてくれようとしたじゃないか」

松本健一郎が挽回のチャンスと説得に乗り出した。マツパクは少しだけ口の周りに笑みを広げて、首を振った。

「いいや、今となってはおまえが聞いてくれなくて良かったと思っている。ネタ元は同じ会社の人間でも、本当に信頼できる間柄でない限り、喋ったらいけないものだからな。俺とおまえは同期だけど、一緒に仕事をしたこともない。そんな程度の関係で教えていたら、関さんだったらどやされていた」

豪太郎の名前を出したことで今度は外山が切れた。

「どうしてここで関口の名前が出てくるんだ。やっぱり、まだ関口と繋がっていたのか」

「繋がってなんかいませんよ。実際、一度も連絡を取っていませんし」

「それならどうして俺の言うことが聞けない。今のおまえは整理部員なんだ。自分で取材するわけにはいかないだろうが」

「それは分かっています。だからもう行きません」

「それならその取材先を教えろ」

「答えられません」

「自分がどんな目に遭ってもいいのか」

「構いません」芯のこもった強い声、顔つきも今まで見たことのないほど強情だった。

「もういい、勝手にしろ」

「でも、どうするんですか。さいたまに勝手なことをやらせていいんですか」

塩尻がおろおろしながら外山に尋ねる。

「それを勝手にさせないのがおまえらの仕事だろ。今すぐ関口に電話をかけて、今後は随時連絡するように言え」

「えっ、僕がですか」

「おまえらデスクがやらなくて、誰があいつを抑えるんだ。以上だ。解散」

外山が立ち上がって部屋を出ていった。その後ろを塩尻と、松本健一郎が重たい足取りで続いていく。

会議室には、祐里とマツパクの二人だけが残された。

「マツパク、ごめんね、迷惑をかけて」

後輩に頭を下げた。そもそも自分が東都の巻に見られたのが原因なのだ。

「いいですよ、別に」またいつもの冷めたマツパクに戻っていた。

「最後のあれ、カッコ良かったけどね。ネタ元は言えませんって言った時」

褒めたのだが、笑顔一つ見せずに乗ってこない。

今は整理部員とはいえ、これからさらに出世しそうな外山にあそこまで楯突いたら、彼はこの会社で先は見込めないだろう。

いくら顔を見たところで無反応なので、祐里は「本当にごめんね」ともう一度、両手を目の前で合わせ、部屋を出ようとした。

「引き続き、お願いしますね」

立ち上がって、パイプ椅子を畳もうとしたところで声がした。さっき外山に向かっていった熱のある声のままだった。祐里はもう一度、椅子を開いて座り直す。

「お願いしますって、どういうこと?」

「もし七年前の事件が二人組で、そのうち一人がまだ生きていて……その容疑者が今回だけでなくまた次の事件を起こしたとしたら、僕はきっと後悔するでしょうから」

「うん、私も後悔する」

「僕がそう言っていたと関さんに伝えておいてください」

「分かった、言っておくよ」

そう答えたところで疑問が湧いた。

外山との会話から想像すれば、マツパクは外山から豪太郎と付き合うな、と警告を受けていたようだ。なのに、また豪太郎の一番の子分であるかのような態度を上司の前で示した。関さんだったらどやされていたと言い放った時のマツパクは、ネタを取るために歯を食いしばって走り回っていた一課担時代の顔に戻っていた。

「ねえ、マツパクはなんで豪太郎が好きなの?」

それは一課担の頃からの疑問でもあった。

一番怒られていて、誰よりも無茶な命令を下されていたのに、マツパクは豪太郎の言うままにガムシャラに働いていた。祐里が豪太郎のいないところで「あいつ、私たちをなんだと思ってんだろうね」と愚痴っても、釣られて不満を漏らすことはなかった。

「別に好きではないですよ。あんな人」

「でも尊敬してなきゃ、あそこまで従えなかったでしょ」

唇を結んだまま、マツパクは答えない。

「たくさんスクープを取ったから？　それとも豪太郎の記者としての姿勢を認めていたから？」

「……しいてあげるなら」マツパクは小声で話し始めた。「……あの人、僕のこと、ちゃんと松本って呼んでくれたからですかね」

「えっ、そんなこと？」

後頭部を殴られたようなショックがあった。マツパクではなく、松本――祐里もずっとマツパクと呼んでいた。

「別にそれだけじゃないですけどね。ずいぶん叱られて、滅茶苦茶な指令も出されましたが、最初から僕のことを一人前の記者として扱ってくれていたなって、当時は思ったんです」

厚かましくて他人の気持ちなど分かろうともしない男――辟易《へきえき》して接していた祐里とは反対のことを感じていたということだ。豪太郎は松本博史の心の中まで読み取っていたということか。

「ごめんね。私も全然、気にしないでそう呼んでいた」

「いいんですよ。社会部の同期に松本が二人いて、そのうちの一人がマッケンと呼んでくださいと言ったら、もう一人も似たような渾名《あだな》になるのは自然でしょうから」

「そうだけど……」

「それに今は別に慣れたからなんとも思っていません。むしろ今、松本とか博史とか言われる方が違和感を覚えます」

「そうかな」かといって、なんて呼べばいいのか悩んでしまう。

「関さんにしても、別に考えて松本と呼んだんじゃなくて、あの人、部会にも滅多に出なかったから、同期にもう一人松本という新人がいたことすら知らなかったんだと思います」

「その可能性はあるわね」

「でももう少し部下の頑張りにはちゃんと気を遣ってほしいとか思ったことは一度や二度ではないですけどね。あの時だって、僕は一瞬、どうして藤瀬さんに書かせないのかなと思ったんですよ」

「あの時って、アジトの記事？」

「だって丹沢周辺で中島らしい男がうろついていたっていう目撃談、藤瀬さんが最初に取ってきたネタじゃないですか」

「私の情報だけでは全然。とても一斉捜索までは書けなかったわよ」

「藤瀬さんなら供述に基づきなんて書かなかったんじゃないですかね」

「どうかな。私だって女の子が生きていてほしいと願っていたけど、実際取材してた人はみんな殺されてるだろうって言っていたし。もっと酷い記事を書いて家族を悲しませてたかもしれない」

「藤瀬さんならきっと家族のことも考えて書きましたよ」

「ううん。それだけはあの時に戻ってみないと分からないよ。事実関係を確認するのに必死でそんな余裕もなかったから」

「僕もユンボが出てると聞いた時、遺体が埋められていると思いましたから、非難はできないんですけどね」

小さな声でそう言うと「あと関さんとのことで、嬉しかったとすれば……最初に会った時かな」と、途切れながら続けた。話が替わったのは分かったが、なんのことかは分からなかった。

「藤瀬さんはいなかったですけど、僕が初めて警視庁クラブに挨拶に行った時、関さんから、きみは『大統領の陰謀』を観て新聞記者を志したらしいな、って言ってきたんです。僕が社内報の新入社員紹介の中で書いたことを覚えてくれていたみたいで、あれは結構、感動しました」

大統領の陰謀？　祐里の遠い記憶の中にも、その映画タイトルはしっかり残っていた。

「社内報にそのことが出たのは支局に行く前で、三年も前ですからね。しかも同期は他にもたくさんいたのに僕の書いたのは覚えてくれていたんですから。まあ、関さんも僕と同じで、あの映画を観て記者になったそうだから、それで覚えていてくれたのかもしれませんけど」

「映画を観て記者になったって、豪太郎がそう言ったの？」

「言いましたよ。関さん、僕にレッドフォード派か、ダスティン・ホフマン派かって聞いてきて、僕がレッドフォード派だと答えたら、あの映画はダスティン・ホフマンが取材相手に、十数えるから危険なら切ってくれと頼むシーンが肝なんだぞって言ってました」

そこまで聞いて祐里は堪りかねて噴き出してしまった。我慢しようとしたが、こらえられない。声にも出し、腹を抱えて笑ってしまった。

「なにが可笑《おか》しいんですか」

真剣な顔で抗議された。できれば豪太郎のためにも隠してあげたいが、これだけ笑ってしまったら、明かすしかない。

「騙されちゃだめよ。豪太郎があの映画を観て記者になったなんて真っ赤な嘘。だって、豪太郎はそんな映画があったことすら知らなかったんだから」

「えっ、そうなんですか」

「前の記者が三ヵ月持たずにやめちゃって、あの時、豪太郎にしては珍しく少し悩んでいたのよ。それでどうしたらいいかって相談されたから、私が、今度来る松本博史君は、

『大統領の陰謀』っていう映画を観て記者を志したそうですよって、社内報に書いてあったことを教えてあげたのよ。最初はその話でもしたらいいんじゃないですかって」

「藤瀬さんが言ったんですか？」

「それから豪太郎、ＤＶＤを借りに行ったんじゃないのかな？　直前に観たから、余計にそのシーンが印象に残ったのよ」

　これで尊敬が薄れてしまったら豪太郎に悪いなと思ったが、人から教えられて観たくせに、そんな偉そうなことを言うからいけないのだ。なにが「どっち派だ」だ。なにが「肝」だ。よく言う。その厚かましさが豪太郎らしい。

　意外だったのか、松本博史はしばらく口を半開きにしていた。

「ごめん、ガッカリした？」

「い、いえ」と首を振る。「でも、藤瀬さんはどうしてその映画のことを覚えていたんですか」そう尋ねてきた。「もしかして藤瀬さんもあの映画を観て記者になったんですか」

「私はそうじゃないけど、でも多少は関係しているわね」

「どういうことですか」

「私が高校の時に尊敬していた先生が、ジャーナリスト志望で、よくその映画の話をしてくれたの。その先生もダスティン・ホフマン派だったわ」

「なんだ……そうだったんですか」

その人が初恋の相手だというのは言わずにおいた。

30

二階堂が警察庁刑事局の小部屋に入っていくと、そこには漆原捜査一課長と、沖田刑事企画課長が硬い表情で座っていた。

二階堂が入ってきたことで沖田の眉尻が急に下がった。

「わざわざすみませんな、二階さん、お呼び立てして」

「あれ、大河内局長の姿が見えませんね。僕が面会をお願いしたのは大河内局長だったはずですけど」

二階堂がわざとらしく部屋を見渡すと、二人が一瞬顔を見合わせて苦い顔をした。すぐに沖田が「局長、ちょっと会議があって顔を出せないんですよ」と取り繕う。

「ではまたの機会でもいいんですが」

出口に足を踏み出そうとすると、「別に我々でもいいでしょう。私が捜査一課長なんですから」と漆原に止められた。

漆原に体を向けた二階堂は、机の下に隠れてあった椅子を引っ張りだし「いいすか、座って」と尋ねた。沖田が「どうぞ、どうぞ」というので深く座り、少し間を開けてから口を開いた。

「東都新聞が動いているようですね。漆原課長のところにも取材が入っているんじゃないですか」

「なんのことですか」漆原は表情を変えることなく答えた。

「ほら、僕が以前沖田課長に話した、七年前の二人組説ですよ。東都時代に僕も摑んでたって沖田課長に言いましたよね。もちろん漆原課長に伝えていただけたんでしょ」

沖田は慌てたように見えたが、漆原は堂々と「聞いていますよ」と認めた。ただ、いつ聞いたかの感触は摑めなかった。二階堂が大河内に面会を求めたことを知った沖田が、焦って説明したのかもしれない。

「東都の吉江君のことだから、漆原課長だけでなく、大河内局長にも話したんじゃないですか。僕が言わなかった新しい情報でも付け加えて」

「東都の吉江さん？　局長と話してましたっけ？」

漆原が隣を向くと、沖田は「私は知りませんな」と否定した。

「惚けないでくださいね。お二人とも、僕が吉江と同じ釜の飯を食ってきたというのをお忘れになっているんじゃないですか」

「そうおっしゃるということは、吉江さんが二階堂さんに話されたということですか」漆原が聞き返してくる。

「まさか。今は別会社の人間ですからそんな話はしません。でも優秀な男ですからね。向こうが僕を警戒しているかは分かりませんが、こちらはあいつの動きを逐一《ちくいち》観察しています」

吉江が刑事局長室に入っていくのを目撃したような言い方をしたが、はったりだ。それでも吉江の慎重な性格なら、巻から情報を聞けば、大河内にぶつけるに違いない。

「そこまでおっしゃるのであれば、ご想像にお任せしますが」

「漆原課長は認めるということですか」

「認めるとは言いません、あくまでも大河内局長のことですから、局長に確認してください」

「ですから僕は局長とお会いしたいと言ったんですけどね」口を歪めて言うと「まあ、いいです」と続けた。「中央が伝えた時はあまり乗り気ではなかったけど、天下の東都新聞から同じ質問を受けて、警察庁もようやく重い腰を上げたということで、僕は理解しています」

言葉遣いには気を遣いながらも毒を含ませた。横目で覗くと天下のという語句に反応したのか、沖田は狼狽していた。

「それでは二階堂さん、お話があるということは、新たな情報でもいただけるのですか」

漆原が言った。二階堂はわざと声に出して笑った。

「いやあ、漆原課長。残念ながら東都とうちとでは兵力が違いますよ。警視庁の捜査員ならまだしも、刑事局の幹部に話せるほどのネタなんてありません。なにせ僕自身、七年前の事件が実は二人組で、しかもその一人が今回の事件に関わっているなんて信じているわけではありませんから」

「そうなんですか」と沖田。

「万が一そうだったとしても、我々新聞社のほうもどうかと思いますけどね」

「どうかとは？」

「警察にしてみたら、新聞記者も七年前に取材して単独の犯行だと書いていたのに、今頃になって七年前にも二人組の目撃談があったことを持ち出してくるなんて、いったい新聞はどういうつもりなんだと思っているんでしょうけど」

「別に思いませんよ。それがそちらの仕事でしょうから」漆原が言ったので、「ほら、そう思ってらっしゃる」と指摘した。漆原はこめかみに青筋を立てた。

「ですが、僕が沖田課長に言ったように、東都時代の部下が当時取ってきた目撃談が、今回の埼玉のに似ていたのは事実ですよ」

「その目撃談も一八五センチ以上あるということだったのですか」

「うちの若いのは『のっぽ』と聞いただけでした。バレーボールかバスケット選手のようだったと」

老婆はバスケットボールではなくソフトボールと言ったのだが、あえてそう言っておいた。

「それなら相当背は高かったんでしょうね」

「東都時代の僕は、部下に身長が何センチ以上かまでは調べさせようとしませんでした。なのに今回、中央のさいたまの記者は、車のカタログを目撃者の元に持っていって、座高がどれくらいだったかを聞き出し、専門家に当てて割り出したそうです。考えてみれば、のっぽといっても人の感覚はそれぞれだし、バレーボールやバスケットの選手だっていろいろいますからね。もう少し詳しく調べるべきだったと反省しています」

「ならば二階堂さんは、今回のさいたまの記者の取材力を認めてらっしゃるんですね」

「一八五センチ以上と決めつけたのは、ちょっとやり過ぎですけどね」

「そうでしょう。いくらなんでも数字はよくない」

沖田が横やりを入れてくるが、二階堂は正面の漆原から顔を動かさなかった。

「ですけど数字を出したことで、注意を引く目安になります。のっぽや長身と言うのと、一八五センチ以上だと断定して言われるのでは、女の子や父母の警戒心も違ってくるでしょうし」

二人は返事をしなかった。捜査妨害だ、違っていたらどうするのだと文句をつけたい思いはあるはずだが、当たっていたらと思うと、強くは出られないのだろう。

「もしかして警察庁は、各都道府県の警察本部に一八〇センチ以上の高身長の人間を全員、調査せよ、と命じているのではないですか」

「そんな人間、調べたらきりがないでしょう」沖田が答えた。

「それなら首都圏だけでも」

今度は漆原が「どうして二階堂さんはそう思われるのですか」と泰然自若《たいぜんじじゃく》とした態度で質してきた。

「警察は賢いからですよ」

「なんだか棘《とげ》のある言い方に聞こえますが」

「いえ、本当に賢いと思っていますよ。だからうちも警察と同じ調査をやろうとしています。今、うちの社会部がやろうとしていることはですね……」

そこで一度話を止めた。思わせぶりな言い方に沖田の体が前のめりになったが、漆原は相変わらず鉄仮面のまま、姿勢もぴくとも動かない。

「これは僕の古巣である東都新聞には言わないでくださいよ」

冗談めかして漆原に言うが無反応だった。

「いや、やっぱりやめておきます」

「どうしてですか」不審な顔で漆原が聞いてきた。

「あやふやなことを言って、後で捜査を乱されたと言われたくないですからね」

「情報なんて最初は不確定なものです。そこまで言ったら言ってくださいよ」

沖田がせっついてきた。

「この件はさっきの身長を特定したさいたまのキャップが言ってることですからね。その男、僕は大嫌いでね。図々しくて先輩記者に対する礼儀がなってなくて、会社に対するロイヤリティーもまるでない。まあ、忠誠心がないのは東都を出てった僕も同じですが」

まどろっこしい言い方に、沖田だけでなく漆原も痺《しび》れを切らしているのがわかった。

「そういう嫌いな男でも、今は僕も中央新聞で飯を食わしてもらっているものですから、彼がなにかを持ってきたら、ぶつけなくてはいけないわけです」

「なら、ぶつけてくださいよ。二階堂さんの取材ならいくらでも受けますから」

漆原が初めて催促してきた。

二階堂は額に指の節を当て、しばらく考えた振りをしてから言葉を継いだ。

「いえ、この件はやはり大河内局長にお聞きしたい」

「どうしてですか。話していただければ、一課長の私から局長に伝えますよ」

「ですが大河内局長は、当時の警視庁の刑事部長ですからね。七年前の事件にああだこうだといちゃもんをつけられるのは、好ましく思わんでしょう。もう終わったことですし」

「そんなことありません。警察というのはたとえそれが確定した事件であっても、別の容疑者がいるのなら放っておきません」

「もしや、すでに容疑者が特定されているとか」

「まさか」

「怪しい人間を見つけた。その人間は間違いなく高身長だったとか?」

「そこまで分かってたら引っ張ってますよ。少なくとも埼玉では目撃談が出てるんですから」

もう一度カマをかけたが漆原の仮面のような顔からはなにも読み取れない。

「そうですよ。そんなことなら、二階さんとここでこんな話はしてません」

横からしゃしゃり出てくる沖田までが表情を読み取れなくなった。

「そうですよね。でも調べているのは間違いなさそうですね。前科者を?」

「前科者は当然調べますよ」

「いましたか?」

「それはお答えできません」漆原はにべもない。

「ああ。分かりました。もしかして刑事局は、私たち記者が大河内局長の責任を追及するのではないかと憂心を抱かれているんですね」

「なにをおっしゃるんですか。もしそうであれば、その時は、我々は甘んじて非難を受けますよ」

漆原が言うと、沖田も「ええ、当然です」と続けた。

「ですが非難を受けるのは警察だけではないんですよ。さいたまの関口という記者は変わった男でしてね。うちの上司に、もし七年間もあの時の片割れが野放しになっていたとしたら、自分たち記者にも責任があると言い放ったそうです」

「それは立派な記者じゃないですか」

「立派なのは僕も認めますし、僕も会社に言うほどではありませんが、同じ意見です。当時の東都新聞の警視庁キャップとして責任はあると思っています」

言ったところで二人は頷くこともなかった。二階堂はさらに続けた。

「つまり七年前の事件が仮に二人組だったとしても、この二階堂は、けっして当時、捜査責任者の一人であった大河内局長を紙面で糾弾するようなことはしない、と大河内局長にお伝えください。それをお話しいただいてから、もう少し込み入った話をさせていただきます」

それでは納得しないかと思ったが、漆原は鉄仮面を被ったまま、「分かりました。そこまでおっしゃるのであれば、その時でも結構です」と答えた。

「それでは次回はぜひ局長とお話させてください。もちろん、その前に事件を解決されたとしたら、僕にこそっと教えてください」

冗談混じりに言ったが、鉄仮面に通じることはなく、軽く聞き流された。

記者クラブに戻ると、記者たちがソファーにもたれかかってテレビを見ていた。ワイドショーで女児殺害事件の続報をやっている。二階堂は東都の席でパソコンを打っていた吉江を「ちょっといいか」と廊下に連れ出した。

「なんでしょうか」

東都では後輩だった吉江は素直についてきた。廊下の端に到着して二階堂は話し出した。

「今、刑事局に行ってきた。おまえさんがなにを伝えたのかも全部教えてもらったよ」

「えっ」

反応したが、すぐさま「嘘だよ」と否定する。「いくらなんでも俺はよそ様が汗水垂らして取材したネタを横取りしようなんて教育は受けてねえからな」

「まあ、そうですね」

冗談としては度が過ぎたかもしれない。人の良さそうな顔をしている吉江があまり見せたことがない硬い表情に変わった。

それでも同じ釜の飯を食った二階堂が呼び出したことで、思い込みをしたようだ。「もしかして二階さんの方からご提案でもあるのですか」と探ってくる。

「提案とは聞こえがいいな。それを言うなら談合ですか、だろ？」

「談合だなんて」

「じゃなかったら、共闘かな。まあ、どっちでもいいか。巻に連絡を取りたいんだけど、今、ここでかけてくれないか」

「巻の番号くらい知ってるんじゃないですか。二階さんが警視庁キャップの頃から変わってませんよ」

「俺は面倒臭がりだから、他紙の記者の番号まで控えてないんだよ。それに俺がいた頃の警視庁キャップは、歴代のキャップが使ってきた会社の携帯を持たされてたからな」

「そういう時代がありましたね。PHSみたいな携帯でしょ」

「横文字並べられても分かんねえよ。なにせ俺はインターネットも見られねえんだから」

ポケットから折りたたみ式の携帯を出して、すぐにしまった。

「ガラケーですか。二階さんらしいですね」

おそらく今の警視庁キャップは最新鋭の携帯電話に替わっているのだろう。東都はずいぶん前に社員全員に携帯電話が配られたから、役職ごとに携帯を引き継ぐ必要もなくなった。

あの携帯にはこの吉江の名前も入っていた。片仮名にしたら「ヨシエ」。この男も女房に見られたら言い訳が必要な苗字だった。

「分かりました」吉江は電話をかけ始めた。「おお、巻か、今、二階さんと一緒なんだけど、二階さんがおまえと話したいみたいなんだ。ご提案があるそうだ。ちょっと代わるな」

　そう言って、電話を握った手を伸ばしてきた。

　喋る前から〈二階さんですか、どうもこんにちは〉と馴れ馴れしい声が聞こえた。

「おまえさん、サツ官のヤサで、うちの藤瀬と会ったんだって」

〈い、いえ〉

「惚けなくていいよ。藤瀬から聞いたから」

〈やっぱ、そうだったんですか。僕も二階さんが祐里ちゃんを取材に行かせたんだろうなって思っていましたよ〉

　声が浮かれていた。祐里ちゃんという呼び方からして気に入らなかった。自分の娘を軽く扱われているように感じる。

「残念ながら命じたのは俺じゃねえよ。藤瀬はおまえのライバルの命令で働いている」

〈ライバル？〉

「おまえさんのライバルといえば関口豪太郎だろうよ。同じ一課担の仕切りで散々やられまくっておいて、忘れたとは言わせねえぞ」

　少しドスを利かせて言うと、受話口の向こうが静かになった。

「おまえさんがその捜査官の自宅に行ったのは感心するよ。俺の元に来て、浅見がなんて言っていたかを尋ねた。俺は聞いてないと答えたが、おまえさんは俺が知ってて教えなかったと感じたんだろう。それで自力で調べ始めた。そういうことだろ？」

〈ま、まあ、そうですね〉

「可能性があるところを隈なく取材して行くのは記者としての常識だ。そういう意味ではおまえさんがきちんと記者のすべき仕事をしているのはよく分かった。その刑事のところまで行き着いただけでもたいしたもんだ」

〈ありがとうございます〉

褒められたと勘違いしているのか、声の通りがよくなった。

「だが俺が疑問なのは、そのことをうちの警視庁記者に話したことだよ。辻本か、それとも和手か」

〈別に話したわけではないですよ。翌朝、辻本さんとたまたま会ったんで、祐里ちゃん参戦したんですかと、軽く言っただけですよ〉

「やっぱり話したんじゃねえか」

〈まぁ、それは認めますけど〉

「東都の力を駆使して、藤瀬が行った刑事の家まで辿り着いたところまでは感心するよ。だけど俺が気に食わないのはそこから先だ。おまえはその刑事に体《てい》よく追い返された。だから心配になって辻本に探りを入れたんだろ」

〈探りだなんて、僕らだってある程度は知ってて動いてますよ〉

「なるほど、そういうことか。辻本に聞いた時点では分からなかった。だがその後の取材で分かったということだな」

巻は黙ってしまった。返事に窮しているというよりは、余計なことを言わないように警戒しているように感じた。

「だとしたらたいしたものだが、辻本に喋ったのは余計なことだったんじゃないのか」

〈別に僕はちょっと聞いてみただけで、喋ったってほどではないですよ〉

少し間を空けて答える。

「それが余計なことなんだよ。東都が動いていると知りゃ、俺たち中央も警戒するだろ」

しかし電話口の巻は、まるで悔やんでいる様子がなかった。

「なんだ、巻、おまえさん、ずいぶん余裕があるじゃねえか」

〈二階さん、今更遅いんですよ〉

調子づいた口調に聞こえた。

「なにがだよ」

〈僕が聞いた時に協力してくれていたら、うちに貸しができたのに、今更協力だなんて手遅れです〉

「馬鹿言え、俺は別に協力を仰ぎたくて電話したんじゃねえ」

〈でも手の施しようがなくて困ってんじゃないですか。だいたいあの時だって、僕はどうしようもなくて二階さんのところにいったわけではないですからね。二階さんにはお世話になったから一緒にやってもいいと思っただけです〉

必死に聞き出そうとしていたくせに、完全に強気になっていた。中央新聞を見下しているようにも聞こえる。こっちは沖田から漆原、漆原から大河内と話を繋げて警視庁を動かそうと試みたが、もしやそれを東都は先にやったのか？　だからさっき、大河内は現れなかったのか？　となれば警視庁はすでに捜査に着手しているのか……。

目の前の吉江を見た。人当たりのいい吉江までが、嘲笑しているように見えた。

〈もしもし、二階さん、聞いてますか〉耳元から巻の勝ち誇った声が聞こえた。〈二階さんがどうしても東都と中央でやりたいというなら、うちも考えないことはないですけどね〉

「なんだと」

〈でもその場合は編集局長に相談させていただくことになりますが〉

東都時代に張り合った同僚の名前を出してきた。

総力戦になれば、東都にやられる公算が大きい。中央ときたらこの期《ご》に及んでも警視庁担当とさいたま支局がいがみ合ったまま、手柄の取り合いをしているのだ。それでも古巣にひれ伏す気にはなれなかった。

「その必要はねえよ、巻、おまえの好きにしろ」

〈そうですか。別に言われなくても好きにさせていただきますけどね〉

強気に返してきた。この野郎、俺が散々けつを拭いてやったのに……怒りが煮えたぎり、胸が焦げそうになった。

「だけど巻、これだけは忘れんな」

〈なんすか〉

「うちの藤瀬のことを、祐里ちゃん祐里ちゃんって馴れ馴れしく呼んでるが、二度とそんな呼び方すんじゃねえぞ。藤瀬祐里はうちの立派な記者だ。おまえなんかよりはるかにデキがいい記者だ。おまえごときに軽々しく呼ばれるとこっちまでが気分が悪くなる」

言わなくてもいいことだと分かっていたが、吐き出さないことには気が済まなかった。

31

「おまえたち、なにやってんだ！」

外山はデスク連中を叱責した。

この日は当番がベテランの塚田、サブが塩尻だ。

「記者を方々に散らしているんですけど、なかなかネタがなくて。警察も手詰まりのようです」

塚田が言うと、塩尻も「和手からも前科者を洗っているが該当者は見つかっていないと連絡がありました。車についても今のところ進展はないようです」と言い訳をした。

「俺が言ってるのはそういうことじゃない。どうして紙面会議で、編集局長からさいたまの話が出るんだってことだ」

「そ、それは、わかりません」塚田は悄然とした。

「局長がさいたまを出すのは、おまえたちが会議ですぐ『それはさいたま支局がやってる』と口にするからだよ。だから上は社会部よりさいたま支局の方がネタを持ってると勘違いしてんだよ」

今終わった夕方の紙面会議での社会部デスクが出す予定原稿は、身内である外山が聞いていてもぱっとせず、聞くに耐えなかった。

足立区女児殺害事件の容疑者が、いつしか埼玉の連れ去り未遂事件の容疑者と同一であるという雰囲気に変わってきた。実際、各記者の取材先でも、捜査員がその線が濃いと言い出しているそうだ。

埼玉で目撃された車が、足立区の事件現場周辺を通過したことを警察は掴んだようだ。しかし書けるほどの根拠は、うちの記者たちは握っていない。

編集局長の三笠《みかさ》は政治部出身で、外山のライバルである政治部長、柳澤の親玉である。普段は社会面にはあまり興味を示さないが、女児殺しで中央が他紙にやられっぱなしなために、会議で口を出してくるようになった。だからといって、あからさまに「さいたま」と口にするのは、誰かが入れ知恵しているとしか考えられない。

「社会部長、ちょっといいですか」

背後から声をかけられた。外山が入れ知恵をしている張本人だと思っている柳澤が立っていた。

「なんでしょうか」

外山はゆっくりと立ち上がった。新人の頃は柳澤の下の名前である「シゲユキ」と呼んだ。柳澤も外山のことを「ヨシマサ」と呼んできた。お互いが社会部と政治部に分かれた頃から、苗字に呼び方が変わった。外山が警視庁、柳澤が官邸キャップをしていた頃から顔を見てもあまり言葉は交わさなくなった。お互いが部長になってからは、苗字を呼ぶことすらなくなった。会話はすべてよそよそしい丁寧語だ。

小会議室に向かう柳澤の後ろをついていく。

柳澤が奥の座席に座った。仕方なく手前の席に座る。上座に座られたことが癪《しゃく》に障り「おい、なんだよ、急に」と久々に馴れ馴れしく呼びかけた。

「なあ、外山よ、おまえたち、なにをやってんだ」柳澤も昔の口調に戻っていた。

「なにをって、必死にやってるさ。今もデスク連中に、発破をかけていたところだ」

「俺が言ってるのはそういう意味じゃない。おまえたち、相手にする人間を間違っているんじゃないのか。おまえたちの話がこっちのヤマまで聞こえてくるが、まるで関口に負けるなと言ってるように聞こえる」

柳澤にとっても関口豪太郎は忘れられない名前だろう。なにせ先を行っていた同期の外山を、誤報という爆弾で飛ばしてくれたのだ。

「本社と支局が張り合っても仕方がないだろ」

「別にさいたまと張り合ってなんかいない。支局は支局だ」

「そういう考え方が社会部の連中のプレッシャーになっているんじゃないのか。支局だって中央新聞の一員だ」

「警視庁管轄で起きた事件だぞ。埼玉の事件との関連が確定したわけではない」

「うちのさいたまが書いた車のことが、事件現場で引っかかってるんじゃないのか。捜査本部もそれを追いかけている。だからおまえらは関口より先にその車を見つけ出そうとしている」

紙面会議で話したわけでもないのに、外山たちが考えていた通りのことを言う。まさかこの男、社会部に手下でも作っているのか……？

ありえないことではなかった。社会部員の中で、本気で政治部と張り合おうとしているのは、外山のように社の天辺《てっぺん》を目指しているほんの一部だけだ。多くの部員は、将来経営者側になるのは政治畑出身がほとんどだから、彼らに疎《うと》まれることなく上手に付き合っていきたいと考えている。

「だからといって、柳澤、おまえが俺の立場ならそうするか？　自分の言うことを聞かない人間に勝手なことをさせて黙っているのか」

怒りで唇が震えそうになるのを抑えて、外山は言った。

「どうかな。俺が面倒を見た記者にどさ回りしている記者なんていないからな」

「別に俺はヤツの面倒を見たわけではない」

「そうだったな。おまえは関口と競い合っていた」

「競い合う？　ふざけたこと言うな。あいつがいっちょまえの記者になった頃は、俺はすでにデスクだった」

「そのおまえが今は人事権のある部長になったんだ。もういいじゃねえか。関口を戻してやれば」

「どうして部長になったからといって戻さなきゃいけないんだ。東京で仕事をしたい記者は他にも山ほどいる」

「関口がでかいスクープを抜いて会社に貢献してもおまえは戻さない気か」

「そんなことは人事とは関係ない」

「まったく、おまえは頑固だな、ネタを持ってくる記者なんてのは、どいつもこいつも自己中心的で上司の言うことも聞かずに突っ走るヤツばかりだぞ。そういう記者を上手に使うのも有能な管理職じゃないのか」

柳澤の口元に無数の皺が入り、そこに笑みが広がった。見下すような勝ち誇った顔つきが、余計に外山を苛立たせた。

「そこまで関口の肩を持つなら、おまえが本社に戻して政治部で雇ったらどうだ」

「今さら政治記者なんてできないだろ」

「あいつならできるさ。あいつは社内では楯突く癖に、取材相手の懐に入り込むのは巧いんだ。政治家のじいさんなんてコロリと転がされて、あいつに美味しいネタを喋り始めるさ」

「それなら最高じゃないか」

「そうか、じゃあ編集局長に政治部長が関口を欲しがっていると伝えておく」

「おいおい、余計なことはするな」

両手を出して必死に止める仕草をした。だがまだ顔が笑っているのが気に入らない。

「やっぱりそうじゃねえか。おまえだって実際は面倒くさい男を置きたくないんだろ」

「そうじゃない。俺が言いたいのは、社員というのは会社全体の財産だということだ。どの部署にいようが優秀なら社に益をもたらす」

なにが会社全体の財産だ。政治部でも気に入らない部員は切ってるくせしやがって……。

外山がそこで言い返さなかったことで柳澤はこの論戦に勝ったと調子に乗ったようだ。

目尻に普段は見せない皺まで寄せている。外山は黙っていられなくなった。

「よし、そこまで言うなら俺は本気で編集局長に言うぞ。関口の面倒は政治部の柳澤部長が見ます。柳澤部長なら彼を会社のために使いこなすでしょうとな。本当にそれができたら、俺はおまえの前で土下座でもなんでもしてやるよ」

椅子から腰を浮かせる。

「やめろって、俺はそんなことを言うためにおまえを呼んだんじゃないと言ってんだろ」

また両手を出して止めてくるが、外山は立ち上がって「うるせえ」と怒鳴った。

「言っとくけどな、柳澤。おまえは自分が命じれば部下ははいはいと言うことを聞くと思っているみたいだが、新聞記者はそんなヤツばっかりじゃねえぞ。関口はネタを取ってくるかもしんねえけど、おまえがこれまで大切に耕してきた政治畑を荒し回って、おまえの威厳なんてどこかに吹っ飛ばしちまう。それだけは肝に銘じておけよ」

いつしか柳澤の顔から笑い皺は消え、表情は固まっていた。

32

「関さん、これじゃないですか」

藤瀬祐里から出された新聞記事のコピーを豪太郎は早読みする。

女児連れ去り犯に
懲役5年の判決

大阪市で小6女児を無理矢理連れ去ろうとしていたとして、わいせつ目的略取や監禁などの罪に問われた東京都三鷹《みたか》市の大学生、山田浩被告(21)の裁判で、大阪地裁は、懲役5年を言い渡した。

弁護側はわいせつ目的を否認していたが、裁判長は「わいせつ目的を含め事実誤認はなく、女児が受けた恐怖感と将来にわたる精神的衝撃は計り知れない」と退けた。

判決によると、被告は東京から1週間の予定で大阪に旅行中、住宅街で塾帰りだった女児に目をつけ、持っていたナイフで脅してレンタカーに連れ込もうとしていた。その時、助けを求めて叫んだ女児の声に、通行人が気付き救出した。

「今回の二件の連れ去り未遂事件に近い話だな」

豪太郎も納得がいった。

「そうですね」

「これ、事件が起きたのは六年前だよな」

「はい」

「でも連れ去り未遂で五年は長過ぎないか」

通常は三年程度だ。しかもナイフで脅してはいるが、暴行を加えたとは書かれていなかった。

「警視庁の刑事に調べてもらったところ、この男、未成年時に強姦で逮捕されているんですって」

「それで五年か。ということは仮出所もせずに最近刑期を終えたってことだな」

「出た日までは分かりませんでしたが、出所しているのは間違いありません」

この日さいたま支局に戻ってきた藤瀬だが、前日は警視庁の捜査官宅を取材したことで本社からこってり絞られたようだ。

社会部デスクの塩尻からも支局の須賀デスクに電話がかかってきて、支局だけで勝手な動きをしないでほしいと忠告が入った。須賀も困っていたが、それ以上に当惑していたのがさいたま支局長だった。来春に定年となる支局長はこの後、子会社の役員として出向となるか、それとも本社で嘱託採用になるかの瀬戸際である。支局長から直接言われたわけではないが、須賀からは「関口、支局長の立場も考えて行動してくれな」と注意を受けた。

「ただし、この男、一八五はないみたいですけど」

少しがっかりした表情で藤瀬は言った。

「小柄なのか」

「小柄ではないですけど一七八センチです」

「一七八か……」

座高が極端に高ければ、一八五くらいに見えたかもしれない。あるいは分厚いクッションを尻に敷いていたか。いや、違う。過去にこうした分析をしてきた専門家が一八五センチはあるはずと言ったのだ。一八五センチに若干足りなかったとしても、一七〇台ということはありえない。

「私もその点でちょっと違うかな、と思っています。それにナイフを使っているのも少し気になりますよね。最初から強硬手段に出るつもりなら今回だってそうしているはずです」

「それでも藤瀬さんの調べた記事の方が僕が昨日調べたのより、近いような気がしますけどね」

岡田もまた図書館で過去の縮刷版のデータベースからそれらしき記事を見つけてきた。

岡田の見つけたのは千葉の事件だった。

消防隊員を逮捕

女子高校生に乱暴したとして、千葉北署は19日、強姦致傷容疑で、千葉県船橋《ふなばし》湾岸消防署の隊員、小野守容疑者（27）を逮捕した。小野容疑者は容疑を否認している。

逮捕容疑は5月24日昼ごろ、自宅近くに住む知的障害のある女子高校生を車に連れ込み、車内で乱暴して全治1ヵ月のケガを負わせた疑い。

同署によると、容疑者と少女に面識があり、マンション駐車場で少女が1人でいたところを誘ったという。船橋湾岸消防署の大沢署長は「誠に遺憾であり、捜査に協力するとともに、事実関係が判明次第、厳正に処分する」と話した。

岡田が昨日、探し出してきた記事は七年前の事件が起きた翌月の記事だった。

その後の裁判で懲役四年六ヵ月が言い渡され、結審した。遅くとも二年半前には出所していることになる。

それにしても強姦事件でたった四年半という判決は軽過ぎる。

今は「強制性交等罪」と名称が変更され、五年に法定刑の下限が引き上げられたが、当時の強姦罪は「三年以上の有期懲役」であったため、その程度の罪になってしまったのだ。強盗は五年以上なのに強姦は刑法が改正された今でさえ五年以上と同じ。強盗致死となると「死刑または無期懲役」になるが、強姦致死は「無期または六年以上」と、法律上は物盗りより軽いことになる。強姦は女性にとっては心の殺害であるのに、たったそれだけの刑期で済まされるのだから、被害女性はいたたまれないだろう。彼女たちはその後も心の傷を背負ったまま対人恐怖症や男性不信などに陥り、社会復帰ができない。加害者が出所し、自分の元に戻ってくるのではないかという恐怖に襲われているとも言われている……。

岡田が探してきた事件の消防官は、身長一八四センチと目撃談にほぼ近かった。

しかし狙われたのが高校生というのが腑に落ちなかった。この手の犯罪に手を染める変質者は興味のある年齢層以外には性的関心を示さない。知的障害があったということで、高校生は相当幼く見えたかもしれないが、顔見知りであれば年齢は分かっていたはずだ。七年前には周到に犯行計画を練っていた男が、自宅近くの顔見知りを狙うだろうか……そのことも納得がいかなかった。

岡田が探してきたコピーを持って、今朝、山上管理官の元に行った。書いたら俺の元に来れなくなるぞと言われたことを記事にしたのだ。エントランスから出てきた山上は予想通り豪太郎を一瞥しただけで、脇を通り抜けていこうとした。

それでも豪太郎は山上の行く手を遮るように真正面に立ち、質問しながら後ろ向きに歩いた。

「僕らはこの七年間、類似した事件がないか調べました」

後退しながら広げた記事のコピーを、山上は一瞬だけ見た。

「もし七年前に共犯者がいたとしたら、その男はこの七年間、どこで何をしていたのか。

類似した事件は起きてません、ならばその男は刑務所にいたのではないか、それが僕らの出した考えです」

豪太郎は下がるペースを遅くした。そのせいで山上の手が豪太郎の体にぶつかった。

「管理官、僕らがやっている取材は間違ってますか」

また手がぶつかった。だが踵《かかと》で踏ん張って下がらなかった。

「どけ、邪魔だ」

言ったのはそれだけだった。

「この手の犯罪者は何度も罪を繰り返す、そう言ったのは管理官ですよ」

山上が睨みつけてきた。

「繰り返すのに起きていないということは、事件を起こせなかった理由があるからです」

「邪魔だと言ってんだろ」

山上は豪太郎を手で押しのけ、歩調を速めた。豪太郎は今度は横について質問を続ける。

「事件は警視庁管内で起こりましたが、今回の事件は警視庁だけの問題ではありません。埼玉の連れ去り未遂の被疑者が殺害したとなれば、埼玉県警が捕まえていればという非難が出るでしょう」

横目で反応した。だが、そんなこと言われんでも分かっとるとばかりに睨むだけだった。

「埼玉だけではありません。七年前が二人組だったとなれば、それは神奈川県警も警視庁も関係してきます。これは警察全体の事件です」

体が触れるほど真横に近づいた。嘘をつかないでください、ごまかさないでください、と心の中で念じながら、さらに顔を山上に近づけた。

「同時に今回の事件は、僕らの責任だと思っています。僕は七年前に二人組だったという目撃談を書いたわけですから」

「いい加減にしろ」

さっきより強い力で退けられた。豪太郎はよろけた。だが踏ん張って止まる。山上は官舎の門の外に出た。そこでようやく足が止まった。

「この手の犯罪者は何度も罪を繰り返す、そのことだけは間違いない」

初めてまともに口を開いた。

「埼玉と同一犯だと分かったのですか。それとも七年前との関わりも分かったということですか」

言っている最中に「そんなことは言っとらん」と否定された。

「だったらなんですか。管理官は刑務所にいたという説、あると思っているんですか、ないと思っているんですか」

無視された。

「僕らがしていることは間違いなのですか。それくらい教えてくださいよ」

「捜査にも取材にも間違いなんてない」

詭弁だと思った。間違いではないが、当たりでもない。そう聞こえた。

右側の路地から曲がってきた白のクラウンが山上の前で停止した。

山上は後部ドアの取っ手をつかむ。目も合わさずに言った。

「あんたがやっていることは買う。だが甘い」

「甘いってどういう意味ですか」

「木を見て森を見ず、ってことだ」

「小さなことに目が行き過ぎているってことですか。でしたらどこを見ればいいんですか」

質問を続けたが、山上は車に乗り込んでドアを閉めると、微かに開いていた窓ガラスも隙間なく閉めた。ガラス越しの横顔に向かって豪太郎はさらに叫び続けたが、車は一瞬で走り去った。

それからというもの、山上の言葉が頭から離れない。

甘いとはどういう意味なのか。木を見て森を見ずとは、なにを指しているのか。俺たちは七年前にこだわり過ぎているのか。誤報で失った信頼を取り返そうと思うあまりに、見当外れの方向に走っているのか。それとも適当なことを言ってはぐらかされただけなのか。警察だってこれ以上捜査の邪魔はされたくない。だから嘘だってつく。いやダメだ。そう思って諦めてしまえば、向こうの意図をそれ以上考えようとしなくなってしまう。

「ではどうしますか、関口さん」

木原に言われて我に返った。

「仕方がない。とりあえず岡田と藤瀬が持ってきた二つの事件のコピーを持って、それぞれの取材先に当ててみよう」

豪太郎は答えた。

「分かりました。私は久喜の刑事課長宅に行きます」

藤瀬が言う。

「木原はどうする？」

「僕は……」少し悩んでから「鑑識課長でもいいですか」と言った。鑑識課長は記者受けがよく、行けば話はしてくれるが、肝心のことは喋らない。それでも一八五センチ以上の身長と書いて以降、中央新聞は取材できていないだけに、この間になにか新しい事実が出ていれば、手がかりになる。

「まだあの件で怒っているかもしれないけど、その時は俺の悪口でも言って、うまく話のきっかけを作ってくれ」

「はい、そうします」苦笑いで言う。

「僕はどうしましょうか」横から不安そうな表情で岡田が言った。

「おまえはどうしたい？」

「いつも通り、所轄の刑事のうちに行こうかと思っていましたけど、でもあの人じゃ、コピーを見せたところでなにも答えてくれないでしょうし、それなら久喜署の署長の方がいいですよね。署長なら応じてくれると思います」

たった四人なのだ。あまり無駄なところに人をかけたくない。そうだな、と言いかけたが、「いや、おまえはいつもの刑事のところに行ってくれ」と言い換えた。せっかく昼間は現場、夜は自宅としつこいくらい取材を続けてきたのだ。ここでやめて、根負けしたと思われるのも悔しい。

「でも刑事なら明日現場で当てることもできますよ」

「現場に来るかも分からないだろ」

「まぁ、そうですが」

「行ってダメなら、そこから久喜署の署長宅に向かえ。刑事の自宅は確か行田《ぎょうだ》市だったよな」

「はい。刑事は行田市で、署長は久喜市内なのでそれほど離れていません」

それぞれの配置を決めた。豪太郎は山上ではなく、久々にレッズファンの検事宅に行こうと決めていた。

一課がもし容疑者を絞り込んでいるとしたら検察の耳にも入っているはずだ。なによりも犯罪歴を調べるなら、司法の力を得た方がいい。どこまで協力してもらえるかは分からないが、自分たちが見落としている前科者を拾えるかもしれない。木を見て森を見ず――ふと山上の言葉が耳の中で反響した。

「おい、もしかして俺たち、大きな間違いをしていないか」

「えっ、どういうことですか」

木原が聞いてきたので、思い浮かんだことを説明する。

「犯罪歴があるからって、それが性犯罪者とは限らないんじゃないかということだよ。だってそうだろ。俺たちは勝手に七年前従属犯だった男が、今回は主犯として少女を暴行したと決めつけている。だけどそいつは七年前も今回も、暴行はしていないかもしれない」

「そうですよね。中島は拘置所で、自分はやらされただけだと叫んでいたんですものね」

「ああ、藤瀬。指示していたからって、そいつが手を出すとは限らない。見てるだけで興奮するような男だとしたら、そいつは一人で女性に暴行したりはしない。わいせつないたずらだって起こしていないかもしれない」

「でも暴行やわいせつ事件に限定しないとしたら、どうやって絞り込むんですか。この七年間に実刑を受けた前科者なんて限りなくいますよ」

木原が首を傾げた。確かにそこまで範囲を広げたらたとえ高身長に絞ったとしても、前科者を割り出すことはできないだろう。

「だいたい暴行目的だったか、見るだけが目的だったかなんて犯人しか分からないですし」

「そうですよ。暴行はしてなくとも体に触れるくらいのことはしてるかもしれませんし」

木原に続き、岡田も言った。

「確かにその通りだな」

豪太郎もそう答えて目頭を摘んで頭をよく整理した。妙案は浮かばず、考えれば考えるほど頭の中が激しく揺さぶられるだけだった。犯罪者の嗜好など、犯罪者でなくては分からない。なぜ捕まる危険を冒してまで実行するのか、いくら学者が調べたところでそれが本当に当たっているのかさえ判別はつかないのだ。だが犯人にしか分からないことだと諦めてしまえば、これ以上先には進めない。せめて犯人の目的だけでも分かるヒントはないのか、取材する方法はないのか……そう思いつめた時、急に頭に光が射し込んだ。

「おい、前回にしても今回にしても、犯人が一人だと思い込んでいるのは、被害少女が殺されているからだよな？　遺体の証拠からそう断定せざるを得なかったからだよな？」

「そうですよ。だから困っているんじゃないですか」木原が言う。

「いや、違う。一人だけ、一人だけ犯人が本当に一人かどうか、わかる子供がいる」

「それって、まさか」

豪太郎が言おうとしていることに藤瀬が気づいた。

「ああ、そうだよ。藤瀬。藤沢の清川愛梨ちゃんだ。中島は彼女を丹沢の小屋に置いて、買い出しに出かけたところを職質に引っかかって逮捕されたんだ。共犯がいたとしたら、それから捜索が入るまでの四日間、そいつは何時間かは彼女と過ごしたはずだ。そいつに少しでもいたずら趣味があれば、なにもしなかったなんてことはないだろう。逆に見てるだけが目的だとしたら、手は出していない可能性はある」

彼女が暴行されたかどうかは裁判記録には残っていない。彼女の将来を配慮して検察が明らかにしなかっただけかもしれないが、当時の検事に聞いたところで、デリケートな内容だけに答えてくれるかどうかはわからない。

「まさか、それを彼女に聞くって言うんじゃないでしょうね」

「聞くんだよ。それしかないだろう」

「そんな……」

「なぁ、藤瀬が会いに行って聞いてくれないか、女のおまえなら彼女だって話しやすいはずだ。暴行されたかまでは聞かなくてもいい。あの小屋にいた時にもう一人いなかったか。その男に変なことはされなかったか。事件の時十歳だったということは今は十七歳、高校生だろ。当時は話せなくても、それくらいの歳なら、こっちがきちんと事情を話せば、答えてくれるんじゃないか」

これで二人組の確信が得られる気がした。だが目の前で、藤瀬の顔がみるみるうちに紅潮《こうちょう》していった。

「馬鹿！」

目を吊り上げた顔で怒鳴られた。

「豪太郎、あんた、どこまでデリカシーがないのよ。事件を思い出させられるだけでも残酷なのに、そんなこと、高校生の女の子に聞けるわけないじゃない！」

33

祐里は都内の女子高の前で待っていた。

時間を見る。三時十五分。そろそろ授業が終わるのではないだろうか。

九月に入りあれほど暑かった夏の陽射しが急に収まったが、それでもここに来るまでの足取りは重く、途中、何度もこのまま引き返そうかと考えた。

帰りたい気持ちは今も変わらない。なのに校門の前まで来てしまった。清川愛梨が普通の生活ができるようになっていてほしいと思う半面、きょうだけは休んでいてくれたらいいのにとも考えてしまう。だけど休んでいたら、どうして来ていないのか、もしかしてずっと学校には通っていないのかと心配してしまうだろう。

昨日は豪太郎に対して激怒した。あの男は女の気持ちをなんだと思っているのだ。あの事件で受けた心の傷は、彼女にとっては生きていることより苦しいのかもしれないのに、それをまた思い出させるなんて……。

これまでも豪太郎の言動に腹が立ったことは幾度もあった。今回だけは我慢ならなかった。だから「豪太郎」と呼び捨てにしたし、「馬鹿」とも「あんた」とも言った。

豪太郎も祐里がどうしてそこまで怒るのか分かったようで、しばらくの間黙っていた。それが次第に寄り目になっていき、ぼそぼそした声で話し始めた。

「俺だって彼女が受けた傷は分かっているつもりだ。もっと早く、一人目か二人目の事件で、容疑者逮捕の糸口を摑めていれば、彼女が被害を受けることはなかったんだから」

「それが分かっているのなら、そっとしておいてあげるべきですよ」

「だが、今回の事件のことは、彼女の耳に入っているはずだ。彼女だってきっと、自分と同じような被害者がもうこれ以上出てほしくないって思っている」

ひどく都合がよく聞こえた。そう思っていたとしても、それ以上に過去の恐怖が甦ってきて、怖がっているに違いない。

彼女の恐怖の一つは、今回の事件で、自分が過去の被害者であったことを周囲の人間に知られることだ。これまで目立たないように暮らしてきたのに、また好奇な目を向けられるかもしれないのだ。家族も同様である。早く事件が解決し、世の中の関心が少女の連れ去り事件から遠くに離れていってほしいと願っている。噂になった時のことを考えれば、苦しくて仕方がないはずだ。

豪太郎に呆れ、怒りを覚えながらも、祐里は清川愛梨に会いに行くことにした。突き動かされた理由があるとしたら、やはり、本当に二人組であったなら、彼女に聞くしか手段がないと感じたからだ。

彼女なら何か知っているかもしれない。中島がアジトを出てからの四日間、そこに誰かいたのか。いたとしたら会話はあったかもしれないし、食事も与えられたはずで、それが彼女が、四日間生き延びることができたことに繋がってくる。だが、いたということは、そこで暴行を受けた可能性は否めない……。

自宅はすぐに調べがついた。父親は自宅で行政書士をしていると聞いていたため、その名簿から住所が判明した。

通っていた学校も分かった。都下のミッション系の女子高だった。酷いことにインターネットに当時の被害少女が通っている、と学校名のヒントになるようなことが書かれてあった。

さすがに自宅に行くのはやめた。

何度も取材したから、家族に顔を覚えられている。祖母は亡くなり、母親は精神を乱したと聞いた。家族までも巻き込むわけにはいかない。

彼女は大学に進学するのだろうか。だとしたら女子大を選ぶのだろう。男性に対する恐怖心は一生消えないのではないか。それでもいい男性に巡り合って、幸せになってほしいと切に願う。

授業中は聞こえて来なかった女子生徒たちの話し声が校舎から漏れてきたが、しばらくしてまた静まった。授業が終わり、終礼時間に入ったようだ。祐里の高校も授業が終わってもすぐには帰れず、担任が来て連絡事項の確認などがあった。

三時半を過ぎるとセーラー服の女子生徒がぱらぱらと下校を始めた。

三つ編みにしている子もいたが、今時の女子らしく眉毛を整えているようなませた少女もいる。全体としては真面目でおとなしそうな女子生徒が多かった。

スカートの長さは祐里が女子高生の頃と同じだ。しかもプリーツが多く、昔っぽい。生徒たちは紺のスクールバッグに各々の布製のトートバッグを持っていたが、トートバッグに決まりはないようで、色や形はさまざま、キーホルダーやビーズのリングなどをぶら下げている。

しばらくすると相当な数の生徒が出てきた。これだけの数となったら清川愛梨は捜し出せないだろう。なにせ祐里には小学校五年生の頃の記憶しかない。愛嬌のある大きな目をした可愛い女の子だった。あの子がどう成長したのか、今の祐里には想像もつかない……まさか聞いて回るわけにはいかないのだから、やはり引き返そう。

そう思った時、背の高い美少女が友達と会話をしながら歩いてきた。

思わず見つめてしまった。くっきりした目の輪郭に愛梨の面影があったからだ。

口の脇に小さなほくろがある。愛梨にも同じ位置にほくろがあった。行方不明になってから彼女の写真を握りしめ、いろんな人に見せながら捜した。忘れるわけがない。

霧雨の中、横揺れしたヘリコプターから見た光景が甦ってきた。彼女は泣くこともなく、捜査員の首にしがみついていた。その表情はけっして安堵したわけでも、いまだ恐怖に震えていたわけでもなかった。長い時間、闇の中で怯えながら過ごしていたことで、感情が消えてしまった、少なくともあの時はそう思えた。

ただ、目の前を友達と歩く少女は、祐里が想像していた表情とは違っていた。話しながら笑顔が絶えない。隣の友人の方が暗い印象で、愛梨と思われる少女の華やかさが際立っていた。

校門の横に立つ祐里の横を、二人の少女が通り過ぎていった。

愛梨らしき少女もトートバッグを持っていた。きなりの生地に、サッカー少年のようなぬいぐるみがついていた。

横顔をもう一度確認する。正面から見たのとはまた違った印象を受けた。今度は絶対にこの少女で間違いないと確信した。

友達に向けた笑顔は、けっして無理に作っているようではなかった。だが心から楽しんでいるようにも感じられなかった。

彼女は、校門の外に立つパンツスーツ姿の女には気にも留めず、バス停のある方向に歩いていった。祐里は後ろ姿を追いかけることもできず、俯《うつむ》いていた。

足音が離れていくまで、しばらくの間、心臓が早鐘を打ち続けていた。下を向いていると、ようやくすべての足音が聞こえなくなった。声をかけようなどという思いはとっくに消えていた。元気な顔を見られただけでも良かった。そう自分に言って聞かせる。

よし帰ろう。祐里は彼女たちが歩いていったのとは逆方向に歩き出した。自分に彼女が必死に取り戻そうと戦ってきた普通の生活を壊す権利はない――。

そこで足音がした。

「……あのう……」

背後から声をかけられ、我に返った。

驚いて振り返る。そこには背の高い美少女、清川愛梨が立っていた。

「新聞記者さんですよね」

彼女の表情は硬かった。ただ、怒っているようには見えなかった。

34

「この男たちはありえんな。絶対にない」

さいたま地方検察庁検事室で、三つ揃いのベストを着た検事が、資料を覗きながら豪太郎に呟いた。

豪太郎は今朝、検事宅におよそ三週間振りに顔を出した。

検事は豪太郎の顔を見るなり、「おお、きみが来ないからレッズが勝てなくなってしまったよ」と眉尻を下げて近寄ってきた。

事件に追われて関心を失っていたが、レッズはあれから不振に陥ったようだ。

「広島に負けたのは仕方がないにしても、まさか神戸、鳥栖《とす》にまで負けるとは思わなかったよ」

一件目の連れ去り未遂事件の発生で夜回りに行けなかったが、1―0で勝つと言ったテレビ解説者も、もっと点が入って勝つと言った須賀の予想も外れて、レッズは負けてしまった。さらに、下位の二チーム相手に取りこぼしたらしい。

久々に顔を出したことで、これでレッズが不振から脱却できると思ってくれたのかもしれない。「きみが明日は勝ちますと言ってくれんと、不安になってしまうんだよ」と初めて家に入れてくれた。

藤瀬祐里が清川愛梨に会いに行っている間も時間を無駄にできないと、豪太郎は岡田たちが調べてきた二件の事件のコピーを渡して、ここに来た事情を説明した。さすがに仕事の話になるとやり手の検事の顔に戻った。

「調べるから、昼間に私の部屋に来なさい」

そう言われたので、午後になって検察庁の検事部屋に来たのだった。

「絶対にない」と断言したくらいだから、消防士も大阪でナイフを使って女児を連れ去ろうとした男も、今回の事件とは無関係なのだろう。

「それならこの男はどうですか」

豪太郎は午前中に調べた、五年前に川越で児童ポルノで捕まった男の記事を見せた。児童ポルノに興味がある男なら暴行には関わっていない可能性はある。その男がどれくらいの身長か分からないが、警備会社に勤務していたというから長身である可能性はあるし、懲役二年だから、三年前には出所している。

だが記事を一瞥しただけで、検事は「ない」と否定した。

「どうして見ただけでないと言えるんですか」

「その男は今、塀の中に戻ったからだ。私が調べたんだから間違いない」

「いつ頃ですか」

「逮捕されたのは今年の三月だ」

「刑務所にいるのでしたら、今回の事件を起こせませんね」

「児童ポルノなんかで商売している人間は、それが金になることをよく知っている。一度ぶちこまれたくらいでは反省はしないさ。それにその男は背は低かったよ」

「そうですか。犯罪者を当たっていくのもなかなかうまくはいきませんね。では参考までにお聞きしますけど、検事は僕の推測をどう思われますか」

「ムショに入っていたと考えるのは悪くない。性犯罪は他の犯罪より再犯率がはるかに高いからな」

「では七年前との関わりはどう思われますか？　警視庁や神奈川県警も七年前の捜査を洗い直していますかね」

「それは分からん。私は埼玉だから」

「埼玉県警はどうですか。連れ去り未遂事件と過去の事件との関連を捜査していますか」

「……直接聞いているわけではないけど、その可能性はけっしてないとは言えない」

「七年前の東京神奈川の事件を調べている人間がいるってことですか」

「そうとは言ってないさ」

「でも過去となるとその事件も含まれますよね」

「直接聞いているわけではないぞ。私だったらその線も考えると、推察で物を言ってるだけだ」

急にトーンが弱くなったが、先に言った「けっしてないとは言えない」という言葉の方が本音に聞こえた。

「いずれにしても児童ポルノはないですよね。商売にするとしても、殺された少女を撮影したものを残すのは危険すぎるでしょうし」

「私もそう思う」

「となると様々な犯罪に広げていかないといけませんが、僕らにはそこまでのデータがありません。どうしても司法に頼らざるをえないんです」

「だからって、背の高い前科者を全部教えるわけにはいかんよ。罪を償って真面目に生きている元受刑者だっているんだ」

「そうですよね」

「きみが言う、一人は暴行に加わらないで見ていただけという説は納得できる。今はそういう性癖を持っている人間がいくらでもいるだろうからな」

「見ていただけと言うと、罪は軽く感じますが、実際はその男が主犯で犯行のすべてを計画したと僕は思っています」

「なぜそう思う」

「でなきゃ、二度も似たような事件は起きません。七年前にしても従属犯ではなく、中島の方が指示を出される側だったんです。だから自宅やアジトから証拠が出なかったんですよ」

「だとしたらその主犯の男は、どうやって中島と知り合ったんだね」

「いくらでも考えられます。地下ポルノを扱う店で会ったのかもしれませんし、アイドルの撮影会などで知り合ったのかもしれません。今は十五、六歳の少女に、水着やいやらしい格好をさせる撮影会も開かれているようですし、子役のイベントかもしれません」

「そこで目を付けて、唆したということか」

「気が弱そうで、モテそうもない男を探したか」

「それならどうして中島は取り調べの段階でそう供述しなかったんだ」

「一度は言いました。でも神奈川県警が聞かなかったんです」

「事実なら言い続けるだろ。大昔の冤罪とは違うんだ。弁護士だってまず冤罪を疑う」

「弁護士も信じなかったんでしょうね」

中島は拘置所に入ってから、共犯者にやらされたと言っている。刑務官が誰だと聞いたが、彼は共犯者の名前さえ言えなかった。拘置所内での様子を言えば検事はいっそう興味を示してくれそうだったが、藤瀬が聞いた刑事から口止めされていることから、口にすることはできなかった。

「それに、実際に暴行して殺したのは中島だということも、中島が強く主張できなかった理由になっているような気もします」

「それだけで自分一人の罪だと受け入れるなんて、中島はそんなに愚かだったのか」

「あえて愚かな人間を選んだんですよ。彼は精神鑑定にもかけられたじゃないですか」

逮捕直後は精神障害の可能性があると、テレビは実名報道を控えたほどだった。

「共犯者の名前は言わなかったんだろ」

「知らなかったのかもしれません。それに今の時代、ネットで知り合った者同士はハンドルネームで呼び合うそうです。ゲームや趣味のオフ会でしょっちゅう会っているのに、歳や住まいどころか本名なども知らないなんてことは、ざらにあるようです」

「そんな人間の命令を聞くのか」

「欲望が警戒心に勝《まさ》っていたということでしょうね。実際に自分一人だけが暴行したという後ろめたさがあったから、警察に言われて撤回したのかもしれません。もちろん警察や検察の調べが強硬だったということもあるでしょうが」

検事は口を結んだ。続いていた会話が一度止まった。

「誤解しないでください。僕たちは決して、警察や検事を非難しようとしているわけではありません」

そこで机の上の電話が鳴った。検事は受話器を持ち上げて「はい」と応え、耳に当てたまま瞬《まばた》きもせずに聞いていた。眉が寄っていき、みるみるうちに表情が険しくなった。

「分かった、今行く」

上目遣いで豪太郎を一瞥してから電話を切った。

「悪いな。仕事が入った」

「事件ですか」

勘が疼《うず》いた。

「…………」

「また連れ去りですか」

「…………」

「教えてください」

「……言えない」

そのひと言で答えは分かった。

「一つだけお願いします。埼玉ですか」

「…………」

「都内ですか」

微かに首が横に動き、そして止まった。

都内でもない。ならどこだ。

「お願いします。場所だけでも。きちんと警察に裏を取ってから書きますから」

「千葉だ。これで勘弁してくれ」

「ありがとうございます」

頭を下げ、部屋を飛び出した。

35

「そうか。お母さんの体の調子は良くなってきたんだね。それを聞いて少しほっとした」

清川愛梨と公園のベンチに座りながら話をしていた祐里は、心の底から安堵して答えた。

事件直後は心療内科系の病院に入退院を繰り返していた彼女の母親だが、最近はたまの通院だけで、薬も飲まずに済むまで回復したそうだ。

校門の前で清川愛梨に声をかけられた。警戒心はうっすらと表情に浮かんでいたが、彼女は怒っているようでも、迷惑がっているようでもなかった。

祐里の方もなかなか切り出せず、彼女の方から次の言葉が出るのを待った。なんの用かと聞かれるだろうと思っていると「何度も家に来てくれましたよね」と言われた。

「うん」

「もう一人、男の記者さんも来ていて、お父さんに叱られて、謝ってたのを覚えてます」

彼女は松本博史のことも覚えていた。

「私たちが間違った記事を書いて、ご家族に心配をかけたんだもの、本当に申し訳なく思っています、ごめんなさい」

祐里が頭を下げて謝ると、「もうたくさん謝ってもらいましたからいいですよ」と言われた。少し時間を置いて、「また似たような事件が起きてますね」と彼女は続けた。どう反応しようか迷ったが、ごまかさずに認めた。

「今回もその取材をしてる」

「それで私に会いに来られたんですか」

「嫌なことを思い出させてしまうから、来るべきかどうかすごく悩んだんだけど」

そこで少し離れた場所に立っていた友人が「大丈夫、愛梨」と声をかけてきた。

「ありがとう。大丈夫だから先に帰ってて」

笑顔で返した彼女は「場所、移動してもいいですか」と言った。

「話を聞いても大丈夫なの?」

尋ねると、すぐに返事があったわけではなかったが、彼女は「はい」と頷いてくれた。

「じゃあ、お茶でも飲みに行こうか」

祐里は空元気を出して言った。バス停と道路を挟んで反対側にファミレスがあった。だが校則で学校帰りに飲食店に立ち寄ることが禁止されていると聞き、彼女の提案で、学校の裏手にある公園まで歩いた。

着いてベンチに座ってからも、しばらく会話を交わすことはなく、時間だけが過ぎていった。

会うことができたらどういう風に話を進めようかと、ここに来るまで頭の中でシミュレーションしてきたのだが、実際に顔を見てしまうと用意していた言葉はすべて消えてしまった。

目の前に自動販売機が見えた。

「飲み物買ってくるけどなにがいい？」

「大丈夫ですよ」

彼女は最初断ったのだが、「私が飲みたいから、一緒に飲んで」と言うと「それならロイヤルミルクティーで」と言ってくれた。

販売機で、ロイヤルミルクティーのボタンを二回押し、一本を渡した。祐里が飲むと、彼女も小さな口に缶をつけた。艶のあるリップクリームをつけているのか、唇が少しだけ光っていた。「おいしい」と呟いてくれたことで、重たい気持ちが少しだけほぐれた。

その後、「本当に私たちのせいで愛梨ちゃんや家族みんなに迷惑かけたのよね。これまで大変だったでしょ」と言うと、「最初は大変だったんですけど、今は大丈夫ですよ」と彼女の方からこの七年間の話をしてくれた。

祖母が亡くなり、母親が体調を崩し、引っ越したことまでは聞いていたが、初めて知ったことがたくさんあった。

五年生のうちはほとんど学校に通えなかったが、六年生で転校してからは毎日学校に行った。遅れた分を取り戻そうと一生懸命勉強したらしい。

私立に進学したいと言ったのは彼女だった。塾に行かせるのは心配だと親に反対されたが、彼女は行きたいと主張した。塾には毎日、両親のどちらかが迎えに来てくれた。

今の学校を受けたのは、母親の母校だったからだ。精神が不安定になり、ふさぎ込むことが多かったお母さんを少しでも元気づけたいと、選んだそうだ。

あんな事件を経験すれば、その後、社会に対して心を閉ざしてしまっても不思議はないが、彼女は同世代の高校生以上にしっかりしているように感じた。

だからといって、生活のすべてが元通りになったわけではない。引っ越したことで、父親はそれまで勤めていた行政書士事務所をやめた。独立した当初はうまく行かず、家計は大変だったようだ。

今は普通の生活ができるようになった母親は、ずっと家にいて娘の帰宅を待っているという。事件当時、母親はフルタイムで仕事をしていた。家を空けていたことが娘の誘拐に繋がったと自分を責めたのかもしれない。

私学なので学費は大変なのだが、母親の実家の援助で大学まで行かせてもらえるらしい。「女子大?」と聞くと「共学に決まっているじゃないですか」と言われた。戸惑いながらも「そうよね。女子大なんてつまらないものね」と祐里も女子高時代に思ったことを言った。

そこで彼女のトートバッグの中から携帯が振動した音が聞こえてきた。

「あっ、気にしないでいいから出て」

母親ではないかと思った。娘の帰宅が遅いと心配しているのではないか。

彼女は携帯を覗いて「メールです」と言い、読み終わってから鞄の中にしまった。乳白色の肌がほんのりと朱に染まった。

「彼氏なんです」少しはにかみながら言った。

「ボーイフレンドいるんだ」

驚いたことを隠したつもりだったが、愛梨の方から「藤瀬さんも私が男性恐怖症になっていると思ったでしょ」と言ってきた。

「ううん、全然思ってないよ」

否定したが、顔には出てしまっているのだろう。「ごめんね」と謝った。

「友達からもそう思われてたみたいです。事件のことはみんな知ってます。同情されるのは嫌だから、私の方から話すようにしているんです。話しているうちにだんだん、自分のことじゃなかったみたいに思えるようになりました」

そうは言ったが、すべてを忘れ去ったわけではないだろう。先ほど、横顔を見た時に感じた憂いのようなものが、時々彼女に表れる。

「ねえねえ、その彼氏ってどういう人？」祐里は声を弾ませて聞いた。「愛梨ちゃんのお相手だから、さぞかしカッコいいんでしょうね」

「顔は普通です。でもサッカー部のキャプテンやってます」

「ああ、それで」

トートバッグのサッカー選手のぬいぐるみに目をやると、彼女ははにかんだ。

去年の文化祭の時に声をかけられて、今年の春から付き合うようになったそうだ。彼は大学の付属高校なので、愛梨もその大学への進学を目指しているという。

彼氏の話をしている時の彼女は活き活きしていた。普通の女子高校生となにも変わらなかった。

「イケメンじゃないけど、優しいからいいんです。事件のことを話した時も、今度、愛梨が怖い思いをした時は僕が守る、とか顔に似合わないことも言ってくれるし」そう口にしてから「自分で言うと急に恥ずかしくなりますね」と頬を紅く染めた。

「素敵な彼氏さんじゃない」

「でも、やっぱり、顔もカッコいいのかな。私はそう思わなかったけど、みんなからはそう言われるから」

「なんだ。やっぱりイケメンなんじゃない」

祐里は彼女の肩を突っついた。

しばらくの間、その彼氏の話題で盛り上がった。最初のデートはディズニーランドだった。だけど二度目はJリーグの試合で、三度目もJリーグの試合だったそうだ。

「なんだかんだいって、自分が行きたいところばっかりなんです」

「男ってそういうもんよ」と祐里も同調した。でもそうやって彼が引っ張っていってくれたから、彼女から恐怖心が薄れていったのだなと思った。

「藤瀬さんが聞きたいと思った事件のことってなんですか？」

彼女の方から話を戻した。

ここで事件の話をすると、彼女の幸せな時間を壊してしまう気もした。だけどこうして時間を作ってくれた、彼氏がいることまで話してくれたのだ。聞くべきことはしっかり聞こう。祐里は甘すぎるロイヤルミルクティーに口をつけてから、「実はね」と切り出した。

「今になって、あんな嫌な事件のこと思い出したくもないと思うけど、あの四日間の話をもう一度だけ聞かせてほしいと思ってここに来たの。私、今起きている事件を担当しているんだけど、実は私たち、七年前の事件の時には、もう一人犯人がいたんじゃないかと思ってるの。愛梨ちゃんはそう感じたことはなかった？」

彼女はミルクティーの缶を握りしめたまま黙ってしまった。細くて色白な手に力が入っているのが分かった。やはり聞くべきではなかったのか。空気がまた重たくなった。彼女が顔を上げた。

「……実は私もそうなのかなと思ったことがあるんです」

「本当？」

聞いておきながらまさかそんな言葉が返ってくるとは想像もしてなかっただけに思わず大声になった。その声に愛梨は驚いていた。

「ごめん、大声だして。でもまさか愛梨ちゃんがそう思っていたとは考えてなかったから」

「はっきりと断定できるわけではないですよ。なんとなくそんな気がするなっていうだけで……」

「でも感じたのよね」

「だけど、あの時のことは、あまり覚えていなくて。小屋みたいなところに入れられたのは感じましたけど、ずっと目隠しされてたし、手足は縛られていたし……」

「警察ではそのことを詳しく聞かれたんでしょ？」

「女の刑事さんに聞かれました。その時は、私、分からないとしか答えられなかったんです。刑事さんも仕方がない、という感じで。話をしている間もずっと精神科のお医者さんがついてたし……それに私、あの後は事件のことを必死に忘れようとしていたから」

「そうよね」

「今回の事件で、女の子が殺されて、その少し前に二人組の連れ去り未遂事件があったってネットで読んだ時、あっ、と思ったんです」

「思い当たることがあったということ」

「思い当たるっていうほどでは……」

また会話が止まってしまう。

「もしかして、二人が会話しているのを聞いたとか？」

「それは聞いてません。私は、誰の声も聞いてません」

「人の気配がしたとか？」

「しましたけど、それが二人と感じたわけではないです」

「そっか」

「私、ずっと長い間一人だったので、今が朝なのか夜なのかも分からなかったんです。最初のうちはずっと泣いていました。そのうち泣く元気もなくなって、なにも考えられなくなって……」

「そうよね、四日間だものね」

「あと、ずいぶん時間が経って、パンを食べました」

そのことは事件後に聞いた。水とパンを容疑者が置いていったから、四日間生き延びられたと。

「もしかして、それって誰かに渡されたの」

「分からないです。近くに置かれていただけだったとずっと思ってました」

「でも目隠しされていたのよね。渡されないと分からないわよね」

目隠しだけではない。両手、両足も縛られていたのだ。

「人間ってお腹が空いたら本能的に周辺を探すみたいです。お医者さんが言っていました。私、捕まってすごく時間が経って、ペットボトルの水を探りあてて、なんとか蓋を開けて飲んだのは覚えていたんです。だからあの時はそうやってパンも食べたんだなと納得したんですけど、今振り返ると、あの四日間、喉は渇いてたけど、お腹は空かなかったんです」

「そうなの？」

「四日も何も食べずにいるなんて、冷静に考えたら信じられないですけど、でもあの時はお腹が空いたなんて思いませんでした」

「でも、食べたのよね。無理やり食べさせられたとか」

「無理やりではないです。でも食べたのは間違いないです、少し齧っただけですけど」

「パンを食べたのはいつのこと」

「あの時は小屋に入れられた日の夜くらいかと答えました。けどもう少し経っていたかもしれません」

「どうしてそう思うの」

「私、ずっと泣いてたんです。途中で寝てしまったけど、食べたのはずっとずっと長い時間の後だったような気がするんです。泣いてる時にパンなんて探さないし、あっても食べないし」

　誰かに渡されたのだ。二日目、もしくは三日目？　もう一人の容疑者は様子を見に来た。音も立てずに忍び込んできて、まだ生きていた愛梨に食べ物をそっと渡した。その時、男の手が彼女の体に伸びていく――祐里はかぶりを振り、想像をかき消す。美しさを取り戻した目の前の少女を自分が汚してどうするのだ。頭の中で葛藤が続き、喉はからからに渇いていった。

「愛梨ちゃん、今回、そう思ったこと、刑事さんに話した？」

紅茶を口に流し込んでから、そっと愛梨に尋ねる。

「言ってません」小さく首を振って否定した。「けどこの前、父に言いました」

「この前って、今回の事件が起きてからよね」

「はい」

「お父さんはなんて？」

「少しびっくりしていましたけど、そんなこと、誰にも言っちゃいけない、もう忘れなさいと言われました」

父親がそう言ったのも分かる。もう娘を過去の事件に引き戻したくないのだ。

「愛梨ちゃんはどう思っているの？　さっきはなんとなくって言ったけど、一人だったか、二人だったか、どっちかと聞かれたらなんて答える？」

不安な愛梨の心をすべて受け止めるつもりで言った。

「愛梨ちゃんがどう思ったかは新聞に書いたりはしない。警察にも言わない。絶対に私が愛梨ちゃんを守るから」目を見つめてはっきりと言った。

「私は……」愛梨はそこで言葉を止めた。だが彼女は意を決したように言葉を継いだ。

「私はもう一人いた気がします」

「もう一人、いたとしたら……」

口にしかけて祐里は止めた。その男は愛梨にいたずらしてこなかったのか、暴行してこなかったのか……確認したい衝動に駆られたが、その事実を話させてしまえば、彼女が時間をかけて戻した心を再び抉《えぐ》ってしまうことになる。

聞けない。

素敵な彼氏の話まで聞かされた後だ。せっかくうまく進んでいる彼氏との交際まで、すべて壊してしまう。

だが愛梨には、祐里が聞こうとしたことが伝わってしまったようだ。

彼女は目を伏せてしまった。

睫毛《まつげ》が揺れているように見えた。これでは守ると言っておきながら、彼女を傷つけただけだ。

日が落ちて、自分たちの影が長くなった。

少し離れた砂場で、子供を遊ばせている母親たちの談笑が聞こえてきた。愛梨の顔が見られなくなった祐里は、母親たちに目を向ける。愛梨にもいつか母親になってほしいと思った。

ありがとう。そう言って話を終わらせようと思った。嫌なことを思い出させてごめんね。そう声をかけて立ち去ろうと思った。

「……私、なにもされていません」

母親たちの声の隙間を縫うようにして、愛梨の小さな声が祐里の耳まで届いた。

顔を向ける。彼女は真っ直ぐ祐里に視線を向けていた。

すべての公園の動きが止まっているようだった。遠くの母親も、そして子供たちも……

そこで愛梨の声だけが耳に届く。

「私、四日間、なにもされていません。ひどいことは受けてません。それに助けてもらった後、私、検査を受けたんです」

「検査って、そうなの？」

「本当です。父がもし私が将来、あのことで結婚とかできなかったら、とお医者さんの証明書も取ったくらいですから。藤瀬さんに見せてもいいですよ」

「ううん、見せなくていい」

祐里は首を左右に振った。

「私、体だって触られていません」

「いいのよ、それは」

「本当です。なにもされていません」

「分かった。愛梨ちゃん、そこまで話してくれて、私、すごく助かった。ありがとう」

「こんなので大丈夫ですか」

「大丈夫よ。だけどなにもしなかったからといって、私、その男は絶対に許せないけどね」

「はい、私もそう思っています」

彼女が首肯した。力強く感じた。厳しく見えた愛梨の顔が、また穏やかな美少女の顔に戻っていくように見えた。

祐里が立ち上がると、彼女もベンチから立った。飲み終えた缶を受け取った祐里は、それをゴミ箱に捨て、走って彼女の横に戻る。

「愛梨ちゃん、お母さんが待ってるだろうから、もう帰ろう。バス停まで送ってくよ」

大丈夫ですよ、と笑った愛梨だが、その時は二人並んで歩き始めていた。

あの幼かった少女の肩が自分と同じ高さにあることを、祐里は初めて気付いた。

36

検察を出た豪太郎は、周りを確認してから建物の裏側に回った。

もう一度周囲を見渡す。他紙は誰もいない。デスクの須賀にかけるが、話し中だった。

警視庁も話し中だ。本社社会部にかけた。

〈はい、社会部〉

塩尻デスクの声だった。

「さいたまの関口です」

〈手短かに頼む。こっちもバタバタしてんだ〉

「連れ去りですね」

〈おまえも摑んでるのか〉

「今、発生を聞いただけです。千葉だそうですね」

〈野田《のだ》だ〉

最初の事件、松伏町から県境を挟んで隣町だ。足立区ともそう離れていない。

「小学何年生ですか」

〈中学二年だ〉

「中二？」

〈だけども身長は一三五センチくらいだというから、小学生だと見られたのかもしれない〉

「いつから行方不明なんですか」

〈昨夜からだ。昨夜のうちに両親が警察に届けた〉

「警察の発表は」

〈まだだ。こっちはせっついているが、千葉県警も警視庁もなかなか発表しようとしない〉

家出などの可能性があるから発表を控えているのか、豪太郎はそう思ったが、違った。

〈目撃者がいるらしいんだ。昨夜十時頃、遠くだったのではっきりとは確認したわけでは

ないが、被害者らしき子供が、車に無理矢理乗せられているのを見たという〉

「二人組ですか」

〈見たのは一人だ。なにせ暗がりで遠かったので男か女かも分からなかったらしい〉

「黒の車ですか」

〈そうじゃないという情報もある〉

黒い車にこだわることはない。被疑者はすでに車を乗り換えている可能性はある。

「発表もないのにどうしてそこまで調べられているんですか」

〈千葉タイムスが知って、今朝から動き始めた。それをうちをはじめ他紙が気付いた。正式発表はまだないが、千葉県警も暗に事件があったことは認めている〉

「足立の事件と同一犯と見込んでるんですね」

〈おそらく、そうだ〉

足立だけじゃない。埼玉の未遂とも同じだ。

〈うちが摑んでるのは以上だ。そっちも分かったことがあったらすぐに連絡してくれ〉

「分かりました」

電話を切った。話している間に木原から着信があった。埼玉県警の記者クラブにもその情報が入ったのだろう。

木原にかけようとしたところで、また電話が鳴った。

藤瀬祐里だった。

「藤瀬、大変だ。次の事件が起きた」

そう喋ったが、同時に藤瀬もなにか叫んでいた。

「聞こえなかった。もう一度いってくれ」

〈清川愛梨ちゃんは暴行を受けてません。彼女が話してくれたのは、それだけじゃないです。彼女、あの時、もう一人、犯人がいた気がすると言ってました〉

「本当か」

〈はい、あの四日間の途中、彼女、パンを食べたんですけど、自分は目隠しされてて、お腹も全然空いてなかったそうなんです。あの小屋に自分一人しかいなかったら、パンなんて食べないと言ってました〉

「それなら、その人間が今回の事件に関わっていても不思議はないってことだな」

〈不思議はない、じゃないです。その男が関わってるんです！〉

耳をつんざくほどの大きな声だった。

〈あの時の嫌な記憶を思い起こしてまで、そこまで話してくれたんです。事件のことはもう忘れて、完全に立ち直っていたのに、これ以上悲しむ女の子が出てほしくないと、必死に思い出してくれたんです。だから絶対に捕まえなきゃいけません。絶対です。今回だけは絶対に逃したらダメです〉

「分かってる。分かってるから、すぐにおまえもこっちに戻ってきてくれ！」

藤瀬の大声を押し返すほどの声で、豪太郎も言った。

37

「おい、一面、一社、二社担当は集まってくれ」

午後五時半過ぎ、この日の当番編集長である外山は、編集局の隅々まで届くほどの大きな声をあげ、編集長席に各担当を呼び集めた。

社会部のこの日の当番デスク、サブデスク、記者、それに一面、第一社会面、第二社会面の整理デスクと整理記者が緊張した面持ちで集まってきた。編集局長の三笠と政治部長の柳澤も出て来た。事件発生の一報はすでに伝えている。

「千葉県警で六時から会見をする予定だったのが、また延びた。一時間遅れの七時という噂が流れている」

デスクの塩尻からの報告をそのまま伝えた。

「まじですか。早版に間に合いますかね」

整理部のデスクの一人が声をあげた。「間に合わないなら早版は速報だけにして詳細はスルーしますか。千葉なら早版地域ではありませんし」

その意見にすぐさま三笠編集局長が「連続誘拐なんだ。できる限りのことは早版から入れろ」と叱った。

「はい」

整理デスクが萎縮して返事をした。

「その通りだ。ギリギリまで粘ってでも送ってきたことはすべて突っ込む」

外山が言うと、整理部員が言った。

「会見って、千葉県警はどこまで出すんですかね。もちろん匿名でしょ」

「おそらくそうなると思う。それでもいつどこでどういう状況で連れ去られたのか、目撃者はなんと話しているのか、それくらいは発表になる」

「少女また誘拐と、見出しだけでも大きく取りましょう」

「問題はどの面で処理するかだが……」

外山は頭を捻った。

一面トップは、首相が次の外遊先で中国国家主席との会談の可能性がある、という記事だった。一年半ぶりに日中の首脳会談が実現するのであれば、外せないニュースだった。

肩は選挙協力が決まっていた複数の野党同士の話し合いが、会談前に物別れになりそうだという記事だった。政治部がプッシュしてきた独自ネタだ。

「一面の肩でどうですか」

外山は三笠編集局長に聞いた。

すぐに政治部長の柳澤が「そこでなくてもいいだろう。臍《へそ》でいいんじゃないか」と異論を唱えた。新聞の真ん中下部分だ。この手の事件の速報を臍というのも見栄えが悪い。編集局長に却下されたら社会面で仕方がないと思っていたが、三笠が「肩でいこう」と言った。

「ただし今のままなら、見出しだけガンと打つが、事件の詳細は社会面に回す」

「そうですね」外山も同意した。

昨夜から中二の少女が行方不明になっている。場所は千葉県野田市の市道、時間は昨夜十時過ぎ。付近に住む五十代の男性が百メートルほど離れた後方から、子供が黒い服装の人間に抱きかかえられるようにして車に連れ込まれたのを目撃したらしい。

男性はすぐに警察に届け、さらに朝になって購読していた千葉タイムスの新聞販売店に電話をした。知らせを聞いて千葉タイムスの記者が朝から動いた。おそらく動いた記者はこの手の取材経験が浅かったのだろう。泡を食って動き回ったことで他紙も感づいた。もしそこで落ち着いて取材されていたら、大特オチを食らうところだった。

情報が錯綜していた。取材に対し、県警の幹部は非公式に認めているようだが、それ以外のことは口を割らない。分かっているのは場所と時間と、それが少女であり、中学二年だが、背丈は一三五センチと小学生と変わらず、顔も幼い雰囲気だったということだけ。

名前、学校名も分かっていない。被疑者はどんな男なのか。一人なのか、二人なのか。二人だとしたらその一人は関口が書いたような長身なのか……分からないことだらけだ。

千葉支局の話だと、千葉県警は報道協定を要望することはないが、暴行目的の可能性にも配慮して、会見は匿名にするつもりらしい。だが匿名であっても、記事として報じる以上、詳しい記述がいる。少女の居住地域、学校、クラブ活動、両親の仕事……それらを報道することによって、少女の名前が特定されることになってもまったく触れないわけにはいかない。警察が発表しないのなら、独自で調べ上げるしかない。

「一面はそれでいい。問題は一社だな」

外山が塩尻に言った。コンテ表の一社面はすべて空いている。

「できる限り、詳細を流しますよ」

「詳細といっても、キーになることは一面に載ってしまうんだろ？」

柳澤が嫌なところを突いてきた。当番デスクの塩尻が即答できずにいたので、外山が口を出した。

「詳細といったら詳細だ。会見の一問一答。会見場の雰囲気。現場の雰囲気、少女の普段の姿、現場付近に住む同じ年齢の女児を持つ親たちの不安感、載せることはいくらでもある」

「それはそうだが……」

「塩尻、指示を出してるんだろ」

「もちろんです。千葉支局が現場に行ってますし、警視庁からも一課担が飛んでます」

「二社では、もう一度改めて足立の事件を振り返ろう」

「そこまでやるとなると、会見次第で、大引っ越しになるな」

他人事のように柳澤が言うので、「デカいのが出てきた時はそっちの独自ネタも一面から政治面に回してもらう」と伝えた。柳澤は反論してこなかった。ヤツも事件の大きさは分かっている。

「随時連絡を取り合って、新しい情報が入り次第、また集まることにしよう」

三笠編集局長が言ったので、外山は「そうしましょう」と同意した。「よし、ではこれで行くぞ」と気持ちを引き締めて言うと、何人かが「はい」と返事をし、それぞれの席へと散っていった。

そこで整理部員の一人と目が合った。外山の視線に、隣に立っていた整理部長も気付いたようだ。

「マツパク、面担、替わってもらった方がいいんじゃないか」

先に整理部長が言った。

この日の整理部の一面担当は松本博史だった。すでに一面は経験しているが、締め切り直前に頻繁に情報が流れてきて、そのたびに紙面を替えていくことになる。もし少女の死体が発見されれば、トップの首脳会談だって差し替えになる。

整理部長が「幡村と替わるか」と整理部一筋の先輩記者の名前を出した。

マツパクは整理部長ではなく外山を見ていた。「僕がやります」と外山に向かって言ってきた。

「大丈夫か。降版ギリギリで入ってくることもあるぞ」

整理部長が不安そうな声で言うが、「できます」と答える。彼はまだ外山を見ている。

「そうだな。一社、二社の方が大変かもしれないからな」

外山が言うと、整理部長も「なにかあったら一面デスクに相談してくれ」と言った。

考えてみれば、一面より他の面の方が忙しくなる。なにせ大きなニュースが出てくるたびに、詳細をすべて第一社会面に突っ込み、一社面にあった記事を二社面、二社面の記事を三社面、総合面へと動かさなくてはならないのだ。一度に出てくれればいいが、小出しにされたら、その都度紙面を作り直さなくてはならない。他にもこの日の社会面には、高速道で一家四人全員が死亡した追突事故や、八ケ岳《やつがたけ》での登山客三人の滑落事故、危険ドラッグ吸引者による車の衝突事故、幼稚園児の死亡事故の訴訟など、記事が満載だった。

「それならマツパク、おまえに任せた」

外山が言うと、彼は「わかりました」と返事をし、自分の席へと戻った。

社会部席では当番デスクもサブデスクも受話器を耳に貼り付けて、大声を張り上げている。

「現場に二人しか出していないのか？　通信員も動員して人を増やせよ」

サブデスクの塚田が怒っていた。電話の相手は千葉支局のデスクだろう。

現時点では黒い車ではないとのことだった。連れ去った男が野球帽のような帽子を被っていたとの情報もないし、なによりも二人組という話は一切出ていなかった。なのに外山の頭からは、関口豪太郎が言っていた男たちが犯人なのではないかという疑念がこびりついて離れない。そして、うち一人は、七年前の犯人でもある……。

そのことを警察が発表するより先に関口豪太郎が伝えてきた時、俺はどう決断を下せばいいのか。

書けばスクープになる。

関口が送ってきたからといって、関口だけの功績ではない。中央新聞社会部全体で取ったネタだと胸を張ればいい。しかし関口はそうは思わないだろう。柳澤はどう思う？ 三笠編集局長はどうか？ それ以前に外山自身が納得できるのか……。

塚田のトイ面の席では塩尻も電話をしていた。受話器を強く耳に押し付けた状態で、話を聞いていた塩尻が、「分かった、すぐに部長に連絡する」と電話を置き、外山の席に歩いてきた。

「どうした、塩尻」

「今、和手と話したんですが、七時の会見も延期になったようです」

「どういうことだ」

「それが千葉県警ではなく、綾瀬署の捜査本部で会見をやるかもしれない、と。そんな雰囲気だと言うんです」

「時間は？」

「わかりません。深夜まで延びる可能性もありそうかと」

外山はデスク席まで行き、置いてあった受話器を摑んだ。

「どういうことだ、和手」

〈あっ、部長。はっきりしないのですが、急にこっちの様子が変わってきまして〉

「どう変わったんだ」

〈刑事部屋もそうですが〉そこでくぐもった声になった。〈東都の動きがさっきから怪しいんです〉

「それはもしや」

〈はい。容疑者はすでに警視庁管内で確保されているんじゃないかということです〉

「それを東都がすでに摑んでるということか？」

〈確信があるわけではありませんが、そんな気配がありまして〉

「一度切る。すぐにかけ直す」

外山が受話器を置き、「局長」と呼んだ。

「どうした」

三笠編集局長が顔をあげる。

「未確認ですが、容疑者が確保されている可能性があるようです」

「なんだと」

「警視庁が慌ただしく、しかも会見があるなら千葉ではなく綾瀬署の捜査本部になりそうだと。いま、うちの記者が探ってます」

東都のことは言わずにおく。まだ早版の締め切りまで二時間、最終版まで六時間以上ある。向こうはすでに知っていたとしても追いつく時間はある。

するとと社会部デスク席の電話が鳴り、取った塩尻が「部長、和手からです」と呼んでから話し出した。

外山は駆け足で戻った。「どうなった」と横から声をかけると、電話口に向かって塩尻が「容疑者の身柄を押さえただと？」と叫んだ。

「確保したのか」

外山が聞くと、耳から受話器を離した塩尻が「そのようです」と答えた。塩尻は受話器を耳に戻す。

「名前は分かったのか」

外山が聞くと、塩尻は電話で話を聞きながら何度も大きく頷いた。そのまま和手が伝えてきたことを復唱する。

「容疑者はにいやま・こういち。『新しい』に『山』、こういちは『幸せ』に『市場』の市だな？」

塩尻はメモ用紙に新山幸市と早書きした。

「住所は？　荒川区《あらかわ》××、年齢は二十一歳、学生？　学生って大学生かそれとも専門か、大学生だな……逮捕なのか、任意なのか？　現行犯逮捕？　逮捕容疑は？　監禁の疑い。よし分かった」

確認していた塩尻の横から、外山はたまらず口を挿んだ。

「女の子は……女の子はどうなんだ？」

塩尻はすでに聞いていたようで、受話器から口を離し「無事、救出されたそうです」と言った。「おお」と、編集局中から安堵の声が漏れた。

それでも外山は塩尻のそばから離れなかった。胸が圧迫されて息苦しい。

「容疑者は一人なのか、もう一人いるのか！」

塩尻の口と受話器の間の隙間に向かって力を込めて叫んだ。外山の声が、和手にも聞こえたのだろう。和手が〈一人です。一人だけです〉と言っているのが受話器から漏れてきた。止まりかけていた呼吸が戻った。よし——無意識に小さな声が出た。

気がつくと、背後に三笠編集局長と柳澤政治部長も来ていた。

「こうなったら一面、社会面だけでは足りないでしょう」

外山が三笠に伝えた。

「そうだな。二面、三面も使って大展開する」

隣の柳澤にも異論はなかった。

外山は編集局中に届くほどの大声で呼びかけた。

「容疑者が確保されたぞ。二十一歳、大学生、一人。少女は無事救出された。面割はすべてやり直しだ。一面、二面、三面、一社、二社を使って、大展開していく。みんなこっちに集まってくれ」

編集長席に戻った時には、すでに整理部員や社会部デスクも集まってきていた。たちまち人の輪ができ、その輪は渦を巻くように広がっていった。

38

「そうですか。容疑者は確保されたんですか。女の子は結束バンドで拘束され、トランクに入れられていたが無事。単独犯。分かりました」

本社からの電話を受けていた須賀デスクが復唱しているのを豪太郎は隣で聞いていた。

昨夜少女をさらった男は、昨夜から二十時間近く車で徘徊《はいかい》し、この日の午後三時頃、東京都荒川区の自宅に戻ってきたところを待ち構えていた警察が身柄を確保、その場で現行犯逮捕した。警視庁は予《かね》てからその男をマークしていたようだ。

豪太郎が検事に聞いてから二時間以上が経過していた。

藤瀬祐里から二人組の可能性があると聞いていたが、逮捕されたのは一人だった。七年前の事件どころか、埼玉の連れ去り未遂とも無関係だったことになる。

「わかりました。ありがとうございます」

須賀が電話を切った。

「社会部、他になにを言ってました？」

「まだ向こうも情報を集め切れていないみたいだな」そう言いながらも乱雑に書き留められたメモを出した。「容疑者の学生は依然として黙秘している。おそらく監禁だけでなく、未成年者略取容疑まではっきりさせてから、警視庁は会見をするのではないか、というのが社会部の話だ」

「それで会見が延びているんですね」

「あまりに千葉県警が会見しないので警視庁記者が怪しんだようだな。警視庁も千葉県警もこれ以上は隠し切れなかったんだろう」

「女の子は？」

「病院に搬送されたようだが、警察の話では、着衣の乱れなどはなかったそうだ。容疑者は二十一歳の大学生で、実家暮らし。母屋から庭を挟んだところに離れがあって、そこが大学生の部屋だったらしい。おそらくそこに連れ込んでから暴行しようと企んでたんじゃないのか。女の子の命が無事だったのは良かったよ」

「そうですね」

少女が助かったという安堵感はあったが、一人という第一報を受けてから、豪太郎は脱力したままだった。

支局には藤瀬が戻ってきていた。木原は県警クラブに待機させている。クラブも騒然としているらしい。ただ二件の未遂事件との関連がなければ、埼玉県警では会見どころか広報発表もないだろう。

「よく自宅に戻ってきたよな。どこか山奥にでも連れ込まれていたら殺されていたかもしれない」

須賀が言うと、藤瀬が「そうですよね」と言った。「でも車のトランクに二十時間近くも入れられていたんですよね。それだけでも相当怖いでしょうし、これからが心配ですけど……」

藤瀬の言う通りだった。無傷でも、心的外傷を負っているだろう。さらに清川愛梨のように、無思慮な噂によって、本人と家族はこれから長く苦しめられる。

「しかし、岡田はなにやってんだ」須賀が呟いた。

「もう一回、電話してみます」

豪太郎は携帯にかけるが、〈電波の届かない場所にいるか、電源が入っていないためかかりません〉というアナウンスが流れた。さっきからずっと同じだ。いつものように二件目の未遂事件があった久喜市に行っているはずだが、朝に電話が一本あったきりだ。電波が届きにくい場所を歩いているのかもしれないが、それでも気を利かせて、なんとかかけてくるものだ。

「警視庁はいつから摑んでいたんですかね」藤瀬が聞いてきた。

「ここ数日だろうな。振り返ってみたら俺の取材先も、それらしきことを言っていた」

木を見て森を見ず——埼玉ばかりを気にせず、もっと広く見ろと言いたかったのだろう。二人組にこだわるな、と……。

さてこれから俺たちはどう動けばいいのか、どこを取材すればいいのか。豪太郎は、なにも思いつかなかった。

埼玉の事件と関わっているのであれば、被害者の自宅に行き、容疑者逮捕のコメントを取らなくてはならなかったが、その必要性もない。

「二階さんからも連絡があって、東都が取材をかけたことで、サッチョウが警視庁を動かしたかもしれんぞと言われたんです。二人組の捜査に本格的に着手したと期待したんですが、このことだったんですね」

「残念ながらそうみたいだな」

「愛梨ちゃんも、もう一人いた気がすると言ってたんですけどね」

「ああ」ため息が出た。その連絡を受けた時は、自分たちの取材で正しかったと確信した。だが清川愛梨だってそう感じただけで、顔を見たわけではない。

「仕方ない。俺たちはこの後も、埼玉の連れ去り未遂事件の取材を続けるしかないな」

「私は久喜の課長の家に行ってみます」

「そうしてくれ」

自分はもう一度検事のところに向かうか……そう思った時に、固定電話が鳴った。

「もしかして容疑者が自供したんですかね」

藤瀬が言った。豪太郎もそう思った。

「はい、さいたま支局です」

須賀が電話に出る。

「なんだ、岡田か。おまえ、電話も寄越さずなにやってんだ。なに？　バッテリーが切れた？　馬鹿か、おまえは。だったら公衆電話からかけてこいよ」

温厚な須賀も堪らずに叱っていた。

「関口、岡田が話があるそうだ」

須賀に言われたので、豪太郎は電話を受け取った。

携帯のバッテリーくらい確認してから出かけろ、おまえが連絡してこない間に、千葉で新たな事件が発生し、容疑者は東京で捕まったぞ。そう言おうとした。

しかし豪太郎の声が出るより先に、岡田が早口で喋り始めた。

〈キャップ、今さっき刑事が帰りました〉

「刑事？」

ピンと来なかったが、岡田が追いかけている久喜署のベテラン刑事のことだろう。

〈キャップに言われたように早く行ってコーヒーを買って渡そうとしたんですけど、なかなか刑事より早く行くことができなくて。それで帰りこそ渡そうと、コーヒー買って待ってたんです〉

なに言ってんだ、こいつは。呆れながら聞いていた。

〈それで戻ってきた時に、お疲れさまでしたって渡そうとしたんですが、刑事、受け取ってくれなくて、急いで車に乗り込みました〉

「それなら県警に呼び戻されたんじゃないのか。都内で容疑者が捕まったんだ。残念ながら単独犯だったけどな」

豪太郎は説明したのだが、岡田は聞きもせずに自分の話を続けた。

〈あの刑事、車に乗り込んでから、一度窓を開けて、「あんたんとこの記事で当たりだ」と言いました〉

「うちの記事で当たり？　どういうことだ」

〈分かりません。それだけ言って猛スピードで走り去ったので〉

当たり？　言われて思い当たることは一つしかなかった。

「岡田、おまえ、そこからタクシーを使ってでもいいから久喜署に移動しろ。もしかしたら久喜署でなにか動きがあるかもしれない」

〈はい〉

「他紙に気付かれないように注意しろよ。ついたら公衆電話からまたかけてこい」

〈わかりました〉

電話を切った。

「どういうことですか、関さん」

「どうなってんだ、関口」

藤瀬と須賀が相次いで聞いてきた。

「はっきりと分かりませんが、刑事が、あんたのところの記事で当たりだと言ったそうです。ということは、もしかしたらもう一人、容疑者が捕まったのかもしれません」

「もう一人？　やっぱり容疑者は二人組だったのか」

「それしか考えられません。捕まったとしたらおそらく埼玉県内でしょう」

だから刑事は急いで帰った……？

「どこですかね」藤瀬に聞かれたが、分からない。どこかの所轄で身柄を確保しているはずだ。果たしてそれはどこだ？　吉川署？　久喜署？　そんな身近ではないかもしれない。かといって、すべての署を当たるわけにはいかない。そんな動きをしたら、他紙に感づかれてしまう。

裏を取る人間は一人しか思いつかなかった。

山上だ。

容疑者の身柄を確保しているとしたら、一課の管理官である山上は今晩自宅には戻ってこない。

山上の自宅の廊下の壁に、家族の電話番号が書かれた紙が貼られていたのを思い出した。帰り際に足立区の事件発生を教えてもらったことで、控えるのも忘れていたが、下四桁は覚えている。父の誕生日の前日だった。

問題は最初の四桁だ。記憶は曖昧だった。玄関で靴を履くまで何度も頭の中で反芻していたのだが、それすら覚えていない。

ヨロサム……確かそんな語感だった。４６３６……いや、違う気がした。一つ目と四つ目が九《かぶ》、二つ目と三つ目も九《かぶ》だった、そうだ。途中でその組み合わせを思いついたのだった。

４と５、６と３だ。４６３５だ。

携帯を取り出し、電話をかける。

〈もしもし〉

聞き覚えのある低い声が聞こえた。

「中央新聞の関口です」

言った瞬間、切られた。

「くそったれ」

思わず声が出る。

「ダメでしたか」

「名前を言った途端に切りやがった」

「それって当たっているからじゃないですか」

「かもしれない。だけど裏が取れたとまでは言えない」

落胆したところに握り締めていた携帯が鳴った。上四桁が４６３５。

通話ボタンを押し、耳に近づけ「関口です」と声を出した。

〈おい、なにがホシは必ず埼玉で次の罪を犯すだ。いい加減なことを言いやがって〉

いきなり嫌みを言われた。そう言えばそんなハッタリを言った記憶がある。

「すみません」

〈で、なんの用だ〉

口元を手で押さえたような籠った声だった。場所を移動したのだろう。それでもかけ直してきたということは話す気はあるということだ。

「埼玉でもう一人、容疑者を確保したそうですね。東京で捕まった二人組の片割れを」

返事はなかった。

「答えてください。こっちはそれを追い続けてきたんです。松伏の少女の家族だって、久喜の少女の家族だって、一人が逮捕されたのと二人組が逮捕されたのとでは安心感が違ってきます」

〈……答えられん〉

さっきよりもさらに小声になった。だが声の芯に威圧は残っていた。

「こちらも気付いているんです。管理官に教えていただかないとなると、あっちこっち取材をかけて騒ぎになります」

〈………………〉

脅しは通用しないのは分かった。大きな涙袋をした男が、眉を吊り上げて睨んでくる様が幻視できた。

「けっして逮捕とは書きません。重要参考人を取り調べているとだけでいいんです。それだけで十分です。埼玉県警は身柄を取ったということですよね。違うなら違うとだけ言ってください」

それでも返事はなかった。

「返事をされないってことは、当たりと考えていいんですか」

〈…………〉

「違うなら否定してください。それだけで結構です」

息を飲む。切られると思った。

だが切れずに繋がっていた。

〈好きにしろ〉

よしっ――握っていた右手に力を入れた。埼玉県警も身柄を確保している。間違いない。

「身長は、その男の身長はどれくらいですか」

それだけは聞かずにいられなかった。

「お願いします。それが重要なんです」

〈一八七センチ、あんたらが書いたのと似た容姿だ〉

言われると同時に机の上にあったざら紙を引っ張り出し、ペンを摑んだ。書こうとするがなかなかインクが出ない。擦り付けると、ようやく出た。１８７、殴り書きした。

「年齢は」

〈二十七歳、今は所沢《ところざわ》市内に住む無職だ。これだけ知れば十分だろ。ただしまだ逮捕状は取っていない。お手つきするな〉

手が震えていた。コピー紙に早書きした文字が泳いでいた。

「もう一つだけ、もう一つだけお願いします」

まだしつこく豪太郎は食い下がった。

「その男、前科《マエ》はありますか」

一番重要なことだった。これがあるとないとでは七年前との関わりが違ってくる。

〈……六年前から三年間、服役している〉

「罪状は」

〈不正アクセスだ〉

「ハッキングですか」

〈そうだ〉

コンピューター犯罪とは、想像になかった。木を見て森を見ず——山上の残した言葉が頭の中で響いた。

〈裁判記録を調べて、名前を書くなよ〉

強い声で言われた。

「分かってます」

〈それから言っておくが、容疑者を先に絞ったのは埼玉だ。うちが所沢の二十七歳に当たりをつけたら、都内の大学生にぶち当たった。二十七歳はアパートには帰らず行方不明だったが、大学生は足立の少女が遺体で発見された後も自宅に帰ってきていた。なのに警視庁の連中ときたら、そいつに見事に撒かれ、あわや次のホトケを出すところだった〉

「分かりました。その点はあとできちっと書かせていただきます」

〈もう切るぞ〉

言われた時には電話からは不通音が響いていた。

藤瀬が「関さん、すごいじゃないですか」と寄ってきた。余韻に浸っている時間はなかった。豪太郎はすぐさま固定電話を取って、短縮ボタンで社会部に電話をかけた。

すぐに塩尻が出た。

「さいたまの関口です。女児連れ去り事件、埼玉でもう一人確保されました」

〈なんだって〉

「容疑者はもう一人いたんですよ。今から概要を言いますからメモしてください」

〈おい、ちょっと待て〉

塩尻が受話器から口を離し、〈埼玉で共犯者が捕まったみたいです〉と大声を発した。

〈なんだと〉と外山の声がした。

〈関口、続けてくれ〉

塩尻の声が電話口に戻ってきた。

「共犯じゃありません、主犯です。所沢に在住の二十七歳、無職、名前は分かっていませんが、この男が計画を立て、警視庁に逮捕された新山という大学生を誘導した可能性が高いとみて、埼玉県警は取り調べています。現時点では重要参考人ですが」

〈ちょっと、このまま待ってくれ〉

今言ったことと同じことを外山に説明しているようだ。外山が電話を代わった。

〈外山だ、今の情報、確実なのか〉

「間違いありません。きっかけは現場の刑事ですが、県警の幹部に直接確認しましたから」

〈名前は〉

「名前は分かりません」

〈分からんって、そんなんでよく確実だと言えるな〉

「調べようと思えばいくらでも調べられます。ホシは六年前からインターネットのハッキングで三年間服役しています。サツ官との約束で今は名前は出せませんが、調べればすぐに氏名、住所は出てきます」

六年前から三年間服役……外山にも豪太郎がなにを言いたいか伝わったようだ。

〈おまえ、ここで七年前の事件を持ち出す気か〉

「きょうは書きません。いまは今回の事件の容疑者として取り調べを受けているだけです。でもいずれ書きます」

はっきりと言った。外山の声が止まった。しばらくの間、締め切りが迫った編集局の喧《けん》噪《そう》だけが、受話器から伝わってきた。

〈本当に逮捕するんだろうな〉

「します。そこまで固めてなければ埼玉県警だって僕に話してません」

しばらく間が出来た。外山の声がした。

〈分かった。原稿を送ってくれ〉

「ありがとうございます」

礼は言ったが、さらに声を張り上げて続けた。

「部長、うちの新人が、堅物の刑事に食い下がって、現場で引っ張ってきたネタです。東京の大学生逮捕がトップで構いませんから、こっちの記事も負けないくらいデカく扱ってください！」

39

自分の席に戻ると博史はパソコン画面を開き、レイアウトのラフ作りに取りかかった。

すると隣で一社面を担当する幡村が「マツパク、またなにか始まったみたいだぞ」と社会部の席に目配せした。

椅子を回転させて見ると、外山が険しい顔で電話をしていた。電話を切り、局長席に向かう。局長も外山の報告を眉を曇らせて聞いていた。

編集長席まで戻ってきた外山は大きな音を立てて両手を二つ叩き、局内の注目を集めた。

「おい、聞いてくれ。埼玉でも容疑者が捕まった。所沢に在住の無職、二十七歳。現状では重要参考人だが、明日にも逮捕される可能性がある。おそらく、この男が主犯だ。これはうちの単独スクープだ」

大声でそう説明すると、静まり返っていた局内がどっと沸き、部屋一体が盛り上がっていった。

今回だけではなく、七年前の犯人でもある。博史はそう確信した。外山だって同じことを思っているはずだ。だからこの男が主犯だと言ったのだ。

だが渡されたコンテ表を見ると、一面トップは都内で逮捕された新山という大学生の記事のままで、埼玉の記事は肩だった。

念のために一面デスクに確認した。デスクは整理部長とともに編集長席に行って指示を仰ぐが、出てきた答えは「コンテのまま」だった。トップに持っていかないということは、現状ではまだこの男が主犯だという裏付けが取れていないのか。それとも明日にも逮捕されるという点に会社は迷いを持っているのか。二人組であったのなら、その男が今回も、そして七年前も主導していた可能性が高いはずなのに……いや、思い込みは危険だ、そのことを七年前、自分たちは嫌というほど味わったではないか。今は自分の仕事に集中しよう。そう心の中で呟いてから、博史は椅子を戻してパソコンのマウスを弄り、レイアウトに入った。

都内の大学生逮捕を正面に大きく置き、埼玉の原稿は左側に、縦に長方形になるように紙面を割いた。載っている記事はその二つだけだが、トップと肩の面積は二対一程度、ほぼ普段通りの割合だ。トップ面は縦書きで〈足立女児殺害〉と柱となる見出しをつけてから、大きな文字で〈21歳大学生を逮捕〉と主見出しをつけた。隣につける袖見出しは〈千葉の女児は無事救出〉にする。打ち終えてから指で文字数を勘定する。「主見出し八字、袖十字」と教わったが、いずれもその数で収まっていた。

肩の見出しは〈埼玉でも27歳確保〉で決まった。袖は〈首謀者の可能性も〉にするか〈今日にも逮捕する方針〉にするかで迷ったが、前者にした。その方が七年前に繫がる。一面デスクに確認すると「いいんじゃないか」と言いながらも、自信がないのか「部長に聞いてくる」と整理部長席に確認しにいった。

一面デスクと整理部長が話しているのを遠くで見ながら待っていると、背後から「マツパク」と呼ばれた。向き直ると社会部の当番デスクである塩尻が憮然として立っていた。

「肩の埼玉の原稿、トップの原稿と同じくらいでやってくれ」

口を尖らせながら言った。

「同じくらいって、見出しもスペースも同じってことですか」

「細かいレイアウトはおまえらに任せる。ただトップに負けないくらい大きくていいと部長が言ってる」

「部長って外山部長が、ですか？」

「そうだ。関口が部長に、うちの新人が刑事に食い下がって引っ張ってきたネタだからデカくしろ、って言ったらしい。部長がそれでいいと言うんだから従ってくれ」

耳を疑った。あの豪太郎がまさかそんなことを言うとは……。博史は編集長席を見た。テレビの報道番組を見ている外山の顔は苦虫を嚙み潰したようだった。本音は豪太郎のいるさいたま支局が持ってきたネタなど載せたくもない。だが載せるしかないと思っている。トップは発表記事だが、こっちは中央新聞だけのスクープ記事だ。

「分かりましたと外山部長に伝えてください」

博史ははっきりとそう答え、出来上がりかけていたレイアウトをやり直した。

もう一度、画面を見ながら頭の中で事件を振り返っていく。

今回、少女が被害に遭わなくて良かった。そして二人の男が捕まって良かった。今回の女の子は無傷だったようだが、もし一人が野放しにされていたら、またいずれ次の事件が起きていた。

だが救われなかった女の子もいる。浮かび上がってきたのは亡くなった高宮まみちゃん、そして七年前に殺された伊勢原と八王子の女児の顔だった。目を大きく見開き、レイアウトに没頭した。一度でも目を瞑れば、涙に暮れていた家族の顔が浮かび涙腺が緩んでしまいそうだった。

デスクが戻ってきて、見出しの了解が出た。だが仕上がった紙面については、「少し紙面全体が暗くないか」と異議を唱えてきた。

暗すぎるのは肩の〈埼玉でも27歳確保〉の見出しを、黒地紋に文字を白抜きで書く「ベタ白」にしたからだ。

「なにも肩をベタ白にしなくてもいいだろ」

「いえ、これでいいと思います」

「どうした、なに揉めてんだ」

整理部長も入ってきた。

「ここなんですけど、マツパクが逮捕された男ではなく、重要参考人の埼玉の方をベタ白にしたんで」

「主犯はトップの大学生ではありません。埼玉の男が首謀者だったと読ませるには、これくらい強調した方がいいです」

文字はトップの見出しの方が大きい。だが肩をベタ白にしたことで、塩尻に言われた通り、トップ記事と同じ程度のインパクトになった。

「マツパク、肩をベタ白にしたのはうちのスクープだからだろ？　その感覚がまだ社会部のままなんだよ」

デスクはムキになってきた。

「スクープだからというだけじゃありません。明日以降、こっちの男の取り調べの方がメインになると思ったからこうしただけです」

博史も引かなかった。

整理部長はしばらくディスプレイ画面を見ていた。「一度、出してくれ」と指示されたので、博史はプリントボタンを押し、印刷機までゲラを取りに行った。

印刷機からまだ記事の入っていない見出しだけのゲラが出てきた。三枚分コピーすると、早足で戻って、整理部長とデスクに手渡す。

整理部長が紙面を見ながら唸り声を出した。

ここにまだ届いていない記者の原稿が入るのだから、紙面はさらに黒くなる。博史にも暗過ぎるという感覚はあった。だがこれほど残虐な事件なのだ。三人もの女の子の命が奪われ、二人の少女は奇跡的に助かったものの心に深い傷を負った。一生消えない傷だ。そして家族もまた、少しでも娘の心から傷が消えてほしいと願い、日々苦しみと戦っている。七年にわたる一連の事件を忘れさせないためには、読者の目に一瞬で留まり、記憶の奥底に刻みこまれるほどインパクトの強い紙面にしなければならない……そう思いを込めて作ったつもりだった。

整理部長はしばらく紙面と睨み合っていた。そして呟いた。

「分かった。このままでいい」

レイアウトが決まった。

そこに次々と送られてきた原稿を流し込んでいった。文字がはみ出さないよう写真との隙間を練り直し、トップ記事には、読みやすいよう一行見出しを一つ差し込んだ。そして画面から離れてみて、全体のバランスが悪くないか確認した。

大丈夫だ。悪くない出来だ。

十時過ぎ、ようやく早版を降版させると、社会部席が騒がしくなった。

「編集長、さいたまからの電話で、明朝、逮捕状を取るそうです！」

塩尻が叫んだ。

「よし。次の版から差し替えろ」

外山の声を聞き、博史も版替え作業に入った。

〈確保〉から〈逮捕〉へと見出しを変える。原稿も書き直されたものが送られてきた。肩の原稿のスペースがさらに広くなったことで、事件の概要を説明した記事は第一社会面に回してもらった。こうなると第一社会面に入っていた記事も、異なる面に移すことになる。

第一社会面と第二社会面は見開きで、警視庁の会見での質疑応答、すでに逮捕された新山幸市の経歴と近所、高校、大学での評判。さらに被害者の家族や親戚、学校の校長や担任教師の胸を撫で下ろした声、元警視庁刑事や法律学者、社会学者など識者の談話が掲載されている。さらに普段は政治ネタが扱われる二、三面も事件で埋められた。そこには最初に松伏町で発生してから久喜市、足立区、野田市と続いた経過表、事件現場それぞれの見取り図、そして解説記事などが掲載された。

整理部員は全員が紙面作りに必死だった。血眼になって画面と向き合い、無駄口を叩いている者は一人としていなかった。

次の版も終わり、さらに版を重ねて午前一時前、いよいよ最終版の作業に入った。

早版では文字が密集している部分と白っぽい部分との差が極端だったのが、版を重ねるごとに整理されていき、自分でも満足できる紙面が出来上がりつつある。

整理部長からも一面デスクからもほとんど口出しされなくなった。

今のところ、最終版での原稿の差し替えもなさそうだ。もう一度前の版を読み直して赤字が直っているかチェックする。赤字はすべて修正されていた。

そういえば普段は早版が終われば社食に行くのに、この日は夕食どころか、水も飲まず、トイレにも行っていない。これほど一つの仕事に集中したのは社会部時代にもなかったかもしれない。

目がぼやけてきたので、背もたれに体を預けて遠くにあるテレビを見た。編集局には、各所にキー局をつけっぱなしにしている複数のテレビが並んでいる。さっきまでは、どの局も事件一色だったが、この時間になると普段と同じバラエティー番組に戻っていた。

たまたま目に入ってきたのがＮＨＫを映しているテレビだった。

午前一時からの深夜ドラマが放送されていたのが、それが突然、打ち切られ、ニュースキャスターが出てきた。画面は会見場に切り替わった。

既視感のある光景だった。警視庁の会見だ。

〈警視庁緊急会見〉

白いテロップが画面に大きく出る。

「おい」

誰かが画面を見て、叫んだ。

皆がテレビの前に駆け寄っていく。

嫌な予感がした。こんな時間になにを……まさかうちのスクープだった埼玉の事件が発表されるのでは……。

テレビの前に次々と集まっていく社員たちの背後から、博史は呆然と画面を見続けた。

40

埼玉で確保された重要参考人の記事は、本版の一面だけでなく、埼玉県版でも扱うことになった。

一面は豪太郎が、そして県版は祐里が任されることになった。

豪太郎が書いた一面は、祐里が扱った埼玉県版より記事の分量が少なかった。それくらいの原稿量であれば、普段の豪太郎ならあっという間に書き終えてしまうが、この日は、両手でキーボードを素早く叩いては、しばらく考え、強い力でデリートボタンを叩き、書いた文字を一字ずつ消していた。

七年前のくだりを、少しでも入れようとしているのはわかった。あの時の遺族が報われるためにも書きたい。しかしそこまで決めつけるのはまだ早い……心の中で葛藤していたのだろう。

出稿を終えると、それぞれがもう一度、裏を取ろうと夜回りに出かけた。

豪太郎の取材先も木原と岡田の取材先も、自宅には帰ってこなかった。だが久喜署の刑事課長は帰ってきた。

「あんたの言う通りだ。明朝、逮捕状を取る」

刑事課長は認めた。祐里はすぐに須賀に電話を入れ、本版、埼玉県版ともに〈重要参考人〉と書いていたところをすべて〈容疑者〉に変え、〈今日にも逮捕〉とぼやかしていた部分も〈今日逮捕〉と断定してもらった。

支局に戻ったのは深夜一時になっていた。本社からＰＤＦでゲラが送られていた。トップは都内の大学生の逮捕だったが、どちらがトップなのかわからないほど、肩にあった埼玉の記事が大きく扱われていた。十分過ぎるほどのスクープ紙面だ。

ところが深夜一時過ぎに状況が一変する。新山幸市逮捕のみで会見を終えていた警視庁が、緊急会見を開いたのだ。

警視庁の捜査一課長が出てきて、埼玉でも容疑者を確保していると発表した。

真夜中になって突如、警視庁が埼玉の共犯者についても明かしたのは、中央新聞の本社が関係していた。

豪太郎が山上管理官に確認したことを報告した後、警視庁キャップの和手が「我々にも警視庁に裏取りさせてください」と外山に懇願したようだ。

外山は「手を出すな」と撥ねつけた。裏取りすれば、それが他紙に漏れる可能性があると感じていたのだろう。しかし和手も引かなかった。「さいたまが取ってきたネタを、うちがどこにもぶつけられないなんて、そんなことになったら、うちの記者は二度とサツ回りができなくなります」と直訴したらしい。

外山は渋々認めた。

中央の警視庁担当からぶつけられた捜査一課の幹部は「その通りだ」と肯定した。「うちが捕まえた新山は、埼玉で捕まったクボキ・クニヒコという男に従って、犯行に及んだと自供している」そう答えたそうだ。

警視庁はこのままでは会見を開きながら、埼玉のことは隠したことになると考えた。中央以外の新聞社に恥をかかせるわけにはいかない、それが深夜の緊急会見へと繋がった。

記者と一課長の間で緊迫した質疑応答が流れる画面を豪太郎はじっと見ていた。

祐里はこの後、豪太郎が社会部に怒鳴り込みの電話をかけるのではないかと危惧した。

しかし豪太郎は行動しなかった。先に社会部の塩尻デスクから謝罪の電話が入った。黙って聞いていた豪太郎は、「和手さんの立場は分かります」と理解を示した。

読者には全紙同着でも、記者たちは中央のスクープだと分かっている。それだけで豪太郎は満足したのだろう。

祐里もそれで十分だった。


埼玉県警が身柄を確保していた久保木邦彦《くぼきくにひこ》には、翌日監禁容疑で逮捕状が出た。さらにその日の夕方には足立区女児の死体遺棄で再逮捕、さらに暴行殺害の教唆、そして久保木は、七年前の事件についても自供を始めた。

彼は視姦に興味があった。そして中学生くらいの頃から、女児が好きだったという。大学に入った頃から中高生年齢のアイドルの写真会に参加しだした。だが次第にビキニ姿の少女でも、さらに児童ポルノと呼ばれる写真でも満足できなくなった。

そんな時、少女アイドルのイベントで中島聖哉を見つけた。久保木は頭が切れる男だった。最初は嫌がった中島を唆し、少女を攫《さら》って目の前で陵辱させるという計画を実行した。殺害したのは中島だが、命じたのは久保木だ。

中島の逮捕後は、自分にも捜査の手が及ぶのではないかと怯えていたようだ。しかし中島に名前も連絡先も教えていなかったことと、中島の主張を警察が信じなかったことで、捜査の手が彼まで及ぶことはなかった。生きていた少女を中央新聞が遺体発見かと報じたことで世間の関心が新聞社に向けられたことも、彼が逃げ延びられたことに繋がった。

その三ヵ月後、久保木は他人のパソコンに侵入し、口座番号やパスワードを盗んだことで逮捕された。不正アクセス禁止法違反及び窃盗の罪で三年間服役した。

服役している間に、中島の死刑は確定した。

女児誘拐殺害容疑の恐怖から解放された久保木の中で、屈折した欲望が騒ぎ始めたのは、中島の死刑が執行された後、今年になってからだ。

今度は都内の公園で、少女が遊んでいるのをじっと眺めていた新山幸市を見つけて声をかけた。

二人は裏サイトで隠語や符丁を使ってやり取りをしていたが、今は警察もその手のサイトに侵入し解読する技術を持っており、そこから久保木が浮上した。久保木が高身長で、中央新聞が書いた目撃談と一致したことも、容疑者を絞り込むきっかけになった。

久保木も警察が迫っているのを感じていたようだ。だから野田市で少女を攫っておきながら、すぐに新山の家には行かずに、長い時間車を走らせながら、途中で車を降りた。自宅アパートに戻ったが、そこには埼玉県警の捜査員が待ち構えていた。

これらの内容は中央新聞の社会部、さいたま支局が総動員で取材したことだ。逮捕された翌日からは、中央新聞で連載が始まった。執筆を任されたのは祐里だった。

久保木もまた、複雑な境遇で育っていた。東京都練馬《ねりま》区の一軒家で生まれ育ち、中高一貫の難関私立に入った。父親は大学教授で、母親は人権派の弁護士として知られており、全国をかけ回っていた。久保木が小学生の頃から家を空けることが多かった。久保木には六歳離れた妹がいたが、彼が十歳の時、病死していた。それもまた彼が女児を偏愛していく理由でもあったようだ。

長身で高校までは野球部に在籍していた。だが二年生でやめた。勉強は学年の真ん中あたり。ガールフレンドはいなかったが友人はいたようだ。他の学生と変わらなかったという証言もあったが、なにを考えているかわからない一面があり、時々約束をすっぽかされたことがあると話した同級生もいた。

久保木は一浪して難関大学に入った。だが二年生の時にネット犯罪で逮捕され、退学処分となった。その時、彼は家族からも見離された。両親が裁判への出廷を拒否し、謝罪も述べなかったことが三年という長い服役に繋がったと、本人は親を恨んでいたようだ。出所後は所沢で一人暮らしを始めた。アルバイトをした時期もあったが、長続きはしなかった。前科者になった息子を自宅には戻さなかった両親だが、十分な生活費だけは毎月送金していた。

彼は目の前で少女が暴行されるのを見ることに異常に興奮したと供述した。同様に命令通りに共犯者が行動し、凶悪犯罪に染まっていくのが快感だったとも話した。親に強圧されて育った自分を、命じる側に転化させることが、一種のゲームだったという。

他紙は彼の育った環境に紙面を割いていた。久保木より彼の両親を非難する内容の方が濃く読み取れた。ワイドショーも同様だ。今回の犯罪を社会悪、ネット社会における現代病だと発言するコメンテーターが多数いた。

祐里も今回の事件の特殊性——どうして小学生の女児が狙われるのかということについて、社会学者や精神科医を取材した。こうした犯罪は以前からあった。だが社会と満足のいく関係が保てなくなった人間が、ネットという非リアルな空間に自己中心的な世界を明確に築けるようになったことで、妄想と現実との境界線が曖昧になっていると言われた。いくら非現実に身を置いても、彼らの欲望が、生身の「人」に向いているのは同じだ。むしろ人間関係を放棄したため、自分の思い通りにならないことが増え、力ずくで手に入れようという思いが強まっていく。それが力の弱い女児が狙われるようになった原因の一つであり、ストーカー行為や幼児虐待などと同様、加害者心理の構築が早くなり、しかも、残虐性は増している、と。

そうしたことは連載の中で記述したが、重点には置かなかった。感情的な表現は避け、容疑者が起こした事実だけを書くように努めた。

三人の少女を殺害させ、しかも今も二人の少女に一生消えることのない恐怖を植え付けた久保木には、死刑判決が出るだろう。だが裁くのは司法であり、記者の仕事ではない。残虐性を煽り社会問題だと喚起しなくとも被害家族の悲しみや少女の恐怖心はきちんと読者に伝わるはず——そう信じて、一文字ずつ思いを込めてキーボードを叩いた。

逮捕に至るまでの警察の捜査についても書いた。七年前の時点から二人組の可能性があると感じていた刑事がいたこと。その刑事の同僚が、七年前をもう一度調べてみるべきだと上司に進言したこと。久喜の現場では地元の刑事が幾度も同じ現場を歩き目撃者を探していたこと。埼玉県警から捜査員が警視庁に派遣され、事実上、合同捜査が行なわれていたこと。警視庁も埼玉県警も警察庁も、これ以上、被害者を増やしてはならないと犯人逮捕に執念を燃やしていたこと……。

少し警察を称《たた》え過ぎたかと思ったが、二件目の事件を未然に防いだのだ。これくらい書かないことには現場の捜査員だって報われない。

もちろん七年前の取り調べで、中島の証言に耳を傾けていれば、今回の事件は防げたということは書いた。だがミスしたのは警察だけではないとも記した。

中央新聞は七年前も二人組であることを摑み、紙面で報じた。そう書いておきながら、たった一度警察に否定されただけで、自分たちの記事を立証しようとしなかった。事件を再発させたのは我々メディアにも警察と同等の責任があると、はっきりと書いて提出した。

デスクからはここまで自己批判する必要はないと、書き直しを命じられたが、祐里はこの部分だけは削れないと抵抗した。最後は外山が出てきて、「そのままでいい」と渋い顔で認めた。記事は誰の手も加えられることなく紙面に掲載された。

他紙のようなセンセーショナルさに欠けていたことから、祐里の連載がテレビで取り上げられることはなかった。一部の週刊誌は報じたが、それは七年前の取材ミスに焦点を合わせた中央新聞にとってネガティブな内容だった。

社内でもあまり声をかけてもらえなかった。上司たちは祐里に書かせたのは失敗だったと後悔していたかもしれない。

だが二人だけ、褒めてくれた。

一人は二階堂だった。

「おまえさんの連載からは少女の恐怖や苦悩、そして母親の苦しみまでが、よく伝わってきた。七年前に協会賞を取った東都の連載より内容は濃かったぞ」

そしてもう一人、意外な男が褒めてくれた。

「藤瀬さんの連載すごく良かったです。うちの妻も読みながら泣いていましたし、僕も、自分が社会部にいて良かったと、改めて思いました」

すっかり整理部記者となった松本博史だった。

41

「えっ、警視庁担当ですか」

事件から半年近くが経過し二月になったある日、祐里は外山部長に会議室に呼び出され、担当替えを考えていると伝えられた。

「デスクたちが藤瀬に一課の仕切りをやらせるのが一番だって言うんだよ。おまえたちがいなければあの事件は解決できなかったと」

まさか外山からそんなことを言われるとは思いもよらず、返事に困った。しかもおまえたちとは……そこに入るのは自分だけではない。

「ありがとうございます」

頭を下げて礼を言ったが、外山は笑み一つ見せることなく先を続けた。

「だけど、仕切りをやるにはちょっと年齢も経験も上なんだけどな」

他紙には三十五歳くらいの仕切りはいるが、中央では大概三十歳から三十二、三歳、入社八年目から十年目の記者が慣例だった。豪太郎も三十歳でやった。祐里は九月で三十五歳になる。

「やらせてください」

悩むことなく返答した。

外山はさらに難しい顔になり、「これをジェンダー的な問題に捉えられたら困るんだが……」と口籠る。

「……藤瀬、結婚とか大丈夫だよな」

仕切りになったら一、二年は結婚どころか、デートもできない——そのことを心配されたようだ。

「結婚の予定も、結婚する相手もいませんから大丈夫ですよ」

祐里は外山の顔を見て答えた。

「そうか。それならいいが」

「私は新聞記者という仕事と結婚したと思っていますから」

言ってから、少しカッコつけ過ぎたかなと思ったが、外山は気にも留めずに「ならおまえに任せる」と部屋を出ていった。

一ヵ月後、人事異動の知らせが壁に貼り出された。

警視庁担当というのは社会部内の配置換えなので、祐里の名前はない。貼り出されていたのは局長や部長やデスクへの昇格、あとは各セクションや本社支局間の異動だった。

外山義柾（社会部長）

編集局次長兼任を命じる。

外山は出世していた。兼任とはいえ、部長になって一年半で局次長昇格とは異例だった。同時に政治部長の柳澤も局次長に昇格していた。二人の間で編集局長になる最後の戦いが始まったのだ。そういった内情もあり、警視庁担当で下手な人事は打てないと、外山は事前に打診をしてきたのだろう。

貼られていた人事用紙は合計三枚あった。

一枚目には社会部や政治部、文化部や運動部の記者の異動がずらりと並んでいた。警視庁キャップだった和手がロンドン特派員になり、鈴木佐枝子が社会部の次長に昇進していた。女性次長は社会部では久しぶりだ。

二枚目にはデジタル部や広告、販売の異動が書かれていた。

最後の用紙に目を移す。その一つに祐里の視点は止まった。

42

交通事故で70歳死亡

14日午前1時31分ごろ、静岡《しずおか》県静岡市の市道交差点で、横断歩道を渡っていた近くの無職の女性（70）が乗用車にはねられた。病院に運ばれたが、頭を強く打つなどして約1時間後に死亡した。

静岡北署は自動車運転処罰法違反（過失運転致傷）の疑いで、乗用車を運転していた静岡市清水区の19歳の会社員を現行犯逮捕。容疑を過失運転致死に切り替えて事故原因などを調べている。

同署によると、現場は女性の自宅から5分ほどで、1人で歩いていた。容疑者は仕事から帰る途中だった。


「おい、山之内《やまのうち》、なんだ、この記事は」

支局に到着した豪太郎は、昨夜泊まり番だった記者が書いた交通事故の雑感記事を読み、呼びつけた。

豪太郎は三月から静岡支局に異動になった。去年の六月にさいたまに着任して九ヵ月しか経っていないだけに、このたらい廻しの人事はないだろうと外山に抗議の電話を入れたが、不在だった。代わりに支局を統括する地方部長から電話があり「静岡のデスクが体調を壊して入院してしまったんだ。原稿も見られるBBが必要だから、関口に頼むことになった」と説明を受けた。地方部長からはさらに「静岡の若い記者も鍛えてやってくれ」と言われた。そこまで言われてしまうと受けるしかない。

「この原稿のどこがダメなんですか」

山之内という静岡で一番若手の記者は平然とした顔で近づいてきた。

自分が新人の頃は、先輩の指摘に口答えなどできなかったが、今の若い記者は違う。大学のラグビー部出身である山之内は、挨拶はできるし、根性もあるのだが、納得しないことがあるとすぐ顔に出して言い返してくる。

「全然ダメだ。だいたい、この交通事故、発生が午前の一時半だろ？　七十歳のおばあさんがどうして一時半に出歩くんだよ」

「そこまでは分かりませんよ」

「分からなかったら警察に電話して聞き直せ。こんなんじゃ、夕刊にも送れねえよ」

命じると、山之内は豪太郎から一番遠い席の受話器を持ち上げ、所轄に電話を入れた。

「ああ、そうですか。なるほど、そういうことだったんですね……」声がなめらかだ。

「朝の忙しい時にすみません。どうもありがとうございました」と礼を言って切ると、「関口さん、おばあさん、結構な量の酒を飲んでいたそうですよ」と喋り始めた。

「説明しないで、それ原稿に書けよ」

「はぁ」

不服そうにパソコンを開き、原稿を打ち直す。すぐに「送りました」と声がした。

ワークステーションに送られてきたものを豪太郎は開いた。さきほどの原稿の最後に〈女性は酒を飲んでいた〉とひと言書き足しただけだった。

「おい、どうしてこのばあさん、酒を飲んでいたんだよ」

「どうしてって、おばあさんが酒飲んだらいけないんですか」

「七十歳だろ？　普通深夜一時まで酒を飲むか。だいいち、おまえの原稿、ばあさんがどこで飲んだのかも書いてねえぞ」

「そんなの必要ですかね。警察は事件性があるとも言ってませんし、加害者は逃げていませんし、よくある交通事故ですよ」

「加害者は逮捕されたんだろ？」

「そりゃ、死んでしまいましたからね」

「人が亡くなったのに、よくある交通事故なんて言うな。まったく、おまえはジャーナルじゃねえな」

再び、山之内が電話をかけた。

今度の電話は長話になった。広報役の所轄の副署長もこの程度のことで何度もかけてこられたらたまったものではないと、資料を取り出して詳しく説明してくれているのだろう。

電話を切った山之内は「聞きましたよ」と言った。

「おばあさん、家で飲んでいたそうです。嫁さんと折り合いが悪くて、部屋で一人隠れて飲んでいたみたいですね。深夜にへべれけで歩いているのを、近所の住人が何度か目撃していたって、副署長は言ってました」

山之内は得意顔で説明した。

「だから口で説明しないで原稿に書けと言ってんだろ」

言うと、山之内は顔をひきつらせてパソコンを開いた。

一分もしないうちに「送りました」と不貞腐れた声がし、原稿が送られてきた。画面を開く。さっきのよりは幾分成長していたが、豪太郎は気に入らなかった。

「山之内、部屋で酒飲んでた老人が、どうして外を歩くんだ？　家で飲んだら普通はそのまま寝るだろ」

「涼しい風にでも当たりたくなったんじゃないですか」

「警察がそう言ってたのか」

「言ってませんけど」口を曲げた山之内と目が合った。「まさかそれも聞くんですか」

「当たり前だよ」

背を向けて受話器を握った。怒りで背中が震えている。

「何度もすみません、副署長……」恐縮しながら山之内は質問を始めた。電話の向こうの副署長の顔まで想像できる。間違いなく不機嫌だ。それを山之内は必死に宥《なだ》めている。豪太郎も新人の時に同じ経験をした。

「……本当に何度もかけてしまって、申し訳ございませんでした。どうもありがとうございました」

丁寧に礼を言って受話器を置いた山之内が豪太郎を見た。

「書いて伝えるんですよね？」

「ああ、おまえは記者なんだからな」

新人のうちは、書けば書くほど原稿は上達する。

しばらくして原稿が送られてきた。

山之内はそっぽを向いていた。また何かいちゃもんをつけられて、かけ直しをさせられると警戒しているのだろう。

原稿には老婆が認知症の疑いがあり、徘徊癖で過去に何度も保護されたことがある、と書いてあった。

「山之内」

豪太郎が呼ぶと、彼は身構えてこちらを見た。

「よく取材した。だけど紙面に載せるのは最初に送ってきた原稿でいいな。あれを東京の夕刊用に送るわ」

よく取材したと言った時は表情を緩めたが、最初の原稿を送ると言われ、顔が険しくなった。

「最初の原稿でいいんなら、どうして何度も取材させたんですか」

「認知症のばあさんが徘徊癖があるのに、家族がほったらかしにしていた。それで交通事故で亡くなったら、そのことは言わないでくれと警察に頼んだ。警察も家族に同情し、そのことは隠して発表した。おまえが聞き直しても、老婆は酒を飲んでいたから仕方がなかったとごまかそうとした……おまえが何度も取材したせいで、これらすべてのことが分かったんだろ？」

「まあ、そうですけど……」

「警察は嘘をつく。この程度の事件でもだ。そのことがよく分かったろ？」

「はぁ」

「認知症を放っておいたことは酷いが、嫁だって、ばあさんが元気な頃にいびられてたのかもしれないしな。まぁ、これ以上記者が首を突っ込む内容ではないさ。あとは家族で考えればいい」

山之内はまだ腑に落ちない顔をしていたが、豪太郎は、雑感記事のてにをはを確認してから、本社に送信した。

解説

北上次郎（評論家）

本城雅人は最初から異色の作家であった。周知のように本城は、松本清張賞の最終候補となった『ノーバディノウズ』で二〇〇九年に単行本デビューした。この長編はミステリーにすることの無理が物語を脆弱なものにしてしまった、というのが私の読後評だが、驚いたのはその翌年に上梓した『スカウト・デイズ』だ。見違えるほどよくなっている。この『スカウト・デイズ』は書名から明らかなように、プロ野球のスカウトの世界を描いたもので、主人公は選手をクビになった新米スカウトの久米純哉《くめじゅんや》。伝説的なスカウト、堂神《どうがみ》の下で、この男が一から学んでいく姿が描かれていく。入団に前向きだった大学生が急につれなくなり、その陰にライバル球団がいると睨んでその調査に乗り出す挿話など、興味深いことが少なくない。

スカウト同士の騙《だま》しあいの構図は後味の悪さに繋がるものだが、日系ブラジル人三世アレッサンドロ・ジーニョ・コマツの挿話に見られるように、爽快であるのも特色だ。無理のあったデビュー作に比べ、先輩スカウトはなぜ自殺したのかという謎が自然に物語に溶け込んでいるのもいい。

しかしそれよりも何よりも驚いたのは、野球小説であるにもかかわらず野球シーンが極端に少ないことだった。これはその後も変わらない。『嗤うエース』『オールマイティ』（のちに『ビーンボール　スポーツ代理人・善場圭一の事件簿』と改題して文庫化）『球界消滅』『慧眼　スカウト・デイズ』（のちに『スカウト・バトル』と改題し文庫化）と、本城雅人の野球小説で野球シーンが描かれることはほとんどない。多くの野球小説は、さまざまな人間ドラマを描きながらも、その苦難の果てにゲームに勝つ姿を（時には負ける姿もあったりする）クライマックスにもってくることが少なくない。しかしその手のシーンは、本城雅人の場合、ほとんどない。著者は、ゲームの行方に関心がないかのようだ。異色の野球小説であるゆえんである。これが本城雅人の野球小説の最大の特色といってもいい。

では、これらの「野球小説」で、著者は何を描いているのか。それには『慧眼　スカウト・デイズ』がヒントになるだろう。人気球団G以外なら野球浪人します、と宣言した大学生を、堂神は強行指名する。ところが交渉は久米純哉にまかされ、堂神は出てこない。いったいボスは何を考えているのか、久米にはまったくわからない。しかしそれがわからないと交渉は出来ないので、必死に彼は考え始める。つまりこれは、選手だけでなく、人は何を考えているのか、その心理を探る連作集なのである。すなわち、横山秀夫が警察小説に心理戦を持ち込んだように、本城雅人は野球小説に心理戦を持ち込んだのだ。本城雅人の新しさはこの一点でこそ理解される。スカウトの世界を描くということは、関係者の駆け引きが軸になるということであり、いかにも本城雅人の小説の舞台にふさわしい。すでに『スカウト・デイズ』にもその構造は表れていたが、その続編である『慧眼　スカウト・デイズ』のほうがその構造が見えやすい。

本城雅人のもう一つの特色は、たとえば『オールマイティ』を見ればいい。これは日本のプロ野球界を舞台に、選手の代理人を主人公にしたものだ。主人公は代理人善場《ぜんば》圭一《けいいち》。やり手すぎるので金の亡者と忌み嫌われ、「ゼニバ」と言われている男だ。FA市場の目玉投手、結城憲吾の契約条件をめぐって名門球団の代表と交渉している場面から幕が開く。次は、マネージメント会社の女性社長羽田貴子と、その善場が食事しているシーン。彼は結城憲吾の野球契約の代理人をしているだけで、テレビ出演、CMなどの副業は羽田貴子の会社が仕切っている。その席で、行方不明になった瀬司英明を探すことを、善場は貴子から依頼される。瀬司は名門球団をクビになったスラッガーで、貴子の元夫でもあり、以前は善場が代理人をつとめていた。というわけで、善場は仕事のかたわら、瀬司の行方を探すことになる。これはそういう話だ。新聞記者の古見沢を始めとするわき役たちの造形が群を抜いているのもいいが、いちばん突出しているのは、2年前の2軍の試合が重要なポイントであるとプロローグで示唆されるものの、そのときいったい何が起きたのか、ラストまで読者には知らされないことだ。その謎をとことん引っ張る力業を見られたい。つまり、構成が素晴らしいのだ。なんでもない話をここまで読ませるのは、この構成の力にほかならない。

この二つの特色は、野球小説に限らず、本城雅人という作家の特色でもあることは書いておかなければならない。それは本書『ミッドナイト・ジャーナル』を読めば明らかだ。前置きが長くてすみません。

まず最初に、本書の簡単な概略を紹介しておく。世紀の大誤報を打って、飛ばされた3人の記者がいる。一人は関口豪太郎、あと二人は彼の下で奮闘した藤瀬祐里と松本博史(通称マツパク)。関口は地方支局を転々としていまはさいたま支局にいる。マツパクは二度と記事を書かない道を選んで整理部にいる。いまでも社会部にいるのは藤瀬祐里だけだ。そうして前の事件から7年後、また児童誘拐事件が起きる。関口はかつての事件との関連性を疑う。7年前の犯人はすでに死刑になっているが、あのとき共犯がいたというのが関口たちの主張だった。その共犯者がふたたび動きだしたのではないかと関口は考える——ここからさまざまなことが始まっていくが、いやはや、すごい。読み始めたらやめられない迫力に、ただただ圧倒される。

たとえば、外山義柾という男がいる。誤報の責任から長らく編集委員をさせられていたが、社会部長に昇進した男だ。出世争いをしている同期は政治部を仕切っていて、なにかと対立するが、大手の東都新聞に比べて中央新聞は機動力に欠けるので特オチもあり、旗色がよくない。その東都新聞から中央新聞に転職してきた二階堂實というベテラン記者がいる。警察に強い記者なので強力援軍として呼ばれたのだが、東都を追われたという苦みと、現場で仕事が出来るという喜び、その複雑な感情の狭間にいる。この二人に共通するのは、関口豪太郎が嫌いなことで、傍若無人な豪太郎に何度も煮え湯を飲まされてきた。だから7年前の事件を調べようとする豪太郎に協力したくない。

豪太郎が幼いころ、母が経営する喫茶店の隅で弟と並んで夕食を食べたこと。マツパクは整理部に移って早く帰宅するようになり、育児に精をだしていること。34歳の藤瀬祐里は早く結婚してほしいとの親からの無言のプレッシャーがあってもその気がないこと。そういう記者たちの私生活も過不足なく描かれていることは書いておかなければならないが、なによりも本城雅人の特色たる心理小説的な側面がここでも縦横に展開していることは強調しておきたい。それは記者が刑事の心理を読む局面が何度も描かれていることだ。警察の公式発表を待っていたら特ダネは取れない。しかし誤報は打ちたくない。だから、刑事の家に日参し、飲めない酒を飲み、心を開いてもらうように努力する。それでも刑事は嘘をつく。しかし時たま、頷《うなず》くだけでヒントをくれることがある。刑事の心理を読む、というだけのことがなぜこれほどスリリングなのかと私たちは驚くが、これこそが本城雅人の魔術なのである。

たとえば若手記者が口の固い刑事の家に日参する挿話がある。そのほとんどは徒労に終わるので、なぜそんなことをするんだろう、この挿話はなぜ必要なんだろうと思っていると、最後にそれが爆発する。こういう構成が群を抜いてうまい。

それに、マツパクが整理部に移って取材の最前線から後退するという展開も、記事を書かないことを選んだ青年の矜持《きょうじ》かと思っていると、最後の最後に、その整理部の仕事が取材して記事を書くことと同様に、とてもスリリングな仕事であり胸が熱くなることだという真実を浮かび上がらせる。これも秀逸だ。

新聞社内の派閥があり、権力闘争があり、他メディアとの取材競争がある。夢やぶれて静かに生きている者もいれば、いまだにパワフルにネタを追いかけている者もいる。ネットニュースがどれほどあふれていても、新聞の意義を信じて邁進《まいしん》している男たち女たちがいる。その熱い闘いを、本城雅人はリアルに、鮮やかに描きだしている。そして最後には目頭を熱くさせるのである。いやあ、すごいぞ。

本城雅人の傑作だ。胸に残る小説だ。

本書は二〇一六年二月、小社より単行本として刊行されました。